大鱼

有爱的青春陪伴者

隔壁财神来我班 ①

城南花开 著

财神光环

河北出版传媒集团

花山文艺出版社

河北·石家庄

图书在版编目（CIP）数据

隔壁财神来我班. 1 / 城南花开著. -- 石家庄：花
山文艺出版社，2021.1
ISBN 978-7-5511-5374-4

Ⅰ．①隔… Ⅱ．①城… Ⅲ．①长篇小说－中国－当代
Ⅳ．①I247.5

中国版本图书馆CIP数据核字（2020）第207198号

书　　　名：隔壁财神来我班. 1
　　　　　　GEBICAISHENLAIWOBAN. 1
著　　　者：城南花开
统筹策划：张采鑫
特约编辑：伍奕兴
责任编辑：郝卫国　张凤奇
美术编辑：胡彤亮
责任校对：齐　欣
装帧设计：Insect　Cain酱
封面绘制：tendy
出版发行：花山文艺出版社（邮政编码：050061）
　　　　　　（河北省石家庄市友谊北大街330号）
销售热线：0311-88643221/29/35/26
传　　真：0311-88643225
印　　刷：湖南达美程智能科技股份有限公司
经　　销：新华书店
开　　本：880×1230　　1/32
印　　张：9
字　　数：210千字
版　　次：2021年1月第1版
　　　　　　2021年1月第1次印刷
书　　号：ISBN 978-7-5511-5374-4
定　　价：38.00元

财神光环

¥
目录

目录

第一章

他真伟大

上课铃响的时候，林茶正站在二楼的走廊上，她探出头，目光灼灼地看着从操场走过来的那个穿着黑色外套的男生。

即使同学们都向教室的方向奔跑，林茶还是轻易地从人海中找到了那个人，毕竟那个人头上顶着醒目的、金灿灿的四个大字，让人想看不到他都不行。

男生在旁边人的提醒下，抬起头，露出一张帅气逼人的脸。四目相对，林茶立马朝男生露出一个笑，明眸璀璨，整个人耀眼美好得如同含苞待放的花蕾。下一刻，男生收回目光，向前走去，没有一丝一毫的停顿。

林茶因为这个反应愣了一下，他好像完全不认识自己。

一直站在林茶旁边的女生终于忍不住了，拍了拍她的肩膀："茶茶，回教室了，这节课应该会出期中成绩，你肯定又是班上第一名。"

林茶想起考试时发生的事情，说道："梅梅，我这一次成绩不太理想。"

越梅梅只当她谦虚，拉着她回到第二排靠窗的位置坐了下来。

教室里此刻闹哄哄的。

班主任拿着期中考试的成绩单走进来，看到这场景，脸黑如炭，拍了拍桌子，严肃地说道："什么事情这么高兴，要不要上讲台来分享一下。"

这话一出，教室瞬间安静下来，然而班主任脸色并没有好转，说道："不用起立了，我直接说事情，这一次期中考试成绩出来了，下课我贴墙上。"

班主任说完，顿了顿，又说道："别看你们才高一，现在不打好基础，到了高三，有你们吃亏的时候。"

林茶拿到发下来的卷子，低着头，紧抿着唇，看着卷子上那几道大题答题区的空白，只觉得老师这话就像是故意说给她听的一样。

下课的时候，林茶去讲台旁边接水喝。她刚走到讲台旁，班主任就问道："林茶，你这次考试发挥有点失常啊，有总结是什么原因吗？"

林茶正好喝了一口水，听到这话，呛得直咳嗽。

林茶回到自己的座位上，拿出纸巾，捂着鼻子咳嗽，由于生理反应，眼睛、鼻子都红红的。

而另一边，越梅梅挤进了看成绩单的人群。

越梅梅习惯性地找林茶的名字，熟门熟路地看最上面，然而一看就发现最前面没有林茶的名字，甚至前十名都没有。

她接着往下看，看到二十一名后面跟着林茶的名字。

越梅梅有点不敢相信，要知道上一次月考，林茶还是年级第二名、班级第一名，现在竟然落到了班级二十一名，年级三百零二名。会不会是成绩统计出问题了？

越梅梅赶紧从人群中挤出来，奔回林茶身边，正好看到拿着纸巾捂住嘴，"努力不哭出来"的林茶。

越梅梅是今年开学的时候认识林茶的。

林茶来学校的第一天就出名了，她长得漂亮，传说有个巨富的父亲，母亲是知名钢琴家，哥哥是当红男星，家里人都对她娇宠得不得了，简直是妥妥的天选之女。

原本以为这样的大小姐自小娇惯长大，应该不太好相处，结果没想到和林茶熟识后，越梅梅发现林茶实际上是个单纯得有些可爱的女生，笑起来还甜甜的，就像一个坠落人间的小天使，特别招人喜欢。

虽然她偶尔也会闹脾气，不过属于哄哄就不计较了的类型，性格好得没话说，所以跟林茶做同桌是一件超级开心的事情。

越梅梅很喜欢这个小甜心同桌，此时此刻看到林茶眼睛红红的样子，越梅梅心疼极了，她忽然想起一件事情，转身跑了出去。

越梅梅跑出来不为别的，是想去寝室拿东西——她从老家带来的地瓜干。

她们的教室在二楼，越梅梅拿着地瓜干回来，上楼梯的时候，见几个女生围在一起，似乎在议论什么八卦。越梅梅原本没准备听，结果经过的时候，听到了"林茶"两个字，她忍不住停了下来，想听听这些人在说什么。

"茶茶怎么会认识闵景峰？她平时不是只跟那群学霸交流吗？"

"我也完全想不明白，林茶怎么会对闵景峰有好感呢？难道是按照性格互补配对的？"

"你们怎么知道林茶对闵景峰有好感？他们俩都不是一个次元的。"

"不会吧，你还不知道吗？林茶为了闵景峰都跟教导主任杠上了，说是要为闵景峰鸣不平，而且听她们班的同学说，林茶这一次期中考下降了两百多分，这不是为了闵景峰到了无心学习的地步了吗？"

"不止，听说她为了跟闵景峰待在同一个地方，都不让人送饭了，每天在学校食堂吃最便宜的快餐，就为了看闵景峰一眼。"

"闵景峰命也太好了吧，被林茶这么惦记着……"

越梅梅听不下去了，说道："你们胡说八道什么？听风就是雨，给你们能的！"

几个女生都认识越梅梅，知道她是林茶最好的朋友，瞬间都有点尴尬。

一想到失落的林茶，越梅梅瞪了她们一眼，然后拿着地瓜干飞快地回教室。

"茶茶！"越梅梅喊道。

林茶抬起头，刚才咳得太难受了，她整个眼圈都红了，仿佛大哭过一场，她从鼻子里发出一个音："嗯？"

越梅梅看着林茶这个样子，揣着一颗老母亲般的心，恨不得把全世界捧到她面前，让她露出以前那种开心的笑容。

越梅梅拿出地瓜干，说道："刚想起了你昨天说想吃地瓜干的事情。"

林茶原本被呛水这件事折腾得有点郁闷，现在看到好朋友给自己拿了地瓜干，心里一暖，但不确定这么好吃的地瓜干算不算她不能承受的食物。

对上越梅梅期待的目光，林茶拿了一块，慢慢吃了起来，左手却放在课桌下，捏着一个袋子，随时准备应对突发状况。

她不能吃贵的食物，一旦吃了，就会吐得天昏地暗。

好在她吃了几口后，胃里并没有翻江倒海的感觉，于是她又吃了两块，依旧没事。

一瞬间，林茶原本紧皱的眉眼都舒展开了，整个人散发着暖暖的气息。

越梅梅看着她小口小口地吃着地瓜干，心里软成了一团——林茶简直太可爱了。

越梅梅又想到了关于闵景峰的事情，觉得肯定是闵景峰耍了什么手段欺骗了林茶，让林茶对他这么上心。

林茶吃着地瓜干，心里想的人倒是跟越梅梅不谋而合。

闵景峰啊。

下课的时候，她拿出手机，翻到相册里自己拍的照片，看着那个人头上顶着的四个金灿灿的大字——财神光环。

林茶看到这个人，鼻子就隐隐作痛——前几天，她的鼻子被对方的篮球砸得直冒血。

她第一次见到这个男生的时候就看到了对方头上金光闪闪的四个大字，但是除了她，没有其他人能看到。

她并没有很惊讶，因为更离谱的事情她早就见识过了。

在她十六岁生日后，她的生活就发生了天翻地覆的改变。

身上的钱不能多于十块，多一毛都不行。

移动支付时永远显示支付宝故障、微信钱包故障、银行卡密码错误，明明输入没问题，可就是提示错误。

不仅如此，家里送的饭，她一吃就吐，家里的车，一坐就晕得想死。

走路一个不注意就摔倒，喝水特别容易呛着，考试时写着写着笔突然不出墨，诸如此类的事情数不胜数。

一句话总结：林茶在过了十几年一帆风顺的生活之后，老天爷终于忍不住对她下手了。

但是被闵景峰的篮球砸中的那一天，她吃嘛嘛香，用钱也没问题，一整天都没发生什么倒霉事，不过第二天就又恢复了原样。

为什么林茶这么肯定是闵景峰"救"了她？

理由很简单，林茶除了能够看到闵景峰那金光闪闪的财神光环，还能看到其他人头上有颜色的云朵。

她刚开始被吓了一跳，看人的时候会忍不住看向他们头顶的云朵，那些云朵大多数是白色，看上去跟棉花糖差不多，只有少数人的云朵会出现颜色，比如说黑色。

只要是跟闵景峰有接触的人，云朵的黑色就会慢慢消失，他们整个人也会从没精打采的消极状态变成眉开眼笑的积极状态。

于是，林茶通过对闵景峰"神不知鬼不觉"的观察，得出了一个结论：顶着"财神光环"四个大字的人真的是"财神"，他的每个动作、每句话都在帮人。

林茶知道在闵景峰的眼里，周围发生的一切只是微不足道的人类在无理取闹罢了，肯定扰不到他，就像人类也不在意其他物种一样。

"茶茶，你在想什么？"越梅梅问道。

"闵景峰。"林茶下意识地说了实话。

越梅梅听到这话并没有觉得意外，虽然她内心非常想劝林茶，但是她不傻，像林茶这种从小被家里娇宠长大的乖乖女，肯定没有遇到过闵景峰那样叛逆的人，林茶一定是一时好奇才会被闵景峰吸引。于是，她按捺住自己，问道："他怎么了？"

"我在想，怎么才能跟他接触呢？"林茶趴在桌子上，慢悠悠地说道。

要是急匆匆地冲过去，就会有种利用人家的感觉，所以她最好还是当面问清楚，比如说——

闵同学，能不能每天都让我摸一摸你的财神光环？

旁边的越梅梅见林茶先是不知道想到了什么，眉心紧皱，然后轻叹一口气，跟平时自己随便说句什么她都能傻乐半天的样子完全不一样。

想到这里，越梅梅快气成河豚了。

林茶性格太好了，越梅梅长这么大，第一次遇到这么纯粹美好的女孩子。像闵景峰这样不学好的问题少年，越梅梅怎么想怎么觉得他和林茶不是一个世界的人。

越梅梅没有把这话说出来，她想得比较多，但是其他女孩子就不一样了。后座的女生也听到了林茶的话，凑过来直接说道："茶茶，我觉得闵景峰不好相处，而且他成绩不好，还跟校外那些混混一起惹是生非。"

林茶听到这话，心想大家都不知道事情的真相。

他们不知道闵景峰的真实身份，不知道他跟那些不学好的男生一起混，是因为那些男生家境不好，没钱读书，闵景峰是在帮他们。包括跟他闹过矛盾的人，他都一视同仁地帮他们，帮他们转运！

这是多么好的神仙啊！

至于其他人对自己的误解……

林茶想起了小时候看过的一部动画片。

"唯一看透事情真相的是一个外表看似高中生、洞察力却高于常人的倒霉鬼——林茶！"

林茶在脑海里给自己配上旁白，然后看了一眼周围的同学们——真想看到她们知道真相时的表情。

不过这是人家的秘密，他自己一直伪装着，哪怕被人误解也没说，作为一个无意中窥探到别人秘密的人，林茶自然是不能说出来的。

只是林茶听到别人对闵景峰的不好评价，心里还是有点不舒服，于是，她解释道："别这样说，他其实不是真的想惹事。"

越梅梅和后座的女生，还有听到这话的几个男生齐齐愣住。

他不是想惹事，难道是想联络感情？林茶这滤镜得一米厚了吧？

很快就到了午饭时间，林茶跟越梅梅去食堂吃饭。

越梅梅打好了饭，找位置的时候，一眼就看到了人高马大的闵景峰，于是快速地占住闵景峰对面的位置，接着朝林茶招手："茶茶，坐这里。"

越梅梅的想法很简单，林茶是不了解闵景峰，所以才会觉得他很有吸引力，了解了肯定就不会想接近他了。

闵景峰听到熟悉的名字，抬眼就看到了正端着餐盘往这边走的林茶。餐盘上有一碗汤，所以她走得特别小心，看到他的时候，还腼腆地对他笑了笑。闵景峰木着脸，并没有回应。

老实说，闵景峰对林茶并不感冒。他当然知道林茶对他有好感，毕竟林茶每天都会在无数次"巧合"中出现在他面前。不少男生都调侃他，不错啊，你这是要"嫁"入豪门的节奏啊！

除此之外，更多的是对林茶的调侃，那就更不堪入耳了，闵景峰自然好好"教育"了他们一顿。

不过虽然被这样调侃，他对这个豪门小公主却并没什么恶感。

闵景峰的确脾气不好，但是像林茶这种对他有好感的人，他倒是没有什么脾气。

——因为他欣赏眼光好的人啊！

即便如此，他还是打算拒绝林茶，理由非常简单——他实在没空搭理小女生，尤其是有钱的小女生，哪怕她眼光好也没用。

林茶端着餐盘，在闵景峰对面坐了下来。这是她第二次这么近距离地接触他，上一次是她被篮球砸了脸，被他背去校医室，那个时候，她趴在他背上，一只手捂住出血的鼻子，另一只手偷偷地……偷偷地摸那金灿灿的财神光环。

其他时候她都是礼貌而有距离地观察对方。

而此刻，虽然没有上一次那么近，但是那光环的光芒都能照到她的餐盘上了。林茶偷偷看了一眼他的餐盘，胡萝卜炒肉，还有一个炒青菜。

今天也是非常简朴接地气的财神呢！

林茶又开始想东想西了——

我要不要告诉他我已经知道他是财神了？

他会不会消除我的记忆？

他会消除记忆吗？

如果消除记忆，是单单消除我知道他是财神的那段记忆，还是说直接把我所有的记忆都消除了？

如果要被消除所有记忆，这个风险有点大，还是不要告诉他了？

如果不告诉他自己知道他的身份，然后装作不知道，凑上去蹭他的财神光环，良心好像有点痛，总有一种不问自取的感觉……

林茶忐忑不安的时候，闵景峰正在看她。

闵景峰还是第一次这么近距离地看林茶，原来她比光荣榜照片上还白，头发又细又软，整个人看上去软绵绵的。

突然，原本纠结的人抬起头，目光灼灼地看着他，张嘴道："我……"

闵景峰看见周围八卦的目光，皱了皱眉头，打断了她的话，说道："我们过去聊聊？"

林茶"啊"了一声，特别高兴，"噌"的一下站起来，乐颠颠地跟上了闵景峰。

食堂后面是一片小树林，没什么人，隐隐约约能够听到食堂那边传来的声音，路边还开着不知名的白色小花。

闵景峰直接开口说道："你的想法我已经知道了，很抱歉，我不能答应你。"

林茶原本正酝酿着怎么说出"我可不可以蹭蹭你的财神光环转运"，听到闵景峰抢先开口，先是一脸蒙，然后大彻大悟，对啊，他肯定一眼就看透她这种小心思，所以在她……开口之前就拒绝了。

这时一阵凉风吹过，闵景峰穿着黑色的运动衣，背对林茶站着，他的背影高大极了，带着遗世独立的孤傲。

林茶有点失落，看着那金灿灿的财神光环，真的好想冲上去蹭一蹭。

虽然她知道人家没有义务帮自己，但她还是想争取一下，所以很认真地说道："那要怎样你才会答应呢？我多做好事可以吗？"

闵景峰一脸蒙，这什么跟什么，多做好事？

不要欺负我语文不好，你这个逻辑肯定是有问题的。

"怎样都不会答应，你自己好好学习、好好吃饭，不用做那些多余的事情，对了，上一次的事谢谢你帮我。""多余的事情"是指她住寝室、挤公交车、挤食堂，为了他放弃矜贵小公主的生活。而上一次的事情，是指林茶帮忙说服学校不要开除他。

林茶有点不好意思，见闵景峰跟她道谢，她赶紧说道："没事没事，那是我应该做的——"

林茶又想到其他同学的误解，虽然知道他不会在意这些话，不过林茶还是跟他说："他们只是不知道你有多好，所以才胡说八道，你——"

她带着无限的敬意，眼睛发亮，真诚地感谢闵景峰的怜悯和慈悲："你是我见过最有慈悲心的人了，谢谢你为我们做的一切。"

闵景峰回过头，看见她笑靥如花，眼睛里闪着亮光。

他一脸疑惑。

他做了什么？林茶这是得多没见过世面才能说出这种话？不过这没见过世面的样子竟然意外地顺眼。

林茶说完后，更觉得不好意思，脸微微红了，她摸摸自己的头，小声说道："我先去吃饭了，明天见呀。"

闵景峰看着跑得非常欢快的林茶，觉得这跟自己想象的场面……不太一样。

闵景峰回去的时候，其他人都看着他和林茶，眼神里尽是八卦和戏谑。他一坐下来，就有男生起哄："肯定是告白了！"

闵景峰的眼神凛冽了起来，看得那个男生头一缩，他冷声说道："别胡说八道，她找我是跟我说清楚，她不是对我有好感，只是闲得没事，顺手帮我的忙而已。以后我再听到谁说这事，别怪我不客气。"

在场的人愣了一下，心里都信了三分，因为看闵景峰这样子是真生气了，如果刚刚林茶真是告白，被长得漂亮的豪门小公主倒追，怎么会生气？一群人你看看我我看看你，难道真的只是误会？

闵景峰确实有点生气，跟这群人想的不一样，他生气纯粹是因为他们拿这件事开玩笑，调笑林茶。

闵景峰不喜欢其他人调笑林茶，尤其是拿这件事，仿佛林茶对他有好感、跟他告白是自甘堕落一样。

套用网上的话，谁年轻的时候没喜欢过一两个……

呸，他不是人渣。

被闵景峰拒绝以后，林茶一点都不难过，甚至还有些雀跃，因为她已经把自己的心里话都跟财神说了，也表达了自己的感谢，财神却没有消除她的记忆，这说明财神允许她这个人类知道他这么大的秘密了。

最令人骄傲的是，这个秘密，全人类就她一个人知道啊！不过林茶觉得，就算自己现在告诉别人闵景峰是财神也没人会信，因为实在是太不可思议了！

"茶茶，你们说了些什么？你的脸怎么这么红？"越梅梅看她面红耳赤的，"你跟他告白了？他答应了？"

"告白？"林茶蒙了一下，看向越梅梅，"我没有告白啊。"

林茶没恋爱过，但是她想，人和神肯定不能恋爱。

越梅梅见她否认，忍不住说道："你不是对他有好感吗？"不然怎么会找教导主任？怎么会天天盯着人家看？怎么会天天想要接近人家？怎么会跟人私下说了话就面红耳赤？

看到越梅梅"别装了，我都知道了"的眼神，林茶后知后觉地意识到一件事，难道大家都以为她对闵景峰……而且还是那种喜欢吗？！

她对闵景峰？

林茶一想到这儿，本能得非常不舒服，她觉得自己冒出这个念头都是在亵渎神灵，于是林茶立马就要解释——

"我没有，我只是……"想蹭蹭他的财神光环转运！

她一点都不贪心，她就是想吃山竹、西瓜、鸡翅，她也实在是不想挤公交车回家了。

可是这话不能说出来，这是财神的秘密，如果她都不能保守，凭什么要求越梅梅能够保守？虽然不知道财神有什么大计划，但是她肯定不能拖人家的后腿！

于是，林茶只能急急忙忙地解释道："不是你们想的那种喜欢！真的不是！你们不要这样想，他那么厉害——"肯定不会喜欢啊！

见她努力掩饰自己的感情，争辩着自己没有喜欢闵景峰，越梅梅还有什么不懂的，这分明就是真的上心了。

而且林茶居然这么认真地说闵景峰厉害！

原来，林茶不仅是单纯乖乖女，还是认为不学好的问题少年很厉害的躁动青春期少女？

越梅梅觉得自己瞬间从朋友心态转变成了老母亲心态，焦虑了！

"茶茶，你觉得闵景峰哪儿厉害了？"越梅梅有点绝望地问道。

林茶听到这话，立马就来了劲。

她观察闵景峰好几天了，他做过的事情，再结合其他人对他的评价，林茶心里堵得慌，总觉得这么好的人应该得到赞美才对。

在林茶心目中，英雄是应该被歌颂的，而最心酸的事情莫过于英雄被误会——身为财神却隐藏在人类中间，认真帮人转运，用自己的光芒照亮别人的道路，不求回报，完成了"跨种族"的救助……

她没法一下子改变所有人对闵景峰的看法，不过可以一个一个地来。于是林茶一脸严肃，拉着越梅梅，开始讲述闵景峰的好。

"他勇敢慈悲——"她跟踪，不对，是"巧遇"了闵景峰很多次，所以曾经亲眼看到闵景峰为了救跳河自杀的人，跳进湍急的河流中。

"他不以善小而不为——"她曾经看到他把打碎的玻璃碴用袋子装着，放在垃圾桶旁边。她一开始不懂，后来看到去收垃圾的阿姨才明白这个举动有多善良；而且，她还看到他把没吃完的饭拿去喂流浪猫。

"他有自己的原则——"她知道了他是财神的秘密，想要他帮忙转运，可是他并没有答应。

越梅梅睁大了眼睛，小祖宗，你在说什么？你说的人是谁？

越梅梅简直想把林茶的脑袋撬开，看看她脑子里在想些什么！

越梅梅赶紧吸气，再吸气，现在反驳就是把人往外推。于是，她努力挤出一个笑，说道："原来他人这么好啊。"

林茶点了点头，笑眯了眼，道："对啊，他真的超级好！"

这时两人正好走到了学校的水果摊前，林茶看着摊子上的苹果，突然想起一件事——别人求神拜佛，可是要供奉鲜花和水果的，而她今天中午面对闵景峰的时候，傻愣愣地就冲上去了，一点表示都没有，实在是太失礼了。

但是那堆苹果上面，竖着一块牌子 ——"苹果10元/斤"。那么问题来了，她身上连十块钱都没有。她总不能跑上去问老板，你们家苹果可不可以分期付款啊？

林茶多看了两眼，觉得自己可以挑一个小一点的，应该没有一斤重，就要不到十块钱了。

想到这里，她拉住了越梅梅，说道："梅梅等我一下。"

"嗯？"

"我买个水果。"

然后，越梅梅就看到林茶蹲在水果摊前，认真地挑选着丑苹果。

林茶终于选出了最丑的一个苹果，然后递给老板："就这个，能便宜一点吗，叔叔？"

"只买一个，不能便宜。七块钱。"

林茶从兜里拿出叠得整整齐齐的七张一块钱，递给老板。

越梅梅已经见怪不怪了，毕竟她还见过林茶攒一毛钱的硬币，攒够十个就拿到超市换成一块钱。

另一边，闵景峰从食堂出来，正好看到刚刚买了一个苹果的林茶，听到旁边的女生在问她："你不是不喜欢吃苹果吗？"

"不是我吃的，是给闵景峰的。"

不久前才被他拒绝了的人这样回答道。

越梅梅一脸无奈。

林茶想了想，问道："一个苹果会不会太没诚意了？可是我身上只有这么多钱了。唉，我看其他人送的东西都好多，要不然我自己做点什么送给他，比较有诚意。"

越梅梅一边震惊，一边在心里骂那个引诱无知少女的闵景峰，可是嘴上还是顺着林茶的话说道："你用自己所有的钱买了这个苹果送他已经很有诚意了，闵景峰肯定会特别感动。"

当事人闵景峰抿着唇，表情并不算友善，他以为已经跟林茶说清楚了，没想到她居然这么执着！

闵景峰觉得自己还能奋斗，不需要"嫁"入豪门，于是他默默地往学校外面走去。

下午,闵景峰没来上学,林茶心不在焉。财神又出去救苦救难了吗?会不会有危险?他是财神,应该不会有事吧?

唉,她从小到大都没有做过坏事,她现在只是想被财神救一救。

林茶用舌尖抵了抵下嘴唇,那里有好几个溃疡,咽口水都疼。

林茶情况不太好,被溃疡折磨着,而闵景峰这边也遇到了一点麻烦——他原本是去打篮球的,结果在球场遇到了一个死对头,两个人二话不说就针锋相对了起来。

还没分出胜负,对头的奶奶突然出现在球场——老人家听说孙子退学了,气得拿着棍子一路找了过来。

老人家来了以后,颤颤巍巍地举起棍子打那哥们儿,结果那哥们儿撒腿就跑,老人家在后面追,又气又急,一个趔趄就摔倒了。

闵景峰吓了一跳,也顾不得未了的恩怨,帮着把老人家送去了最近的医院。

于是,林茶出来的时候,就看到今天财神又在助人为乐了。

林茶看着对方远去的背影,觉得他的形象越发高大了起来,而她的内心也生出了一丝愧疚。

她一个"人类",每天都想着自己那点小事,而财神,一个神,每天吃着最简单的饭菜,还在不遗余力地帮助"人类"。

难怪财神不愿意帮她,因为她太没觉悟了。

林茶立马追了上去,跑到近前,正好听到护士对他们说:"538.6元。"

那个男孩子明显没钱,闵景峰把手伸进口袋,摸了半天没摸着手机,大概是落在球场了,他们身上也没有现金。

林茶看到眼前的状况，立马明白是自己发光发热的时候了——

林茶是带了钱包的，钱包里有银行卡，她是典型地守着金山没法用的类型。她走了过去，看向闵景峰，特别高兴自己能够帮上忙。

"我带银行卡了，里面有钱。"

闵景峰："那借我六百块钱，晚点还你。"

林茶点点头，又看了看站得很近、能够听到他们说话的另外那个男生，小心翼翼地踮起脚，在闵景峰耳边小声说道："那个，你要先让我摸摸头……"因为怕被别人听到，所以后面的"财神光环"几个字她说得非常轻，闵景峰压根听不清楚。

闵景峰有点不敢相信自己听到的话，他看着眼前这个全校师生都喜欢的"单纯可爱的小公主"，她刚才是说，让她摸摸头，就给他六百块钱？

吃亏倒说不上，只是听起来怎么这么别扭呢？

闵景峰看向旁边急得要哭出来的男生，犹豫了一下，然后低下头。

金灿灿的光环近距离地对着林茶，林茶赶紧伸出手摸了摸，然后把银行卡拿了出来，递给护士。一听到"请输入你的银行卡密码"，林茶立马输入。

果然，没有提示错误了。

旁边的男生摸了摸鼻子，跟林茶说道："谢谢你，这个钱我会还你的。"

林茶有点不好意思："你应该谢闵景峰。"

林茶这话的意思是，如果不是闵景峰财神光环的庇佑，她也用不了卡。

然而，这话在闵景峰听来，意思就变成了"你谢闵景峰吧，如果不是他出卖自己的头，我也不会借钱给你"。

所以，闵景峰听到这话，表情那叫一个精彩。

林茶却特别高兴，帮助别人真是一件令人高兴的事情，而且，又蹭到了财神光环呢！她用一副"只有我们俩懂"的表情看着闵景峰。

闵景峰："……"

因为老人家的孙子在这边，所以林茶他们确定老人家没什么事后，就离开了医院。

十一月的天已经冷起来了，他们出来的时候，迎面一阵冷风吹来，林茶抖了一下，然后默默走到闵景峰的身后。

闵景峰对她这个小动作没意见，他走在前面，感觉到林茶的目光一直黏在他身上。

他遇到过不少像林茶这样对他有好感的女生，但她大概是最执着的。

没关系，他也执着。

闵景峰开口说道："你回学校还是在这边等回家的车？"

今天周五，他们学校周末不上课，林茶以前都是有专车接她回家，但前不久开始，林茶就挤公交车了。

"不回去。"林茶特别期待地看着闵景峰，说道，"你是回篮球场吗？我可不可以看你打篮球？"

林茶说的篮球场就是刚才闵景峰待的地方，离这里不远。林茶知道闵景峰每天都会去那儿打篮球，她特别想跟去，但是又怕闵景峰反感。

闵景峰听到林茶说要跟他一起去球场，表情有点古怪，她难道跟以前那些女生一样，想给他买水、擦汗？

闵景峰长得高高帅帅，声音又好听，在学校有很多女生接近他。他也遇到过自来熟的女生，天天在篮球场堵他，要他好好学习，跟他告白以后，就开始干涉他的生活，全然不顾他压根没有回应过她们。

面前的女孩子跟她们也有区别，那些女生大多数是愁眉苦脸的，老是说，和你做朋友太痛苦了；而林茶她太爱笑了，一笑就露出两个小酒窝，眼里盛满了对生活的赞美，丢在人群里一眼就能找出来。她是被命运捧在手心里，用糖养大的女生，没有经历过半点风霜。

而林茶用这样的眼神期待地看着他，不知道的还以为她是想去什么好地方。

闵景峰看着她这副用半颗糖就能哄走的样子，特别糟心。他们是不同世界的人，他觉得有必要让对方死心。

"想去就去，不过你别给我买水也别给我擦汗，我不喜欢女生接触我。"闵景峰说道。

"我不买。"在旁边等答案的林茶听到闵景峰答应了，特别高兴地继续说道，"我绝对不打扰你。"

两人并肩走到球场。

篮球场上有几个人正在投球，林茶看了看那些人，虽然活力十足，可是怎么投都投不进去，林茶忍不住看向闵景峰。

闵景峰见她停了下来，问道："怎么了？"

林茶指了指那群投球的人，说道："还是你投球厉害，你要不要跟他们一起打？感觉一个人打篮球没什么意思。"

闵景峰笑了，觉得林茶真是傻，他说："他们可不想跟我打篮球。"

果然，他踏入球场以后，压根没有人看他们这边，倒是边上一个女孩子走过来，红着脸把闵景峰落在球场的手机还给了他。

闵景峰接过来，长腿一迈，径直走到之前打球的场地，并没有管林茶。

林茶也不介意闵景峰不理她，她还在好奇地观察闵景峰打篮球的样子。他长得真高啊，随便一投就投进了。

林茶又忍不住看向另一边正在打篮球的那群人，发现里面有好几张熟悉的面孔。是他们学校的学生，他们一边打，一边时不时看一眼闵景峰。

林茶之所以观察那群人，是因为她注意到他们头顶上的云朵都隐隐透着黑色，像过期的棉花糖。

林茶回头看向闵景峰，他一个人运球、投球，大汗淋漓地跑着。

林茶观察了一会儿，看到不远处有一个小卖部，于是快步走了过去，对老板说道："你好，给我拿瓶矿泉水，最便宜的就行。"

老板说道："给那个男同学买的？"

林茶："没，我自己喝的。"

林茶高高兴兴地拿着一块钱买的矿泉水，回到了球场边。

场上，闵景峰的动作停了下来。

看到她买了水，他正要说自己不需要，就见林茶拧开盖子，咕嘟咕嘟喝了起来。

林茶一边喝水，一边看旁边那几个人打比赛，篮球从一个人手里传到另一个人手里，就是怎么投都投不进。

林茶看了一会儿，觉得打篮球也没多好玩啊，还不如解方程式有意思，毕竟解方程式还有解出答案的兴奋感，这打篮球死活不进球，真的毫无成就感……

这时，闵景峰头上的光环突然开始闪光，特别耀眼。球场上的人都被光芒照到，头上的黑气很快就没有了。

林茶对这一幕特别熟悉，她研究财神好长一段时间了。云朵变成黑色的人，特别容易发火闹事，但是没有黑气之后，他们脸上狰狞的表情就会消失，取而代之的是放松的笑意，仿佛那一瞬间他们重新审视了人生一般。

林茶曾经拿着一个小本本，做了各种对比记录，最后得出结论：被驱除了黑气的人，无一例外都会一扫颓势，精神百倍，奋发向上。

财神不只能招财，还是行走的驱赶迷茫的灯塔。

果不其然，被光芒照射后，从来没被投进过篮筐的球很快就进了，他们也都高兴得集体欢呼起来。

闵景峰其实也一直在关注旁边球场上的"战况"，看到他们可算是投进去了一个球，心情还挺好的，结果他刚转过头，就看到冲他笑得眯了眼的林茶。

闵景峰原本的高兴变成了糟心。

然后，林茶就看到那光环又恢复了平常的样子，暖暖的，并不耀眼了。

闵景峰看上去有点不高兴。

林茶看着他，突然觉得自己能够理解他。他非常认真地在帮这些迷茫的青少年驱散黑气，肯定是觉得他们在大好的年纪不去解方程、背元素周期表，天天沉迷于打篮球——而且还投不进——多浪费时间啊，不如帮帮他们。那群人都不愿意跟他玩，可他还是帮他们，不跟他们计较……

一瞬间，林茶心里充满了治愈的力量。

小时候有段时间父母太忙，林茶经常去爷爷奶奶那里。爷爷是医院院长，她就在院长办公室玩。那个时候她在医院里认识了一个先天兔唇的女孩，她们家为了给她做手术想尽办法筹钱，最后手术很成功，但是家里也欠下不少债。

林茶喜欢那个女孩，就经常去找她玩。那时林茶还不明白钱意味着什么，也不明白为什么她们家一直吃饭都不吃荤菜。后来女孩知道院长是林茶的爷爷，就不跟林茶玩了，还推了林茶一下。

林茶哭着问爷爷为什么，爷爷跟她说："总有一天你会明白，世界上的人分两种，一种人生下来就是为了享福的，另一种人生下来就在黑暗里，他们必须保持对世界的愤怒，才能继续活下去。"那时，她并不懂爷爷的话。

后来，有人跟她说："这个世界就是这么不公平，你看你什么都不用做就能拥有整个世界，我们就算拼尽全力，上天也不会漏一点阳光给我们。"她当时考试得了第一名，拿到了一等奖学金，跟她说这话的人是第二名，奖学金比她少一半，而那个女孩家里有个重病的母亲。

那时候她听到这些话，心里非常难过，尽管她自己也说不清楚到底是为什么而难过。

林茶从很小的时候开始，就希望大家都好好的，不要经历那么多苦难，都开开心心的就好。

小时候，大家看起来确实都很开心。

然而随着她慢慢长大，现实也不再如她的意，别人生活的艰难辛苦仿佛无时无刻不在提醒她：你看啊，老天爷真的很不公平。

直到闵景峰出现。

林茶看到他帮助被骗的孤寡老人把钱从骗子手中追回，而且还帮老人找到了被拐多年的儿子。

林茶看到他无差别地帮助那些初中毕业就在街上游手好闲的混混，他们头上的黑气一点一点地被金光驱散，开始去找正经工作。

她明白，她想接近闵景峰，不仅仅因为只要接近他就可以走出目前自己所处的困境，更因为这个人的所作所为驱散了她心里的阴霾。

那些在黑暗中挣扎的人一次又一次埋怨上天不公平，但是实际上老天还是努力在补偿，虽然他们可能永远都不知道在他们最艰难的时候，曾经有一个神陪在他们身边，眷顾过他们，为他们照亮前面的路。

林茶单手托腮，看着继续一个人打篮球的闵景峰。他还是一个人，对比另一边的一群人，显得孤单又倔强。于是，林茶自告奋勇："我来陪你打篮球吧！"

闵景峰听说过很多关于林茶的事情。

林茶在他们学校太有名了，女生们个个都恨不得把她捧在手心。

一半是因为她的哥哥，大概全校女生都想当林茶的嫂子，自然会对"小姑子"特别好；另一半是因为林茶本人，女生们的说法是，一看她笑，就想挣钱给她花。

所以哪怕闵景峰没怎么跟她接触过，他也知道——

"林茶真的好努力，听她们班上同学说，她晚上回寝室还要看书写作业。"

"那不是林茶吗？她在操场上干吗？"

"背课文，她学习计划表里面每天早上有半个小时是在操场背课文。"

"你连这个都知道？"

"那当然，这可是一个合格嫂子的自我修养。不只是早上背课文，她中午还要抽半个小时去实验室做实验，下午休息时间看英文小说放松。"

"小姑子今天也很努力，太厉害了！"

总而言之，在闵景峰心中，林茶是一个非常努力学习的女生，所以他以为林茶跟着他过来，看到他这么不受欢迎，肯定会对他失望，不会再有什么幻想。

结果林茶特别认真地跟他说："我来陪你打篮球吧！"

闵景峰感觉更加糟心了。

这个时间点，你这种热爱学习的书呆子，不是应该待在自习室里面看英文小说放松吗？怎么能来打篮球？

林茶以为闵景峰同意了，把矿泉水放在一边，小跑着向闵景峰奔去。那姿态，分明是害怕对方后悔。

林茶跑过来的时候没有刹住车，直接撞到了闵景峰身上，他身上还残留着运动过后的热气。虽然穿着一件运动外套，但身体接触的那一瞬间，闵景峰整个身体都僵硬了，他后背挺直，完全不敢有任何动作。

闵景峰闻到了一股若有似无的甜香味，应该是林茶身上的味道。

篮球场上有一股塑料味，很不好闻，而这股甜香味就像林茶本人一样，跟这里格格不入。

林茶并不知道此刻闵景峰的想法，她把地上的篮球抱起来，学着刚才闵景峰打球的样子，弯下腰去拍篮球，那姿势跟小孩子拍皮球差别不大。然而，在闵景峰手里任凭处置的篮球，到了林茶手里，立马像没了力气一样，懒洋洋地跳了两下，紧接着就滚开了。林茶赶紧追了上去。闵景峰的目光不由自主地落在了她努力追赶篮球的身影上。

林茶很快抱着篮球回来了。她的手指又白又细，此时正搭在灰扑扑的篮球上，这双手平时都是拿着笔，写着各种各样的公式；她的名字总是在光荣榜上，别人讨论她的时候，用的词都是"爱学习""学霸""小公主"。

而此刻，她却在略微呛鼻的空气中，目光专注，努力地拍打着乱跳的篮球。

闵景峰皱了皱眉头，定定地看着林茶。他心里非常不舒服。

她不应该这么慌慌张张地去追赶篮球，被篮球为难，脸上满是汗水和狼狈，她应该坐在教室里，在空调的冷气中，从容地写作业；她这双手更不应该抱着灰扑扑的篮球，应该握着签字笔，享受所有人的赞美，而不是被人用惋惜的语气说着她怎么会对那个混混有好感？

闵景峰又看了看周围打篮球的人，他们的心思都在篮球上，时不时地爆一两句粗口。

想到林茶会变成这个样子，闵景峰目光变冷，眉头瞬间皱起，他"噌"的一下站起来，握着林茶的手腕，不顾从她怀里掉出来的篮球，颤声道："走！回去！"仿佛这里是什么龙潭虎穴。

走了几步，闵景峰再一次开口，义正词严："你不能打篮球，知道吗？"

他也分不清他说的是她不能打篮球，还是她不能接近他。

"啊？"林茶刚玩了一会儿篮球，还没体验到乐趣呢，听到这话，她有点奇怪，"怎么了？"

"你打得太烂了，一会儿篮球该哭了！"闵景峰拉着人大步向外走，仿佛后面藏着什么勾人的妖精，稍微晚一点，林茶就会被勾了魂魄一样。

球场外的空气清新冷冽，一下让闵景峰清醒了过来，他匆忙放开了林茶的手腕。

天已经黑了，篮球场上的灯通通亮了起来，照得整个篮球场如同白昼。他们两人走在外面的马路上，篮球场的灯光逐渐跟不上他们的脚步，周围慢慢暗下来。林茶却没有受到影响，毕竟旁边有一个自带光环的闵景峰。

"咕咕咕。"

林茶摸了摸肚子，有点尴尬。她今天中午没怎么吃东西，现在都已经过了晚饭的点，当然饿了。

闵景峰似乎听到林茶肚子叫，叹了一口气，无奈地开口说道："以后别来找我了，我们不是一个世界的人，我不会喜欢你的。"

林茶原本还在想他们一会儿一起去吃晚饭，然后明天放假，她就来找闵景峰，跟他一起去拯救需要帮助的人。

冷不丁听到闵景峰这话，林茶眼圈一下子红了，她以为他们今天相处得很好，她还以为他们以后也可以这样一起行动。

林茶强忍着眼泪，可还是觉得委屈。她抿着嘴，带着哭腔说道："哦，那我下一次去寺庙，跟其他人一样摸你的手！"

林茶跟爷爷一起去过寺庙，拜财神要排很长很长的队，进到里面，若是有人去摸财神的手，旁边的师父们就会说："不要碰神像！不要碰神像！"

初一、十五去的人太多了，师父们管不过来，林茶知道闵景峰是财神以后，还专门去寺庙帮着维护秩序。

结果……对方跟她说不喜欢她。

为什么他愿意拯救那些走错路的年轻人，让他们迷途知返，却跟她说这种话，是因为她从小得到的太多了吗？

林茶被心中的偶像这样一说，哪里经得住，转过身，耷拉着脑袋，往学校走去，背影落寞。

闵景峰没懂摸手是怎么回事，没来得及问，林茶已经转身离开了。他站在原地，看着她走在晚风中，身形显得格外娇弱，肩膀一耸一耸的，明显是在哭。

闵景峰拒绝过很多人，林茶不是唯一一个哭着走开的，却是唯一一个他看着她走远，终于忍不住追过去的。

路灯发出暖黄色的光，很像闵景峰的财神光环发出来的。

林茶越想越委屈，越想越难过，在闵景峰眼里，肯定众生平等，每个人都是值得拯救的。

可是，他单单不喜欢她！

她走着走着就走不动了，索性蹲在路灯下面开始想，她是不是真的不值得财神庇佑？

闵景峰追上来，看到林茶蹲在路灯下，像被抛弃的小动物。

听到脚步声，她抬起头看向他，眼里含着泪水，带着哭腔问他："我是不是真的很不好？"

那一瞬间，闵景峰心口一疼。你是小公主，你什么都好，我就是希望你一直这么好下去，所以才不能跟你在一起。

这要是换一个人，他肯定直接说，对，很不好。

而此刻，他只觉得自己不该那样说。

闵景峰在她旁边蹲了下来，斟酌了一下，开口说道："我刚才话说得太重了，我没有不喜欢你。你爱学习、爱生活，你真的很好。所有人都喜欢，你不应该把目光放在我身上，我要走的路跟你不一样。可能因为我们是不同世界的人，所以你对我的人生感兴趣，但是一旦你长大了，回过头就会明白这段经历有多糟糕。你身边有很多爱你的人，不要辜负他们的期望。"

闵景峰没有想到自己还能说出这样的话来，不过他重点提了爱学习，生怕这小缺心眼的沉迷于玩乐。

林茶听到这话，破涕为笑，她擦了擦眼泪，开心地说道："真的吗？你觉得我很好吗？"

闵景峰叹了一口气，见她开心，接着说道："你当然很好，我也很感谢你喜欢我。真的。"

林茶脸红了，但还是热情地对自己的偶像告白："我应该感谢你才对，我遇到你之后，才发现原来世界这么美好，我很想成为你这样的人！"

闵景峰气得火冒三丈，瞬间说不出话来：我都要叫你祖宗了！你怎么就是说不听啊！

然而，他无法忽略心里那一抹甜。

第二章
我就想蹭蹭财神光环

-¥-

"咕咕咕……"

两个人算是说开了，蹲在路灯下你看看我，我看看你，然后，就听到林茶的肚子又响了。

她这个年纪本来就是长身体的时候，刚才情绪大起大落，更是耗费了不少精力，自然饿得更厉害了。

因为哭过，林茶的眼睛红红的，她对上闵景峰看过来的目光，小心翼翼地问道："你也还没吃晚饭，我们一起去吃晚饭好吗？"

闵景峰原本还在试图说服林茶，但是现在看她这么饿，心里过意不去。如果不是自己，林茶肯定早吃过饭了，不至于饿肚子。于是，他开口说道："走吧，我带你去吃晚饭。"

"嗯！"林茶看他同意，高兴地点了点头，然后猛地站了起来。

这一起身，就出事了。林茶感觉大腿以下像被针扎一样痛得厉害，身体一下子失去重心，向前栽去。

好在闵景峰一直关注着她，眼疾手快地拉住了她的胳膊，没有让她一头栽在地上。

"腿……腿麻了。"林茶脸一红，说道。

"刚才你蹲太久了，肯定会麻。"

闵景峰知道这种程度的腿麻动一下会酸痛得更厉害，所以他拉着她的胳膊，也没让她到旁边去坐。

林茶只觉得腿跟针扎一样痛，她有点想蹭蹭光环，说不定蹭蹭光环就不痛了。林茶看了看闵景峰，又不好明说，只好用眼神暗示。

"怎么了？"

她眼里泛着泪光，才压下去的泪水又要泛滥了，似乎下一秒就要掉下来。

闵景峰被这样的眼神看着，只觉得这姑娘太娇气了，腿麻了都要哭，真是温室里的花朵。

接着，他突然想起这温室里的花朵喜欢自己。

想到这里，闵景峰觉得如果林茶喜欢的是其他人，那她会被伤得再也不能露出平时那种笑了吧……

人被伤害以后就变。如果她喜欢的是其他人，而她这么放下身段，死心塌地地追求，他都不用想就能猜到她会遇到什么。

林茶是优秀的，优秀到全校男生没有人敢直说喜欢她，怕被人说癞蛤蟆想吃天鹅肉。

如果她喜欢上一个男生，放下身段去追求，对方只会因为自卑，而想方设法地打压她，让她也感到自卑，就像林茶喜欢他以后，其他人总是拿这件事开玩笑一样。

闵景峰第一次有了这样的想法：还好，她眼光不错，至少他不会打压她。

　　林茶见闵景峰看她的眼神充满了怜悯，心里一暖，财神现在看她肯定跟他平时看那些需要他庇佑的人一样。

　　于是，林茶听话地点了点头，保证道："以后不蹲了。"

　　闵景峰在心里叹了一口气，有些发愁，这孩子被养得这么傻，以后怎么办？

　　一直站在这里也不是办法，林茶小心翼翼地活动了下腿，加快血液循环。

　　"好了，没事了。我们去吃饭吧，你想吃什么？"

　　"都可以。"

　　两个人往吃饭的地方走去，闵景峰腿长，一步可以顶林茶两步，于是林茶基本是一路小跑地跟在闵景峰身边。

　　林茶还在想之前闵景峰跟她说的那些话，闵景峰肯定是想好好学习的，可是他没有办法眼睁睁地看着那些差生迷茫堕落而不予理会，所以只能牺牲自己的大部分时间去打篮球。

　　林茶越想越觉得自己好像知道了真相，心里暖暖的。她也想做这样的人，想跟闵景峰一起做好事。这么多人受益，总要有一个站出来，给英雄鲜花和掌声。

　　林茶越想越激动，她看了看旁边正安静走路、不知道在想什么的闵景峰，开口说道："我以后跟着你好不好？"

　　原本在神游的闵景峰被这句话吓了一跳——

　　跟着我？

　　闵景峰咬牙："你说什么？"

林茶看着他的眼睛，一点儿都不怕他，再一次说道："我说我以后跟着你好不好？"

闵景峰见她这副模样，又被她气到了，说道："你知道你多少岁吗？"

他们才认识多久？

"十六岁啊。"林茶继续说道，"虽然有些事我没有经验，不怎么懂，不过你可以教我，我会很认真地学的。"

她的眼睛可真亮，像是落满了星光。

闵景峰被这真诚的眼神看着，缓了一会儿才意识到对方说了什么，耳根一下子红了，一股热气直冲脑门。继而又意识到，如果对方喜欢的人不是自己，那么她说出这些话后，会遇到什么？

想到这里，闵景峰忍不住加重了语气，沉声说道："这种话不能再乱说了，就算是追男生，也绝不能用这种方式，知道吗？！你要是这样追一个男生，只会被看轻，懂吗？！"

最后两个字，闵景峰几乎是咬着牙说出来的。

林茶愣了一下，眨了眨眼，有点迷茫："啊？"

闵景峰见她这个傻样，深深地怀疑，这人哪天换一个人喜欢，肯定被卖了还要替别人数钱。

可到底说不出太狠的话，闵景峰认命了，开口教育道："当你喜欢一个男生的时候，你不能主动，知道吗？不要被什么女追男隔层纱的话给忽悠了。"

林茶终于反应过来了，原来财神误会了啊！

"我举个例子，花了一个月工夫每天省吃俭用买的新手机，和在路边捡的手机，你觉得哪一个不小心丢了你会更心疼？"

林茶原本想解释，但是对方在问自己问题，作为一个三好学生，林茶立马就回答："捡的手机是别人的，要还给人家；自己花钱买的手机虽然丢了，但是再省吃俭用一个月买的就可以了，所以不小心把别人的手机弄丢了会更心疼。"

闵景峰被噎住，他真想撬开这人的脑子看看。

可怕的是，林茶说完后，还认真地看着他，仿佛在等他公布答案。

闵景峰不是一个会认输的人，他在反省这个例子举得不是很好，毕竟小公主不缺钱。

于是，闵景峰说道："一般人会对付出过心血的东西更加珍惜，什么都没有付出就能得到的，那么放弃的时候就不会心痛，因为没有任何损失。"

一个从来没有谈过恋爱的人，在从人性的角度给追自己的人讲道理，这也是没谁了。

林茶认真想了想，然后笑了，说道："好像很有道理。"

闵景峰见她终于明白了，觉得自己做了一件好事，于是再接再厉："所以不要追我，不要表现出来你喜欢我，懂吗？"

林茶反应过来，赶紧解释道："我……我不是那种喜欢你。"

"嗯哼？"闵景峰含着笑，看着林茶。

孺子可教，还算是有点进步，闵景峰看着她通红的脸，心想，可惜他又不傻。

他一笑，林茶注意到他头顶的光环又闪金光了。

咦，她好像知道了什么——刚才在球场的时候，他也笑了一下，然后财神光环就突然冒金光了。

闵景峰看到林茶一直傻乎乎地盯着他，仿佛怎么看都看不够一样。

闵景峰拍了拍她的头，把人拍醒，说道："你说不喜欢我，还有呢？"

被拍头的时候，林茶感觉到了一种说不出来的舒服，仿佛全身的细胞都放松了。这种感觉很熟悉，和她摸到财神光环的时候一样。

不过被提问还是要回答的，林茶连忙解释道："不是说不喜欢你，只是不是那种喜欢，那都是同学们胡说的，他们不知道实际情况。"林茶红着脸，决定实话实说，"我只是想蹭蹭你的财神光环转运。"

"什么？"闵景峰没懂她说的话。

林茶以为他生气了，于是小声说道："你别生气，我……我……"

她小心翼翼的样子到底是让闵景峰心软了，他于是顺着她的话说道："好吧，你不是喜欢我，你是想蹭我的财神光环转运。"

林茶听他这样说，感觉他好像更生气了。想来也是，他们非亲非故的，她却想着占他的便宜，虽然他是神，但这样还是不对的。

于是，林茶说道："你别生气了，我知道我这样做不对。要不然这样吧，我以后帮你补习？"

闵景峰问道："那我要怎么帮你转运？"所以补习才是重点吗？

"你不生气了吗？"林茶问道。

"不生气，你帮我补习，我帮你转运，算是双赢了。"闵景峰想，他刚告诉这小傻瓜喜欢一个男生的时候不能太主动，她就想出这样的办法，也算是进步了，就是这个办法有点不靠谱。

林茶听他答应了，说道："转运其实有点麻烦，就是我们经常见见面，你要开开心心的，然后我摸一下你的头，或者你摸一下我的头。是不是太麻烦了？"

财神光环，补习，开开心心的，摸一下头。

这小笨蛋当每个人都像她这么傻吗？编的话都这么扯，扯就算了，还方方面面为他考虑。

闵景峰觉得自己真是越混越回去了，他怎么就从不受人待见的问题少年变成了给高中女生分析人性的哲学老师了？而且还有向着心理老师靠近的趋势？

就像此刻，他带着饿得肚子都在叫的小笨蛋去吃晚饭，心里还在换位思考——

为什么是财神光环呢？胡编乱造肯定也是有理由的。

难道是因为在林茶这个豪门小公主眼里，他太穷了，林茶怕他自卑，所以想出这个光环来安慰他？

闵景峰想到这里，回过头，就看到林茶似乎在比画什么。

"你干吗？"

林茶抬头，说道："我发现你的财神光环有规律可循。我想研究一下，回去之后，让老师帮我建一个模型出来。"林茶以前参加夏令营，了解过建模的知识，她的老师在这方面很厉害。

闵景峰震惊了，真的服了。

先是编了一个财神光环出来，现在还准备从科学的角度来论述它。

林茶见他一脸震惊，有点不好意思，说道："你介意我研究吗？我不会告诉任何人这件事，我就是想帮帮你。我们把这些东西弄清楚了，以后做事情也会方便很多。"

闵景峰还能说什么？他都能接受财神光环这个说法了，不就是建模吗？有什么不能接受的？

好在这个时候，两人已经走到了最近的一家餐馆——"罐罐米线"。

店有点小，但干净卫生。

两人很快点了两份罐罐米线。

老实说，林茶看上去完全不像是会来这种小店吃饭的人，闵景峰想起了学校里的传言——

"林茶也太拼了，为了闵景峰都不吃家里送的饭菜，专门吃学校食堂最便宜的饭菜。"

明明是一个娇生惯养的女孩子，怎么为了他变成了这个样子？

闵景峰想起当初在校长办公室，有人污蔑他收保护费，校长、老师一致建议他回家自学，别在学校祸害其他人，就是这个号称好脾气的小公主挡在他面前，气得面红耳赤："不要开除他！他才没有收保护费！他保护了那么多人，从来没有要过回报好吗？！你们不能这样做！真的太过分了！"

然后，她怒气冲冲地转过头，看向那个污蔑他的男生，步步紧逼，把对方吓得后退了几步。她气得想骂人，但是除了"你！你！"什么也说不出来。

闵景峰当时想，这个小公主肯定从小没听过什么骂人的话，不知道该怎么骂人。最后，他听到小公主气鼓鼓地呵斥道："你这种忘恩负义的人以后是要遭报应的！"

然后，全校都知道好脾气小公主冲冠一怒为蓝颜。

闵景峰回忆结束的时候，两份罐罐米线已经上桌了。陶瓷罐底部发出咕噜咕噜的声音，米线的香味弥漫在他的鼻尖。

闵景峰夹了一筷子米线到旁边的碗里，开始吃起来。

林茶第一次吃这个，于是学着闵景峰的样子，把陶瓷罐里面的米线夹出来。米线很滑，她技术不熟练，夹了好一会儿才吃到。

闵景峰吃完抬头，就看到对面林茶正慢条斯理地吃着，吃完了碗里的几根米线，再去夹陶瓷罐里的。

她满脸认真，与其说是夹，不如说是挑。

他们吃的罐罐米线，是把米线放在黑色的陶瓷罐里，上火煮好，然后把罐子放在隔热的木板上，端给顾客。因为陶瓷罐太烫了，所以需要顾客自己把米线挑到旁边的碗里，如果直接就着陶罐吃，不仅会烫嘴，一不小心还会烫到手。

林茶明显怕被烫，所以动作很小心，再加上米线滑溜，她好不容易挑起来的又掉了。

闵景峰实在看不下去了，伸手捏住林茶面前的陶瓷罐下面的木板，很是潇洒地把陶瓷罐移了过来，然后另一只手拿过她的小碗，又从旁边拿了一双没用过的干净筷子，开始夹了起来。同样的米线，同样是用筷子，闵景峰夹的时候稳稳地，几筷子就把陶瓷罐里面剩余的米线、杏鲍菇片还有豆芽都夹了出来。

闵景峰还顺手倒了一部分汤到碗里，然后把碗推到林茶面前。

林茶全程单手托腮，眼睛亮晶晶的看着闵景峰，高兴地说道："你好厉害。"

闵景峰看到她崇拜的小眼神，立马教育道："以后不要说这种话，就是心里再喜欢，也不能表现出这个样子，知道吗？"

林茶说完"你好厉害"以后，看到闵景峰头顶的光环亮了不少。财神突然高兴了？可是他脸上没有笑啊，难道自己猜错了？

正准备问他，就听到这堆大道理，林茶赶紧点了点头："好的！我记住了，我哥哥也说我为人处世太幼稚了，不懂掩饰自己。你真的太厉害了，这些你都懂，我把你跟我说的话都记下来，以后让他大吃一惊。"林茶发自肺腑地觉得，财神比她这个人类还懂人与人之间的关系。

如果越梅梅在这里，一定会说，你的滤镜太厚了。

再一次被夸的闵景峰无奈了，他说道："不是让你不要表现出来吗？"

林茶听到这话的时候，嘴里在吃米线，不能说话，她看着闵景峰，眼睛水灵灵的，仿佛要传递什么信息一样。

闵景峰一脸无奈。

林茶很快就吃完了，她理直气壮地说："可你不是别人，你说喜欢别人才不能表现出来。"她看着闵景峰，露出一个甜甜的笑容，再一次确定地说道，"你又不是别人，为什么不能表现出来？"

闵景峰看着她笑弯了的眉眼，一时之间，不知道应该如何反驳这句话。

"什么不是别人？"突然，他们身后传来一个清冽的男声。

林茶转过头，看到戴着墨镜和口罩的人有点惊讶："哥！你怎么来了？"

林葚摸了摸她的头，说道："你们学校五十周年校庆，请我来做演讲。"这话虽然是真的，但是离校庆还有一段时间，这就是个借口罢了。

林茶立马相信了，给哥哥介绍道："哥，这是闵景峰。"

"闵景峰，这是我哥林葚。"

闵景峰对上林葚看过来的目光。

林葚定定地看着他，眼里全是警告。

很明显，林葚调查过他的背景，可能还觉得他欺骗了林茶。

闵景峰开口说道："你好。"

林葚顿了片刻，笑了："很高兴认识你。"

说完，林葚转过头，对林茶说道："妈让我顺便问问你，十一月要结束了，还去不去冰岛看极光，再过段时间就不容易看到了。"

林茶有点想去，她们高一物理书上有一张极光的图片，非常漂亮。可是如果去冰岛，花费肯定不止十块钱，到时候她能不能回国都是问题。

"不去了。"林茶犹豫了片刻，小声说道，"我要学习。"

闵景峰的目光放在桌子上，并没有加入这对兄妹的对话。

林葚是在提醒他，林茶放假要去国外看极光，而他接触不到那样的世界，不知道林茶是单纯不想去国外还是听出了她哥哥的言外之意。

闵景峰内心毫无波澜，他自己又不是不知道这件事。

林葚这边，几句话已经把原本不准备今天回家的妹妹哄得要回家了。

林茶跟闵景峰道别："明天放假，你有没有什么安排？我们明天见啊！"

闵景峰见她天真的样子，心想虽然明天放假，但是你肯定出不来的。

闵景峰并没有挑明，何必让她纠结这些问题呢。

"没什么活动，我在家打游戏。好不容易放假，你在家陪你爸妈吧。"

"好，那我先回家了，咱们周一见哦，你今天答应我的事情不要忘了。"林茶还记得他们的约定。

闵景峰对上她期待的目光，点了点头。

林茶见他点头，开开心心地跟着林葚朝着另一个方向走去，兄妹俩有说有笑。

闵景峰也转过头，朝着相反的方向走去。

他觉得按照林茶这算得上痴迷他的表现，再加上他那些不好听的过去，她家里不给林茶转学，就会让他转学，周一能不能见面都是问题。

闵景峰抬眼，看了看漆黑的夜空。没有一颗星星，跟以往的黑夜没有任何区别。

只是他的心突然变得很温柔——

谢谢你喜欢我。

闵景峰走过长长的街道，回到家里。

他打开灯环视四周。房子没有装修过，空荡荡的，没什么家具。与其说是家，不如说是暂时住的地方。

闵景峰以前是有家的。

他的父母是同一个村子出来的，两人青梅竹马，高中毕业就一起出来打工了。头几年他们日子过得很艰难，之后就有了他。

于是，他爸决定辞职创业，在他八岁的时候，他爸已经坐拥一家上市公司了。

然而也是在那年，他爸有了外遇，要跟他妈离婚。小三是银行高管的女儿，他爸铁了心离婚，他妈最后答应了。

他爸结婚的那天，他妈躺在医院里，靠着仪器维持生命。

八岁的闵景峰很害怕，他说妈妈，你别走，我一个人害怕。但他妈妈还是离开了。她只是告诉他，他还有很长的路要走，以后自己一个人坚强点。

那一天，他没有了爸爸也没有了妈妈，再也没有了家。

闵景峰站了起来，他有点焦躁，准备再去篮球场打球。可他打开书包拿水的时候，看到里面安安静静地躺着一个丑苹果。

"不是我吃的，是给闵景峰的。"

耳边似乎响起了一个声音，那是林茶说过的话，她当时买了一个苹果。

林茶应该是在球场的时候偷偷把苹果放进他书包的。

闵景峰看了看这个其貌不扬的苹果，洗干净，一口咬了下去。

很甜，很甜，似乎甜到了心里。

周一很快到了，闵景峰跟林茶不在一个班，但是在同一层楼，中间隔着三个教室。他坐在教室里，心想，没有老师找他聊天，那转学的人应该是林茶了。

课间，闵景峰无聊得开始转笔，听到后面的女生在议论。

"二班发来线报，星期五的时候林葚来学校接林茶了。"

"真羡慕跟林茶一个寝室的女生，我当初怎么没有这个运气分到她们寝室。"

"没回寝室，林茶给她们发的信息。不知道为什么，林茶今天没有来上课。"

闵景峰转笔的动作顿了一下。

她们接着说道："会不会是生病了？"

"我倒觉得不是生病，而是因为——"后面的话她们是凑到耳边说的，声音特别小，闵景峰没有听清楚。

他虽然没有听到，但也能够猜到，她们肯定是在说他的事。

林茶为他出头的时候，她的家人肯定就知道了林茶喜欢他的事情，但是一直以来，他们两个人都保持着距离，没有说过一句话，所以林茶家人应该是想观察一段时间再说。可是上周林葚撞到他和林茶一起吃饭，这下林茶家人就不可能坐视不理了。

闵景峰的目光从桌上转到了窗外。窗外的法国梧桐，叶子已经开始慢慢变黄了。

其实闵景峰对于林茶家里对他的态度，一点生气的情绪都没有，反而觉得这样挺好，至少能够保护林茶。

"闵景峰，班主任有事情找你。"这时，班长进来喊道。

闵景峰走进办公室，看到等在办公室里面的，除了班主任以外，还有林葚。

跟上次见面时不一样，林葚看上去状态很不好，眼底尽是疲惫，看到他的时候，有毫不掩饰的愤怒。

闵景峰还没开口，就听班主任说道："闵景峰，林茶生病了，你跟林葚去一趟医院。"

闵景峰心里一紧，但还是拒绝了："不去。"

他又不是医生，去医院也没用。

林葚听到这话，气急了，但他也知道现在是什么情况，只得开口说道："她要死了，你也不去吗？"

闵景峰脑子里瞬间一片空白。林葚不可能撒这种谎，刚才他进来的时候就觉得林葚状态很不对劲，才两天，林葚像是被抽走了所有的精气神一样，整个人都颓丧极了。

等回过神来，他已经站在了病房外面。

推门进去，里面有很多人，然而闵景峰只看得到病床上的林茶。她瘦了很多，被人扶着，还在不停地呕吐。

扶着林茶的林妈妈见闵景峰进来，看向林葚的目光带着谴责。

林茶现在吐出来的已经是苦胆水了，吐完非常不舒服，旁边的护工要拿漱口水给她，林茶摆了摆手，示意不需要。她刚坐正身体，就看到了闵景峰。

林茶的眼睛一下子亮了，有救了有救了，她不用吐到死了！

这两天她一直盼着闵景峰快点来，要不然她真的要完了，因为医院的每一项检查都好贵，她的身体实在是承受不了。

她回家那天，因为跟闵景峰见过面，还摸了光环，所以回到家以后，她把自己这段时间想吃的所有东西都吃了一遍，最后吃撑了，躺在床上美滋滋地让妈妈给揉肚子。

妈妈跟她提起转学的事情，林茶当然不同意，不过妈妈并没有强求，只说再考虑考虑。

第二天，林茶不能靠前一天摸过光环转运了，于是吃什么吐什么，喝水都狂吐。

林茶的家人吓着了，赶紧把她送到医院，结果什么病都没检查出来，医生暗示有可能是心理压力太大。

找心理医生，心理医生只说林茶心理很健康，乐观开朗，没问题。

结果还没离开医院，林茶就又吐了起来，她只能解释自己是生病了，但是只要见到闵景峰就会没事。

这话一出，全家人都生气了。林茶从小到大都是听话懂事的乖孩子，谁也没想到她居然会为了一个闵景峰做出这样的事情，就更加不让她见闵景峰了。

好在，闵景峰还是来了。

然而林茶看了看他的头顶，心都要碎了。

原本金灿灿的财神光环现在简直像快没电的灯泡一样，十分暗淡。

但是聊胜于无！

"闵景峰……你可以过来一下吗？"林茶的声音听起来特别虚弱。

闵景峰在其他人的目光注视下走到了林茶身边。

林茶努力撑起身体，她现在浑身软绵绵的，自己坐起来都困难。

闵景峰赶紧扶住了她。

林茶顺势伸手去摸他的财神光环，还小声说道："还好你过来了。"

她摸了几下，想吃点东西补充能量。闵景峰顺手端起旁边的碗，里面盛着粥，见她没力气，他便慢慢地喂给她吃。

果然，这一次吃下去以后，没有再吐了。

林茶觉得爸爸、妈妈还有哥哥欠自己一个道歉，于是看向他们，委屈巴巴地说道："我就说吧，只要闵景峰在，我就不会吃什么吐什么了，你们还不信我。"

她说这话的时候，声音还是软软甜甜的，像撒娇一样，一副"看吧看吧，我是对的，你们要相信我"的样子。

林爸爸和林妈妈神色复杂地对视了一眼，心底五味杂陈。

第三章
强强联手
-¥-

　　林爸爸、林妈妈心里也难受，他们从来没想到这种为了男生叛逆的戏码竟然会发生在他们家女儿身上。

　　她从小到大是那么乖巧，林妈妈甚至记得林茶四五岁的时候，安静地坐在台下看她在台上弹钢琴。她一下台，小林茶就跑过来给她捏手捏肩膀，扬着小脸，崇拜地看着她，奶声奶气地说道："妈妈弹钢琴好听……"

　　转眼她的小林茶已经这么大了，有了自己的想法，有了自己的心思，有了在乎的人。

　　林妈妈看着她苍白的脸，眼睛湿润了。听到她说着让他们相信她的话，林妈妈拉了拉林爸爸的衣服，说道："是应该相信你，还要吃点什么吗？我让他们去买。"

　　林茶摸了摸肚子，有点愧疚地说道："有点饱了。爸爸，妈妈，哥哥，你们去忙自己的事情吧，我没事了。"他们本来就忙，结果这三天都陪她住在医院里。

她是两个月前出现这种情况的，但是那个时候她想自己找办法解决，并没有告诉家人，毕竟这件事太魔幻了，说出来不仅没用，还会让他们跟着担心。

现在她愿意说，是因为已经找到解决的办法了。

林妈妈还想说点什么，却被林爸爸拉了拉胳膊。一直没开口的林爸爸说道："闵同学，可以出来一下吗？"

闵景峰没有犹豫，跟着林爸爸走了出去。林茶本来也想去，被林葚按住了。

等到他们都出去了，林葚开口说道："你真是傻，怎么会对这样的人好？我去学校找他，告诉他你生病了，让他来看你，你猜他说什么？"

林茶有点茫然，看着自己的哥哥。

林葚叹了一口气，说道："他说不来。"

说完以后发现林茶有点迷茫地看着他，似乎在说，这有什么关系吗？

林葚气极了，说道："你知不知道他家里是什么情况？他接近你，很有可能是因为我们家的条件。"

林茶皱了皱眉头："什么？"

林葚以为她听进去了，说道："他爸有钱了以后抛弃了他妈，他妈后来死了留下他一个人，这种背景下出来的孩子，你觉得他能有多善良？"

林茶蒙了一下，财神爷原来过得这么不好吗？她知道对方是神，也知道对方过得不好，只是不知道差到这种程度。

他是生而为神，还是后来慢慢变成神的？他一开始是神的思想还是人的思想，如果是人——

世界以痛吻他，他却报之以歌。

想到这种可能，林茶眼泪都下来了，小声说道："哥，不公平，世界对他不公平。"

林葚无奈，妹妹到底被灌了什么迷魂汤？

闵景峰倒是没有给林茶灌迷魂汤，反而是他被林茶灌了迷魂汤。

闵景峰回来的时候，听到林茶带着哭腔说，世界对他不公平。

那一瞬间，他只觉得自己心里有什么地方异常酸涩。

林葚见闵景峰回来了，对林茶说道："你先睡一会儿，等睡醒了再出院，我去帮你把出院手续办好。"

林茶点了点头，这两天她没怎么睡觉，实在是困得慌。不过她的目光一直放在闵景峰身上，在旁人看来，简直是心疼闵景峰心疼得快哭出来了。

林葚不想看自己妹妹那副傻样，想来爸妈也警告了这个人，于是转身出去给林茶办出院手续去了。

闵景峰在林茶旁边坐了下来，轻声说道："我现在没事了，你别难过。"

林茶不知道自己这个样子看上去有多像要哭了。当闵景峰说出这话的时候，她只是想，因为现在他是神，所以才没事了吧。

林茶见他看透了自己的心思，于是小声说道："那个时候肯定很难受吧……要是我那个时候就认识你了该多好啊。"

闵景峰笑了，说道："还是不要了，我那个时候仇富，你如果认识我，可能天天都会被我欺负哭。"

仇富？财神仇富？

闵景峰给她掖了掖被子，温柔地说道："睡觉吧。"

林茶见他似乎真的不在乎以前的事情了，心里舒坦了很多，对他也更是崇敬。

放下了这件事，她的精神一下子松懈下来。

林茶一边打呵欠，一边往被窝里钻，然后跟小动物一样窝在被窝里，还不忘说道："我只睡一会儿，然后我们一起回学校……"

闵景峰知道她是怕自己离开，见她可怜巴巴的样子，心底更加柔软，说道："我等你。"

得到了满意的答案，林茶闭上眼睛，很快睡着了。

闵景峰玩了一会儿手机后，抬眼看到她睡着睡着皱起了眉头，身体还抖了一下，仿佛做了什么噩梦一样。

他放下手机，情不自禁地伸出手，摸了摸她的头。

林茶的头发又细又软又滑，像上好的丝绸，温柔的触感顺着他的手心传到心里，手放上去以后就舍不得拿下来了。

而这个时候，林茶原本皱起来的眉头慢慢地松开了。

在她心目中，自己有这么重要吗？

哪怕是做噩梦了，他摸一下，她就能够放松吗？

闵景峰不懂，他真的不懂，不懂这个人对他的感情，他们真正相处的时间非常少，她为什么对他这么……

他一时半会儿想不到自己有什么特别好的地方。

她爱学习，认真自律，全校师生都喜欢她。

而他放纵自己，对他好的人多是为这副皮相，稍微了解他以后，大多数人都不会再靠近他。

她呢？以后会觉得看上他是瞎了眼吗？

林茶醒过来的时候，已经是晚上了。她睡得有点久，转过头，发现是护工姐姐在这里陪着她。

"茶茶，要喝水吗？"护工姐姐问道。

林茶的确有点渴，就着端过来的温水，喝了一小口，润了润嗓子："李姐，我同学回去了吗？"

"他好像遇到了熟人，所以出去了。"

林茶"嗯"了一声，说道："我身体没事了，我去找他。李姐，你帮我买三份晚饭好不好？"

护工姐姐点了点头："我马上就去买。"

林茶走出病房，没在安静的走廊上看到闵景峰。她朝着安全出口方向走的时候，听到有人在说话，其中一个声音像是闵景峰的。

林茶想去找闵景峰，在她看来，闵景峰不是在帮助人，就是为帮助人做准备。她想过去看有没有什么地方自己能够帮上忙。

安全出口的门虚掩着，林茶还没推开，就听到里面传来一个尖锐的女声："别以为你把林家女儿迷得非你不可，你就有机会回闵家了，你也不看看自己是什么鬼样子，别想跟我儿子比！我奉劝你一句，趁早歇了心思，要是你有什么妄想，到时候别怪我把你的那些破事都告诉林家那单纯的小千金。"

什么乱七八糟的话。

林茶想起了哥哥说的话，然后就明白了。

不行，财神哪能被这样骂！

林茶见识过闵景峰的好脾气，生怕他这种时候还帮人转运，正准备推门进去为他出口气，结果闵景峰的声音响起，很冷——

"第一小学，五年级二班，闵天佑，你再继续说下去，你看看天佑不佑他？"

站在他对面的女人傻了，这话里赤裸裸的威胁，她自然听得出来。

她忍不住想起了以前的事情，那个女人死后，闵景峰就被扔到了她这里。

她刚结婚，就得面对爱人和别人生的儿子，她从小娇生惯养，哪里忍得下这口气。于是她对这个不说话的孩子，轻则不给饭吃，重则打骂。

不久，家里开始发生各种各样稀奇古怪的事情。

先是她在楼下差点被花盆砸到，紧接着卧室里出现了毒蛇。

没过几天，她被人从二楼推了下去，摔断了腿。

她当时没看到是谁推的，但她坚持一定是闵景峰干的，于是闵景峰被送走了。

事情过去太多年，导致她都差点忘了这个人是什么人了。

那个时候他才八岁，就已经这么冷血狠毒……

闵景峰冷笑一声，打开旁边的门，看到林茶正站在门外。

林茶一眼就看到闵景峰头上的财神光环已经变回了正常的亮度，柔柔的光芒竟然照到了这个女人身上，还在帮她驱散霉运。

林茶气得发抖，她把闵景峰往自己身后一拉，不让他的光照到这个人。

女人看到林茶有点尴尬。

林茶开口："像你这种人，压根不配做闵景峰的家人！还回你们闵家，你脸怎么这么大啊？没有闵景峰，你们家能有钱？"

闵景峰是神，他要普度众生；她是人，没有普度众生的能力，只有一颗想要维护对方的心。

林茶说完后，怒气冲冲地抱住闵景峰的胳膊，往回走去。

像他们这种人，不值得被庇护！

回来以后，林茶还是生气，可不是气闵景峰，闵景峰那么好，她舍不得气他，她是气这个世界。

闵景峰见她气鼓鼓的，赶紧安慰她："别气了，我不在乎他们。"

林茶听到这话，再也忍不住，委屈得眼圈都红了，她带着哭腔说道："可是，我一想到这件事，心里就像被刀割一样难受。"

他孤身一人，行走于这个世界，忍受着世人的误解、排挤，他依旧勇敢、仁爱、慈悲，依旧待世人宽厚。

闵景峰见她替他委屈成这个样子，心里说不出来是什么滋味，只是低垂下眼，安慰她："没事，我真的不在意这些。"

林茶不能接受，她认真地说道："总有一天我要让所有人都知道，你有多好。"

闵景峰摸了摸她的头，大概这个世界上只有她觉得自己好吧。

"没事，我也不需要其他人知道。"

这时，林茶感觉闵景峰头上的光环更亮了，好想摸一摸。

林茶脸上向来藏不住事，闵景峰见她眼巴巴地看着自己的头顶，没脾气了，低下头："摸吧。"

闵景峰一边让林茶摸着自己的头，一边在心里反思：他怎么就堕落成这个样子了？

他们是坐公交车回学校的，因为林茶觉得自己还是得多习惯坐公交车。家里的司机则开车跟在公交车后面。

直到看着两个人下了公交车，往学校里面走去，司机才给林妈妈打电话报平安，然后离开。

然而他不知道的是，他刚离开，林茶和闵景峰就遇到事了。

这个点学校周边没什么人，闵景峰原本想着把林茶送到她宿舍楼下再离开，结果他们刚走到校门口，就被拦住了。

几个流里流气的男生站在他们面前，看上去年龄都不大，手里拿着棍子。其中一人，冲着林茶吹口哨，表情踯踯地说道："哟，你同学还挺好看的。"

这些人是隔壁职业学校的，不认识林茶，自然也不知道她家里的情况。

林茶遇到这样的人，一点都没有觉得意外。

她观察了闵景峰这么久，当然知道闵景峰身上仿佛有雷达一样，这种"迷茫"的人类，总是会一群一群地寻来。

跟林茶的淡定不一样，闵景峰听到这话，对上这几个人看林茶的目光，瞬间就怒了。他眼神变得犀利起来，表情冰冷，冷声说道："有些话说错了，会出事的。"

在林茶还没反应过来时，闵景峰劈手抢过一根木棍，直接戳到人家嘴上了。

林茶本来没有把这些人当一回事，毕竟他们这么不懂事，财神帮他们转运，顺带教育教育，林茶觉得挺好的。可是，下一刻，林茶睁大了眼睛——她看到闵景峰头上的光环……变成了黑色。

如果不是旁边有路灯，她差点就没有看到这个几乎和夜色融为一体的黑色光环了。

原本几个男生头上散发着的是淡淡的黑气，此刻厚重了不少。

这不对劲，以前闵景峰遇到这种无所事事地混混，都会驱散围绕着他们的黑气……

而这个时候，闵景峰还在固执地说道："道歉。"

林茶心想，怎么会变成黑色？难道是这一次下手太重了？神不能对人类下手太重吗？

她赶紧拦住闵景峰，说道："别打了，你好像有点不对劲，你身体没事吧？"

看到闵景峰这副要拼命的样子，那几个男生哪里还敢待在这里，闵景峰一放手，他们几个就连滚带爬地飞快跑了。

林茶见他们离开了，这才看向闵景峰的头顶，还是黑色……

她很担心："你的财神光环变成黑色了，这对你的身体有没有影响？"

闵景峰愣了下，她居然还记得这个设定。

只要他对别人动手，财神光环就会变黑？所以林茶是想通过这种方式不让他打架？

闵景峰想了想，说道："它变黑了，是不是不能帮你转运了？"

林茶也不清楚，她踮起脚，伸手摸了一下他头顶的黑色光环。

那一瞬间……

林茶只觉得心脏猛地颤动了一下，然后开始疼了起来，紧接着是胃……小腹……

像是有什么东西在她的身体搅拌一样，一抽一抽地痛。

林茶缓缓蹲下身子，痛得眼泪都出来了。

闵景峰有点慌，他不知道林茶这样到底是真的痛还是假的，哪怕是假的，看着她这个样子，他也难受。

他蹲在她旁边，手足无措，完全看不出刚才凶狠的样子，他满心慌张地问道："我该怎么办？"

林茶只觉得他的声音像是从另一个空间传来的一样，有点失真了，她咬了咬牙，努力说道："你先试试想点开心的事情。"

因为每次开心的时候，光环都会变亮。

闵景峰愣了一下。

开心的事情……

他一下子就想起了一些话。

"他那么好！你们不能开除他！"她愤怒地说道。

"世界对他不公平！"她带着哭腔。

"那个时候肯定很难受吧……要是我那个时候就认识你了该多好啊。"

林茶感觉痛苦慢慢地减轻了，她抬起头，发现那黑色的光环正一点一点地变回暖黄色。

林茶忍不住抱住了闵景峰："你快摸摸我的头，痛死我了。"

闵景峰这才确定，眼前这人在撒娇，她就是想要用这种方式让他不要打架。

不过他还是伸出手，摸了摸她的头："我要不要念什么咒语辅助一下？"

林茶后知后觉地意识到了一个问题，问道："你对自己的财神光环能够掌握多少？"

闵景峰面不改色："大概知道能够转运，其他的一无所知。"

林茶睁大了眼睛，抬头看着闵景峰："你不是货真价实的财神吗？不应该法力无边，还会读心术吗？"

在林茶看来，闵景峰应该像话本里的神仙一样法力无边，只不过他不屑用而已。

闵景峰失笑，无奈地说道："想什么呢？我没有法力无边，我跟你一样，我也是人。"

闵景峰说到这里，故意逗她："原来你喜欢的是财神不是我，那你知道我现在不是财神了怎么办？"

林茶理解的喜欢是对信仰、对男神的喜欢，在得知他也是人，只是多了一个财神光环后，瞬间更加崇拜闵景峰了。

听到他后面的话，林茶立马反驳："没有没有，我真的特别特别喜欢你！不是身份，而是一种精神！"

闵景峰太勇敢了。

她原本以为他是财神，法力无边，可是现在知道他不是神，也有可能跟人类一样死去……

凡人之躯，精神却比肩神明。

闵景峰见林茶生怕他误会的样子，心里暖洋洋的。

林茶很特别，闵景峰见过很多人，但是他从来没有见过像她这样的人。

她毫不设防，性格单纯，傻得真诚，明明是泡在糖水里长大的，却认真地捧着自己的心，笨拙地想要他开心。

闵景峰心想，只要她喜欢这样，自己顺着她又何妨？

想到这里，他摸了摸她的头："还疼得厉害吗？以后我不动手了。"

林茶被财神光环的暖黄金光照得晕晕乎乎的，太舒服了……

明明是晚上，可她觉得自己像是奔跑在暖暖的阳光中，微风拂过她的脸，拂过她身后的向日葵花田……

她抬起头，傻乎乎地说道："感觉好幸福哦，你现在是不是特别开心？"

闵景峰看她眉眼都是幸福的笑意，有些感动。他只是说了句不惹事了，她就这么幸福吗？

两人又休息了一会儿，等到林茶彻底缓过来，才继续往学校里走去。

回到寝室，其他同学都已经睡了，林茶小心翼翼地打开门，并没有吵醒她们。

第二天，回到教室的林茶受到了全班同学的瞩目，这其中当然包括越梅梅。

"你爸妈同意了吗？"

昨天林茶生病，林茶的哥哥还特地跑来学校找闵景峰去医院，怎么想怎么觉得他们俩的事，林家可能同意了。

林茶表情严肃，很认真地说道："不是你们说的那样，我们是……"

林茶一下子卡壳了，他们俩是什么关系呢？

虽然认识几个月了，但是真正相处才一周。不知道为什么，面对闵景峰的时候，她从来没有半点不舒服，她喜欢跟他待在一起，仿佛他们认识了很久很久一样。

他们算什么关系呢？

林茶觉得是独一无二的战友关系。

这个世界上只有她知道他有财神光环，只有她知道他有多勇敢，有多善良……

林茶突然想起了昨天的事。

闵景峰的财神光环会变成黑色……

闵景峰其实也是人……

后者比前者更麻烦，闵景峰如果是人……

林茶惊起了一身冷汗，还好还好，她没有告诉任何人关于财神光环的事情。

因为她觉得这是别人的秘密，她不应该随意泄露出去。

闵景峰是人类，不是她想象中那个法力无边、随心所欲的神仙。那么一旦被人知道了财神光环的作用，闵景峰就危险了。

林茶觉得一定要跟闵景峰说说这件事，绝对不能让第三个人知道。

她一下课就去了闵景峰的班级。

"你好，能不能帮我找一下闵景峰？"林茶对坐在门口的女孩子说道。

坐在门口的女孩子看着林茶，心里激动不已，马上冲教室里喊道："闵景峰，有人找你。"

闵景峰抬眼就看到了在门口张望的林茶，她看上去很着急。

闵景峰快步走了出来，伸手摸摸她的头，问道："怎么了？"

林茶赶紧拉着他走到旁边没有人的楼梯间，说道："我刚才想到了一件事，我没有跟别人说过你有财神光环，你也别跟人说，太危险了。"

这个时候来找我，真的不是因为想见我？

闵景峰想开了一些事情，看着她忍不住露出了包容的笑，低声说道："好，这件事跟谁都不说。"

林茶松了一口气，正准备回去，余光却瞟到了闵景峰的手。

闵景峰的手指骨节分明，很好看，但这不是重点，重点是他的手背上，爬满密密麻麻的黑色图纹。

林茶拉起他的手。这段时间财神光环的变化让她肯定，暖黄色象征着积极向上，而黑色象征着不详不幸。

她很确定，闵景峰的手背昨天并没有这些东西。那图纹像是什么花，很精致，但更多的是诡异。

"你的手……"

林茶皱着眉头，问道："你的手怎么弄的？"

闵景峰看了看那一块的皮肤，说道："应该是皮肤病，过段时间就没事了。"

他以前也出现过这种情况，比现在更加糟糕。表面有黑色图纹的皮肤会慢慢溃烂，然后重新长出新的皮肤。

这也是他没有朋友的主要原因——这种皮肤病让他觉得自己像个怪物。

"是不是吓着你了？"闵景峰心微沉，把袖子拉了下来，笑着说道。

他的笑带着莫名的难过，毕竟无论他多封闭自己，他还是一个有血有肉、有感情的人。

其他人讨厌他，他可以不在意，可是林茶不一样。

闵景峰没有想到的是，林茶眼里并没有浮现厌恶，她只是小心翼翼地摸了摸那块皮肤，皱了皱眉头："会不会痛啊？"

闵景峰的手背能够感觉到林茶手的温度，她说，会不会痛啊？

林茶去摸的时候，实际上已经准备好承受昨天晚上黑色光环带来的那种痛苦，好在并没有。

林茶觉得奇怪，这到底是什么？

她在脑海里搜寻了一遍自己以前了解的情况，又回忆了一下昨天晚上发生的事，若有所思地说道："闵景峰，这会不会是昨天晚上光环变黑留下的后遗症？你以前有出现过这种情况吗？"

闵景峰看着认真寻找原因的林茶，很想告诉她，这就是皮肤病。可是莫名地，他乐意听她的。

"有过。"

林茶："以前怎么好的？"

闵景峰一下子想起了那段日子，他不想回答。

可是林茶不需要他回答，因为她看到他头上原本冒着金光的光环在一点一点地变暗。

林茶握住了他的手，仿佛这样可以给他一些力量，但是该问的还是得问："那时有没有发生什么特别的事情？"

闵景峰摇了摇头。

林茶灵光一闪："这两个月呢？这两个月有没有出现过这种情况？哪怕就一次？"

林茶特别认真地看着他，导致闵景峰也认真了起来，他仔细地回忆了一下，没有过。

林茶见他摇头，说道："那至少有六成的概率，是昨天晚上光环变黑导致的。"

因为这两个月，闵景峰的财神光环除了昨天晚上以外，就没有变黑过。

于是，中午一放学，还没吃午饭，林茶就拉着闵景峰往学校外面跑去。

其他来来往往的同学都好奇地看着他们。

为什么要跑这么快？而且是往学校外面跑……要不要给老师打电话？要不要给林茶家长打电话？

最后，当然没有人打电话，毕竟万一人家是日剧看多了，觉得两个人在一起就是要不停地跑呢？

林茶带着闵景峰跑到了外面才意识到一个问题——要怎么找到昨天晚上那三个人？

她推测，既然闵景峰手背上出现黑色的图纹是因为光环变黑，而光环变黑是因为那三个人，那么她需要找到这个源头，看看能不能补救。

闵景峰知道她在做无用功。他以前去看过医生，做过各种检查，但是他这皮肤病真的没有办法治。

不过被林茶拉着到处跑，他也没拒绝。他想，如果不是林茶脑袋里的各种奇思妙想，他们俩在一起聊天连共同话题都没有，因为他们俩真的是两个世界的人。

然而，来来回回找了三圈，都没有找到那三个人。

林茶额头上满是汗水，闵景峰拉着她到旁边的饭店吃午饭。

"没事，找不到的话就算了。"闵景峰开口说道。

"不能算了。"林茶看了看他的手，小声问道，"是不是很疼？"

"不疼。"

不疼才怪！林茶很着急，但是现在急也没用，她起身坐到闵景峰的身边，然后小声跟他说道："我猜应该是昨天晚上你要动手打那几个人，然后光环变黑，不但没有帮那几个人转运，还加重了他们的不幸，所以你身上也出现了不良反应。"

这是林茶的推测。

闵景峰"嗯"了一声，似乎有点理解为什么林茶成绩那么好了，这种前后呼应、环环相扣的编故事能力，并不是每个人都拥有的。

闵景峰这时想到了林茶成绩下降的问题，他皱了皱眉头。

以前林茶整天都在学习、做实验、看英文书、背古文，现在，课余时间全是和他在一起。

这可不行，他得想办法让林茶继续过以前那种生活。

闫景峰从来没有觉得他俩能长久，但是他希望以后她回忆起他的时候，不要带着懊悔。

林茶压根不知道闫景峰在想什么，她一门心思想找到那三个人，把闫景峰手上的图纹去除掉。

虽然闫景峰说没事，可是她能够感觉到这个东西让他特别痛苦，要不然财神光环不会变暗。

于是一解决午饭，他们俩就接下来做什么产生了分歧。

"你该回寝室睡午觉，下午还要上课。"闫景峰说道。

"可是，我现在回去也睡不着，我要找到这三个人。"林茶很坚持。

闫景峰对林茶的坚持感到奇怪，她是真的觉得他的皮肤病是因为他打了那几个人吗？

闫景峰觉得自己的脾气真是越来越好了，他用林茶的逻辑给她解释："现在是白天，他们不太可能在校外，而且他们三个昨天晚上被我唬住，丢了面子，今天晚上肯定会来找我麻烦。我今天晚上就能把他们抓到。"

林茶想了想，说道："……好像很有道理，我关心则乱了。"

闫景峰转过头，看向林茶。

关心则乱……

这个人怎么时时刻刻都在……

林茶只觉得对方的财神光环亮了两个度。

林茶回到寝室，室友们已经从其他人那儿知道了林茶跟闫景峰一起朝着学校外面跑的事情。

所以，林茶一回来，就被几个人包围了。

"茶茶，你们去哪儿了？"

林茶现在警惕度可高了，她以前说的话大多数都是实话，除了没说过闵景峰是财神，其他的都没撒过谎。

但是现在不一样了。林茶知道了闵景峰是普通人，除了财神光环以外，没有其他的能力了，所以言语间她小心了很多。

她不是怀疑自己的室友，只是怕如果有坏人盯上闵景峰，那么坏人肯定会注意到自己，如果注意到自己，肯定就会注意到自己的室友。

所以小心为上。

于是，林茶沉默了一会儿，思考着自己要怎么说。

越梅梅见她沉默，以为两个人真的一起出去玩了。

"茶茶，你们是一起出去玩了吗？"越梅梅问道。

林茶心想，对对，这个说法不错。

于是，她像是找到了什么正确答案一样点了点头。

其他几个人又问道："那你们都做了什么？"

做了什么？

林茶还是不太会撒谎，她想了想，说道："我们就是到处走走，没做什么。"

这才几天，就大势已定了。

林茶不是什么玻璃心的女孩子，要不然室友们也不会围着她问东问西了。

室友们忍不住劝她。

"茶茶，你还是要好好学习。"

"对呀，你记不记得当初你刚搬进寝室的时候，每天中午回来都要看一会儿书？"

"茶茶，现在你们都在一起了，就别委屈自己，该吃吃该喝喝，不用迁就他。"

"还有你的计划表，有好多天都没有打钩了。"

林茶床边的墙上挂着一个很大的计划表，上面写着每天要做的事情，做完了就在后面打钩。

计划这个东西，在大多数人那里都是赶不上变化的。所以一开始，大家看着她排得满满当当的计划表，以为过不了多久，就会被扔进垃圾桶。

万万没有想到的是，林茶一天一天地坚持下来了。

这段时间，林茶的计划表完全被打乱了，都是闵景峰的错。

林茶躺在床上，心心念念的都是研究闵景峰的财神光环，她想要彻底弄清楚这到底是怎么回事，她心里某个地方，曾经干瘪的种子慢慢地生根发芽了。那颗种子里藏着一个小姑娘飞天遁地的英雄梦。

而另一边，闵景峰已经加了林茶的微信，在看她的朋友圈。

林茶最近只发了一条朋友圈，还是在两个月之前。

"老天爷终于要对我下手了吗？"配图是一张可怜巴巴的猫咪表情包。

闵景峰继续往前翻，看到了她发的学习打卡表格。

闵景峰点开图片，果然是他以前听说过的学习计划表。

难怪那个时候她成绩那么好。

闵景峰长按图片，然后点了保存。

下晚自习之后，闵景峰被林茶拉着去了校门口。

两人一出来就遇到了昨天那三个人，他们后面还跟着一个又高又壮的男生，很明显那三个人是去找了人过来给自己撑场子。

两方人马猝不及防地相遇，一时之间，气氛有点尴尬，尤其是那个又高又壮的男生还是个熟人——就是那次摔倒进医院的老人家的孙子张刚，他还欠林茶560块钱呢。

他看到林茶和闵景峰，表情立马就变了，说道："这几天本想还钱给你，结果你没来球场。"

闵景峰看了一眼那三个人，说道："你们认识？"

张刚点了点头，说道："都是自家兄弟，给我一个面子，别跟他们一般见识。"

说完以后，他又冲着那三个人说道："还不过来给峰哥道歉！"

那三个人见自己请的人都这样了，又想起昨天闵景峰的样子，气势立马就弱了下来："峰哥……对不起。"

林茶一直在旁边观察，可是看着看着，她皱了皱眉头，凑到闵景峰耳边说："好奇怪，你的光环现在明明是暖光，但是没有办法驱散他们头上的黑气。"

林茶说完以后，拿出手机，打开手电筒照了照闵景峰的手，果然黑色加深了。

她原本的想法是，闵景峰手背上的黑色图纹应该跟昨天光环变黑有关，因为当时黑色光环加深了那三个人头上的黑气。

而现在的情况是，闵景峰的暖黄色光环无法驱散他们头上的黑气，并且闵景峰手背上的黑色图纹颜色加深了。

这让林茶肯定自己的猜测是对的——这两者果然是存在关系的。

林茶没觉得自己需要避嫌，相反她想起了一件事。她看了看那三个人，又看了看张刚，问道："你是他们大哥吗？"

张刚点了点头。

林茶想了想，说道："那可不可以让他们这段时间跟我们待在一起？"

闵景峰看向林茶，这不是胡闹吗？

张刚一点都没有犹豫，说道："没问题，反正他们平时也无所事事。"

闵景峰拉了拉林茶。他现在是彻底不懂林茶了，她还没有死心，还是觉得自己的皮肤病跟这三个人有关？

闵景峰这一刻真的有点急了，原本以为出来证明一下他的皮肤病跟这三个人没有关系，就可以回去了，没想到带出了更大的麻烦。

闵景峰不再理会这几个人，拉着林茶往学校里面走去，一边走一边说道："我跟你说一件事。"

"啊？"

闵景峰停了下来，叹了口气，看着林茶，柔声说道："先说好，你不能哭。"

林茶一脸好奇地看着他。

闵景峰说："我们可能真的很不适合，你知道你现在应该做什么吗？"

林茶没懂闵景峰怎么突然变得这么严肃，开口说道："什么？"

"你现在应该在寝室里面预习明天的课文，并且标注重难点；今天中午跟我出去耽搁的那些时间，你应该在实验室，你懂吗？"

闵景峰看着林茶，很认真地继续说道："以后你的生活应该是参加上流社会的宴会，或者出席一些学术讲座跟专家学者交流，而不是跟我在一起无所事事。"

无所事事……

预习课文，充实自己……

林茶先是愣了一下，而后灵光一闪。她明白了！原来是这样啊！

林茶激动地抱住了闵景峰："我知道了！我终于知道了！"

她一直都在研究闵景峰，但是总有一些地方她想不通，比如说转运这件事，又比如说这一次的黑色光环和那些人头上的黑气，还有闵景峰身上的黑色图纹。

闵景峰被林茶的反应弄蒙了，他原本以为林茶会哭，没想到林茶这么高兴。

然后，林茶激动地在他耳边小声说道："无所事事、内心迷茫的人，身上带着黑气，而所有被你转了运的人，不是去努力工作，就是去努力学习。也就是说，如果能让这几个人努力学习，或者努力工作，基本上就达到了转运的要求，那么他们头上的黑气就会消失，而你手上的黑色图纹也会跟着消失！"

林茶越想越觉得就是这个逻辑！

对了，也许闵景峰手上的黑色图纹正是没有帮他们完成转运的惩罚！

林茶觉得自己真是太聪明了，简直像解开了一道超难的数学附加题！

她看向一脸蒙的闵景峰，眉飞色舞地说道："给我两天时间，我要证明我们合作，就是强强联手！"

第四章

你怎么这么爱哭

-❤-

闵景峰一直以来都试图跟上林茶的思维，但是很明显，这家伙的思维发散程度普通人根本跟不上。

如果说以前的种种，闵景峰都能够用"林茶是想用这样的借口接近我"来解释，那么现在呢——

林茶非常自信而且开心地跟他梳理出了一条清晰的逻辑线。

闵景峰从她的表现实在看不出任何开玩笑的迹象，仿佛她真觉得这几个人跟他的皮肤病有关系，不仅如此，她还觉得只要把这几个人的毛病掰正，他的皮肤病就能好。

这就严重了。

闵景峰发愁的问题一下子从怎么让这个小公主回到之前的生活轨道，变成了怎么让这个小公主既回到原本的生活轨道，又能够恢复精神正常。

他低下头，看到眉飞色舞的林茶，正给他讲解——如何通过解决这三个混混的问题来治好他的皮肤病。

这熟悉的胡说八道。

偏生林茶表情无比认真，闵景峰看看她，又转开视线。

他这辈子本来可以活得了无牵挂，能活一天是一天，直到——他认识了林茶。

闵景峰打断林茶的话，说道："这个问题不谈了，我们先谈谈另外一个问题。"他跟她说不通。

林茶觉得他肯定还是不相信自己的能力，于是不再用理论说服他，而是换了一种方式——

她可怜巴巴地看着闵景峰，请求道："你相信我好不好？就相信我一次嘛，拜托拜托！"

闵景峰看着她这撒娇的模样，心里叹了一口气，开口说道："那就这一次，这一次以后，你要恢复以前的作息，知道吗？"

林茶立马挺直了背："没问题！"

然后，林茶拉着他，走到了全程站在另一边不敢走的三个男生面前。

林茶发动了连环问。

"你们多少岁了？

"是隔壁学校的吗？

"家住哪儿？

"家里有几个人？"

听到这些问题，三个男生压根不想搭理她。

林茶看了看他们，威胁道："不说的话，我就让人去找你们的老师，然后让你们老师去找你们的家长，让你们家长跟我说。"

其中一个男生嘟囔了一句："你以为你是谁啊？"

"她是林茶。"旁边的闵景峰听到对方不屑的语气，心里很不舒服，冷冷地开口说道，"没人跟你们说过这个名字吗？"

那个男生听到这个名字，脸色一下就变了。

别说，还真有人说过，只是他们从来没有见过本尊。

像他们这种人自然知道趋利避害，什么人能惹，什么人不能惹，一早就清清楚楚。

毕竟不是一个学校的，这些人的信息还没有更新，不知道这矜贵的小公主居然会跟闵景峰一起逃课！

他们完全是两个世界的人啊！

一个男生偷偷拿出手机，找自己在一中的初中同学询问，那边很快发过来一张照片，可不就是眼前这个女生吗？

林茶并没有在意这些，她解释说自己在采集实验数据。

她拿出手机，打开有道云笔记，然后微笑着重复了一遍刚才的话："好了，从你开始，自我介绍一下。"

昨天被闵景峰拿木棍戳了嘴唇的男生还真担心林茶会去找他们老师，于是别别扭扭地开口说道："赵钱，今年十七岁，家住同港，家里四口人，爸妈，还有一个弟弟……"

林茶做着语音记录，继续说道："哦，那你说说为什么要跟人打架。"

赵钱一脸蒙，为什么要跟人打架？这怎么回答？

林茶见他说不出来，就让下一个人做自我介绍。

林茶记录完他们的基本信息以后，抬眼看着面前明显不愿意合作的三人，说道："信息量太少了，这样吧，你们回去后用三千字概括自己的生活学习情况，包括对过去的总结，对现状的描述，以及对未来的展望。明天中午交给我。"

对面三人面面相觑，赵钱实在是忍不了了："你这样算什么？有本事咱们就打一架！"

"昨天已经打了呀，你们输了。"林茶继续说道，"快回去写吧，明天中午给我。尽量好好写，如果有虚假信息或者抄袭行为，就重新写。"

林茶才不管他们的抗议，高高兴兴地拉着闵景峰往学校里面走去。

闵景峰看着她这个样子，皱起了眉头。对这个人，他是骂不得，打不得……

他的手痛了起来，仿佛有什么东西要冲破皮肤一般，痛得他没有心思想其他的事情。

闵景峰不是第一次体验这种疼痛，他知道那一块皮肤一会儿会经历怎样的变化，他不想让林茶看到，像她这样的人，眼里看到的都应该是干净、美好的事物。

闵景峰咬了咬牙，忍下痛苦，面上一片平静，开口说道："我有事先回家了。"

林茶还在高兴自己发现的一切，转头却看到闵景峰匆匆忙忙地离开了。

于是，林茶回了寝室。闵景峰说得对，虽然找到了自己的人生目标，但她还是得学习！

另一边，闵景峰回到家里，一关上门就脱掉了外套，手背连着胳膊的皮肤全是黑色的，在灯光下显得格外诡异，而他咬紧了牙，额头上尽是汗水。

闵景峰急匆匆地走到储物柜前，打开柜子，颤抖着手拿出了以前买的安眠药。吃了这个，他可以睡上一两天，把最痛的这段时间熬过去。

打开瓶盖的时候，他犹豫了一下，如果吃了药，明天必然不能去学校，到时候林茶要独自面对那三人，虽然知道她不会吃亏，但是他依旧不放心。

"嗡嗡嗡……"他的手机振动了起来。

闵景峰忍着痛，拿起手机，看到是林茶发过来的信息。

"我们一起预习吧！你先看看有没有什么不懂的。"她还发来了一张卖萌的表情包。

闵景峰痛得烦躁，不想回信息，但是他眼前浮现出对方两眼水汪汪地看着他，嘴里还说着"拜托拜托"的样子。

"我先看看前面的内容。"

他说完以后，把药放回了储物柜，躺在床上，任疼痛占据他所有的感知。哪怕已经经历过好几次，依旧痛得想撞墙——以前他没吃安眠药的时候，的确会通过撞墙这种方式来解决——只是现在他咬牙忍着，他不想明天去学校的时候，被林茶追问是不是惹事了……

因为他答应过她，以后不惹事了。

外面偶尔传来小孩子们的嬉闹声，闵景峰已经不太能够听清了。

他所有的感官都在疼痛里挣扎，这熟悉的疼痛让他像是回到了那段无力反抗的岁月。

好不容易远离了小时候的一切，他却患上了这奇怪的皮肤病。

命运真是不公，别人活着是基本权利，换成他，这似乎成了一种原罪。

闵景峰想起林茶说过的一句话："你不知道你对我来说意味着什么，我想成为你这样的人！"

那个时候听到这句话，他想，这个人真的对他一无所知。

第二天，疼痛依旧没有消失，然而闵景峰已经麻木了——他一晚上没有睡，实在是痛得睡不着。

林茶中午在食堂看到闵景峰的时候吓了一跳，他的财神光环已经变成淡灰色了。林茶赶紧去看他的手："发作了？"

闵景峰收回了手："我没事。"

"怎么可能没事啊，这么严重你都不告诉我，你要急死我吗？"林茶一边说一边撸起了他的袖子，去看他手背上的图纹。

林茶见他痛得连财神光环都变灰了，却没有抱怨半句，她感觉自己从来没有这么心痛难过过——

凭什么啊！

闵景峰做了那么多好事，却没有人记得他的好。他明明勇敢仁爱，最后得到的回报却是这个？

林茶气得眼泪都掉下来了。

闵景峰愣了一下，这还是第一次有人为他的痛而流眼泪。

他无奈又宠溺地摸了摸她的头，忍着痛，没有露出半分不适，甚至带着笑说道："不算痛，我真没事，你怎么这么爱哭啊。"

林茶擦了擦眼泪，嘟囔道："我不爱哭，只是心里太难受了，忍不住。"

林茶性子直，对待亲密的人，更是想什么就说什么："以后我们是一路人了，你别排斥我，我不会害你，相反，我要帮你，你该有的待遇，一点都不能少。"

闵景峰愣了一下，该有的待遇？他应该拥有什么样的待遇？可能他以前还会想想，但是现在，已经习惯了。

闵景峰低下头，看到林茶正低着头研究他的手背，豆大的温热泪水滴在他的手背上。

闵景峰收回手，抽了一张纸巾给她，说道："不哭了，一会儿其他人该说我欺负你了。"

林茶"嗯"了一声，擦了擦自己的眼泪。

正好这个时候，赵钱他们三人来到食堂。林茶抽了抽气，彻底冷静了下来。

三人把写好的人生总结书递给林茶。他们的脸色都不太好，昨天晚上一整晚都没睡，又是回忆过去，又是总结现在，还要展望未来。

他们没什么文笔，更加没什么规划，这种东西，离他们远得很。明明是可以糊弄过去的事情，可是不知道为什么，他们都拿着纸笔认真地思考了，虽然最后只写了三页纸，很明显没有四千字。

林茶接了过来，并没有在意字数够不够。她环顾四周，食堂人实在太多了，不方便。

她忽然想起食堂的三楼是心理咨询室，平时并没有什么人上去。

于是，林茶带着闵景峰和那三人往楼上去："走，去三楼。"

她边走边看三个人的总结书。

字写得都跟狗爬似的，这就算了……

上面尽是一些鸡毛蒜皮的小事，什么小时候吃鱼被刺卡了喉咙，玩火不小心烧了作业之类的。

林茶想知道的完全没有写。

上楼后，林茶把薄薄的几张纸拍在桌子上，整个人气场都变了。她的眼神犀利了起来，里面是深深的愤怒——就因为这三个不争气的人，闵景峰得受那么大的罪！

闵景峰站在林茶旁边。他没有阻止她胡闹，只是希望她闹完了以后，意识到他的皮肤病和那所谓的财神光环有关系这件事，只是她的臆想。

闵景峰没想到她居然会有这么凶的时候。

三个人都比林茶要高，林茶开口说道："你们先坐下来。"

其中一人有点不高兴，嘟囔道："你怎么这么多事？"

林茶便说："你话多，那你先说。"

她选择这个人先下手，当然不是因为他话多，而是因为这个人身上的黑气最重，都快凝成墨了。

男生一脸不耐烦，烦躁地抓了抓头，问道："说什么？"

"随便。十分钟，一直说，别停下来。"

男生愣了一下，说道："没什么好说的。"

林茶看着他。

他接着说道："我过去挺好的，现在也挺好的，以后也会挺好的。"

林茶安静地看着他，有点瘆人。

男生只能继续找话说，然而让他正儿八经地说点什么，又完全不给方向，实在有点麻烦。接着他想到了一些事情，说道："我小学的时候，还考过九十几分。"

林茶继续看着他，她实际上看的是他身上的黑气。

林茶注意到黑气没有变化，于是说道："继续说。"

"我真的没什么想说的啊！"

林茶不说话，只是看着他。

昨天晚上，林茶让这几个人写总结，已经把他们的思维固定在过去、现在和未来了，所以现在他们想到的自然也是这三个方面的事情。

男生心里藏着事情，从昨天到现在，他一直因为这件事狂躁不安，而现在被逼着说话……他看了看林茶又看了看其他两个兄弟，自暴自弃地说："我……我遇到了一个人，他叫我跟他们混，我帮他们做了一次事，他们给了我四千块钱……"

他昨天被迫回忆了以前的生活。他们家虽然穷，但是他小时候过得不错，他和赵钱他们从小就挨着住，三家人关系好。

旁边的赵钱愣了一下。

赵钱作为大哥，对他特别照顾，小时候发誓兄弟三人有福同享有难同当，没想到他却瞒着这么大的事情。

林茶观察到，在他说出这句话的时候，他们三个人身上的黑气明显淡了下来。

男生颓废地低下了头，继续说道："我原本想叫你们一起去，可是那个人说我一个人就可以了，明天他们又要来找我了，到时候挣的钱我们平分。"

闵景峰一直没有说话，任凭林茶指挥，听到这里，皱了皱眉头，问道："你做了什么？他们一次性给了你四千块钱？"

男生觉得反正都已经说到这里了，没必要继续瞒着，于是说道："就是发传单给一些人。"

闵景峰眯起了眼睛，追问："你把整个过程说一遍，传单内容是什么？都是怎么发的？"

林茶听到这里，也觉得奇怪。

他们学校外面经常有人发教育机构的传单，还有人发妇产科医院的传单，发医院传单广告的人还会送一包纸，但都是十块钱一个小时的事情。

"他们这个价格很不合理，你说说具体的过程。"

男生当然也觉得不合理，但是对方给的钱太多了，所以他一直不想往深了想。

"就是发不孕不育医院的传单，一般人就给一张传单，遇到胸口别着一个徽章的人，就多给一包纸巾，然后把徽章收回来。"

林茶从小没怎么接触过社会的黑暗面，最黑暗的也就同学说她投了个好胎之类的，所以她并不明白这里面有什么问题。

闵景峰已经反应过来了。

四千块钱，定向向某个群体发纸巾，这不明显是在做什么违法犯罪的事情，然后靠这个人的学生身份打掩护吗？

闵景峰开口说道："他们明天会来找你是不是？"

男生犹豫了一下，小声问道："他们……他们是……"

闵景峰点了点头，说道："我们去报警。"

"咦……"林茶没怎么跟上节奏，但是她看到三个男生身上的黑气越来越淡，最后完全消失了！

林茶也顾不得问他们说的话是什么意思，怎么就突然扯上警察了？

她立马抓起闵景峰的手，看到原本手背上的黑色图纹，此刻已经完全褪去了。

林茶激动得跳了起来，跟个树袋熊似的，一把抱住闵景峰的胳膊："成功了！你不疼了对不对？我就说我肯定没有猜错，前后的种种线索都能连上，怎么可能错！"

闵景峰这个时候才意识到那一直折磨自己的疼痛已经消失了，低头果然看到自己的手背乃至胳膊都没有黑色的图纹了。

闵景峰整个人都是蒙的，他的皮肤病好了？查不出原因、找不到治疗方法的皮肤病，就这样莫名其妙地好了。

林茶两眼放光地看着闵景峰，眼里满满的都是求表扬，她喜滋滋地说道："现在相信我了吧？我就说我还是有用处的吧，以后不介意和我一起合作了吧？"

闵景峰："……我缓缓。"

这是巧合吗？

五个人一起坐车去了派出所。

林茶和闵景峰没有参与，所以他们俩做了笔录就可以走了。至于具体发生了什么，林茶并不知道，她只知道是违法犯罪的事情，不过警察肯定会解决的。

从派出所出来的时候，天下起了雨。

林茶二话不说，踮脚摸了摸闵景峰的财神光环，然后拿着手机，去旁边便利店买了一把大伞。

雨滴噼噼啪啪地打在伞上，两人共撑着一把伞。

伞下仿佛自成一个天地，林茶还在高兴，以前考满分也没有现在这么高兴。她认真地跟闵景峰确认："我现在证明我自己了，是不是可以和你一起行动了？以后我们分工合作好不好？"

闵景峰还有点出神，从发现皮肤病好了开始，他就一直在想这件事。

现在听到林茶说这话，他终于忍不住开口问道："我的皮肤病真的跟财神光环变黑有关系？"

林茶点了点头："你的财神光环变黑的时候，没有消除黑气，反而加深了他们的黑气，然后你手背上就出现了黑色图纹；现在他们身上的黑气消失了，你的图纹就不见了。"

他有点相信林茶说的是真的了，要不然怎么解释现在发生的一切？

可是他头上如果顶着财神光环，那未免太讽刺了……

一时间，闵景峰也拿不准这到底是怎么回事。

林茶拉着他往前走，突然说道："闵景峰，高兴一点啊！"

闵景峰还没有反应过来，就被林茶拉着往另一个方向跑去。两人打着伞，在雨中奔跑着。

闵景峰这时才看到前面有一个背着很大背包的女人，她还提着一个行李袋，佝偻着身子，身体特别夸张地向前倾着，从后面看，还以为是一个老人。

直到走近了，他们才看清她怀里单手抱着一个婴儿。女人看上去很年轻，她像老人一样佝偻着身子，是在用自己的身体为婴儿挡雨。

林茶把伞给女人和婴儿撑着了："你们去哪儿？我送你们吧。"

女人原本不想麻烦人，但是孩子的确不能淋雨，再加上林茶他们穿着校服，一看就是学生，心里也没有那么防备，于是她羞涩地笑了笑："就在前面的小区，谢谢你啊。"

"没事，"林茶笑眯眯地说道，"我帮你拿行李袋吧。"

"不用不用，太麻烦你们了。"

她还没说完，闵景峰已经帮她提着行李袋了。

林茶看着女人身上浓浓的黑气，转头看向闵景峰，却发现他的财神光环灰蒙蒙的，不像平常那样发光发热，于是林茶拉了拉他的衣角，小声跟他说道："你开心一点呀。"

闵景峰回过头，看到林茶满含期盼的眼神……

他明白过来，林茶让他开心一点是因为林茶说过，他开心的时候财神光环会亮。可是他现在开心不起来，一大堆需要解释的事情堆在心里，他哪里能开心？

林茶见财神光环没有动静，也不强求，她还得看看这个女人身上为什么有这么多黑气——上一次的事情以后，她就决定不要所有的事情都依靠财神光环了。

林茶小心翼翼地给女人撑着伞，不让她淋雨，而这时，她注意到女人抱着孩子的手有点抖，应该是抱太久了。

"我帮你抱孩子吧？"林茶一边说一边脱了自己的外套，虽然有伞，但是现在雨这么大，又有风，她怕自己抱着的时候，淋着婴儿。

孩子妈妈犹豫的时候，林茶已经摸到孩子了，她皱了皱眉头："好烫，他是不是发烧了？"

林茶没有带过婴儿，就是觉得有点烫手，这肯定不正常。

孩子妈妈摸了摸孩子，说道："没有啊。"

林茶冲着对方身上的黑气也不敢不重视，她重新摸了摸，说道："真的很烫，发烧了，我们去医院。"

说完又摸了摸孩子的妈妈，说道："你也好烫。"

孩子妈妈是搬家过来的，一路舟车劳顿，再加上淋了雨，她以为自己只是太累了，没有想到居然发烧了。

孩子妈妈身上已经湿透了，身上背着东西，心里还在焦虑房租问题，这下又发现自己和孩子都发烧了，整个人一下子崩溃了，大哭了起来，东西都掉在了地上。

林茶本来想赶紧去医院，但孩子妈妈带着这么多东西，太不方便了。她环顾四周，想找地方把东西先放下来，结果孩子妈妈一哭，身上的黑气更重了。林茶心里有点慌，能被这么多黑气包裹的人，一个比一个倒霉啊！

闵景峰把东西捡了起来，林茶把伞递给孩子妈妈，急急忙忙地说道："先别哭，我们先把你的东西放到门卫室去，你在这里打车，我们再一起去医院。"

闵景峰提的是孩子妈妈原本背着的大包，林茶提的是小一点的手提包，但是都很重。

林茶咬牙带着闵景峰朝门卫室跑去："叔叔，我们要去一下医院，东西能不能放在你们这里一下？"

里面的人看到他们这个情况，而且外面还在下雨，于是说道："放进来吧。"

闵景峰看着被人称为小公主的女孩，遇到这种情况，她井然有序地安排着所有事情，还抱着一个那么重的包在雨里跑。

雨水打湿了她的头发，乌黑的发丝贴在额头上，衬着她苍白的脸，她眉头紧锁，往回跑去，仿佛在和什么抢时间。

他心里不知道是什么滋味，只能跟在她身边，用自己的外套给她挡雨。

林茶跑回来的时候，看到撑着伞的孩子妈妈已经打到出租车了。

她赶紧拉着闵景峰坐在了后座上。

林茶坐上去以后，赶紧从孩子妈妈那里拿回了自己的外套。

林茶很严肃，像做实验一样，慎重地用外套擦了擦闵景峰的财神光环……

接着，林茶凑到前面对孩子妈妈说道："孩子的衣服好像湿了，我给他换一下。"

孩子妈妈此刻因为发烧脑子晕晕乎乎的，就把孩子给了林茶。

林茶接过孩子以后，先把他放在闵景峰怀里，然后小心地把孩子的衣服脱掉，再包上自己干净的外套。

这时，前面的司机说道："这孩子真乖，这样都没有醒过来，睡得好踏实。"

林茶愣了一下，是啊，从遇到这对母子开始，这孩子好像一直睡着……

林茶心里更怕了，她摸了摸孩子的额头，发现更烫了。然后抬起头，果然孩子妈妈身上的黑气也更重了。

孩子妈妈还在跟她说话："宝宝应该没事，小孩子经常着凉感冒，很快就会好，谢谢你们帮忙……我刚才情绪太激动，让你们见笑了。"

婴儿的小脸烧得红彤彤的，而且一直没有醒，这么小的孩子，发烧真的不会有事吗？她要怎么办啊？怎么还没到医院？

偏偏这个时候，车速还慢了下来。司机皱了皱眉头，说道："堵车了。看这个样子，前面应该堵得很厉害。"

林茶急得眼圈都红了，旁边的闵景峰把林茶的表现看在眼里，同样急在心里。

他想起林茶一直对他说的话。

"开心一点。"

他闭上眼睛，想要开心，但是此刻太多的事情堆在他心里，再加上刻意想要自己开心，心情反而更加沉重了。

闵景峰不知道自己到底有没有财神光环，看着发烧昏迷的孩子，听着司机在抱怨堵车，这一刻他本能地感到难受，为自己的无能为力而难受。

如果林茶说的是真的，他真的有财神光环，那么林茶以前说他没事就帮人驱散黑气应该也是真的。

可是，他基本上没有真正开心的时候。

闵景峰不再强求自己开心，而是回忆着自己平时的状态。

林茶突然感觉到一阵暖意，转过头，看到闵景峰的财神光环亮起来了，暖黄色的光照在她的身上。

林茶愣了一下，随即兴奋道："你真是太棒了啊！！"

她语气激动，全然没有计较之前他一直没法让财神光环发亮。

而这时，原本慢得几乎停下来的车子突然开始加速，司机说道："不堵车了。"

闵景峰低下头，小心翼翼地抱着孩子，他想，有可能是巧合。

接下来他们经过的所有路口，一个红灯都没有。

到了医院，有儿科医生正好下班出来，看到他们几个一脸焦急地抱着个孩子，立马就过来问是怎么回事，然后立马检查孩子病情，带着他们回了医院。

闵景峰看着发生的顺利到不可思议的一切，突然有种感觉——难道我真的顶了一个财神光环，只是我自己不知道？

闵景峰从医院出来时，看到林茶松了一口气，对他说道："还好这一次有你，医生说要是孩子再晚一点被送来医院，后果将不堪设想。"

闵景峰的表情十分复杂，皮肤病莫名其妙地消失，再加上这一次一路上一个红灯都没有遇到，一路畅通无阻，实在是太过于巧合了。

以前他以为林茶是不好意思说出喜欢他，才用这种特别不靠谱的理由糊弄他，现在他心里隐隐地有一种林茶说的可能是真的的感觉。

晚上回家的时候，闵景峰看到了对面的福利彩票站。

他以前是不会买彩票的，因为他觉得以自己倒霉的程度，实在是不会中彩票。但是今天，闵景峰走了进去。

这个点，彩票站里面有很多人，闹哄哄的。大家应该都是在等开奖。

闵景峰没有那个耐心去等，他随手拿一张五块钱的刮刮乐，付给老板五块钱。

这时旁边有一个女孩子也过来买了一张刮刮乐。

闵景峰一看到刮刮乐上面写的最高奖是 30 万，就停下了原本准备刮开奖区的动作。

闵景峰神情自若地拿着刮刮乐走了出来，等走到空无一人的小巷时，他从兜里掏出了那张刮刮乐，拿出了手机，照在刮刮乐上面。

巷子里没什么人，能够听到远处传来的汽车轰鸣声。

闵景峰看着这张刮刮乐，想起了今天的经历，整个人莫名地紧张了起来。

如果真的刮出了 30 万，他要怎么用？去哪儿兑奖？兑奖会不会有危险？

这一刻，闵景峰变成了一个对世界充满希望的少年。

等到真要刮开的时候，闵景峰想起了林茶的动作，于是拿着刮刮乐在自己的头顶扬了扬……

如果那里真的有一个财神光环的话，应该能够发挥作用吧？

闵景峰做好了万全的准备后刮开了奖区，就看到了四个字——"谢谢惠顾"。

四个斗大的字突兀地出现在闵景峰的眼里，接上闵景峰苦笑了一声，很好，现在谁帮我解释一下，前面的离奇事件是怎么回事？难道是巧合。

闵景峰从小巷子里出来，就听到一个激动的女声："爸！我中了十万！你快来接我！"

闵景峰隐藏在黑暗中，看了一眼那边的女生——是刚才他买刮刮乐的时候，在他旁边站着的女生。

闵景峰仿佛被雷劈了一样，他头顶的这个财神光环，除了他以外，谁都保佑？

闵景峰突然灵光一闪——

在他出生那年，他爸生意开始变好。他记性很好，现在还记得他妈曾经说过，在他出生之前，他们过了一段很清苦的日子。

等等，他经常换邻居，每次邻居都是买了新房子搬走了，所以中介说他们这一栋楼的风水很好，导致他的房租涨了一次又一次，每次他都只能短租房子。

闵景峰回忆了一下，他去的店，过不了多久就会生意红火，之后铁定涨价。

闵景峰稍微总结了一下以往的经历。所以如果他真的有一个财神光环，而周围的这一切都是财神光环促成的，那……这个财神光环是专门坑自己的吗？

他爸有钱了，然后他就过得这么悲惨了，当然也不排除他爸即使穷也这么渣；旺邻居所以被说风水好，然后他不得不交更多的房租；旺去过的店，然后就被多收钱……

闵景峰无奈地仰头望天，他不要做损己利人的雷锋！雷锋好歹还被那么多人喜欢呢！

不对，他也不要求谁喜欢，他就是不想做损己利人的事情！

第二天，林茶一大早看到闵景峰的背影。他戴了一顶黑色鸭舌帽，但是林茶依旧一眼就认出了他。

因为闵景峰头顶顶着金灿灿的财神光环，这个光环依旧能够被林茶看到。

林茶跑了过去，拍了拍闵景峰的肩膀，笑靥如花："早上好！"

闵景峰回过头就看到林茶，生出了一点愧疚之情，把帽子拿了下来，咳了咳，说道：“今天风有点大。”

林茶压根没有留意到他的心思，她开开心心地说道：“对了，我昨天晚上思考了很久，然后发现了一个问题。”

“嗯？”闵景峰在思索要不要告诉林茶自己的发现。

闵景峰真不觉得自己是好人。他的确见人溺水后跳下去救过人，但那就是举手之劳。

大多数时候，只要是举手之劳的事情，他都会做一下。

但是这也不代表他喜欢做损己利人的事情。

这时，林茶开口说道：“我发现，有需要你帮助的人会自动找上门来。或许是被你的财神光环吸引。”

闵景峰一口老血噎在喉咙里，因为他又想起了一些事情。

从小到大，班上的混混，学校的刺头，个个都爱针对他，无缘无故地针对他……

可是最后他们全都“从良”了，一个两个都成了好学生，只有他，依旧不受欢迎……

林茶现在告诉他，那些人全是因为他的财神光环才变好的？

下一秒，闵景峰后知后觉地意识到了林茶对自己好的原因……

她从一开始就没有骗他……

闵景峰英俊的脸一沉，干脆利落地戴上了帽子。

谁也别想让他取下来！谁也别想！

林茶觉得闵景峰的表情有点奇怪，他的财神光环此刻都变成淡灰色了。

林茶关切地问道：“你怎么了？是不是还没吃早饭，饿着了？”

林茶是个行动派，一边说一边拉着闵景峰去买早餐，嘴里还不停问他想吃什么，有蒸饺水饺面条，还有凉面凉皮稀饭包子馒头茶叶蛋……

闵景峰就跟在她后面，想起了这段时间的事情，耳根子红红的，不知道是气的还是其他原因。

可他偏偏没有办法对林茶发火——

难道气她蹭他的财神光环？

可是林茶一开始就说明白了的！他还答应了！

闵景峰以前有多高兴，现在就有多堵心，甚至看着林茶拉着他的手腕，就想要甩开。

可是……

闵景峰看着眼前给他买早饭的林茶，她一开始完全可以不告诉他财神光环的事情，完全可以利用他，可是她没有。

他的心静了下来，至少她没有骗他，这大概是他知道的唯一的好消息了。

林茶买了茶叶蛋和两笼小包子，递了一份给闵景峰，说道："咱们先吃早饭！"

闵景峰没有接过早餐，见林茶直勾勾地看着他，眼神带着崇拜，他为难地开口说道："我们去那边说话。"

林茶乖巧地跟了上来。

他们再一次来到了两个人第一次说话的地方，那个时候他以为林茶在跟他告白，还拒绝了她。

闵景峰想到这里，有点臊得慌，咳嗽了两下，有点尴尬地开口说道："你……"

结果一开口才意识到不知道该说什么，关于财神光环的讨论，他们以前就已经说过了……

林茶有点奇怪："怎么了？"

闵景峰看着她期待的眼神，心里有种说不出来的感觉，他忍不住开口说道："我以后不会用财神光环帮人了。"

林茶对他所有的好感都是因为这个财神光环吧，也是因为这个财神光环才会接近他。

她从头到尾没有骗他，他也没有理由对她生气，可是他不甘心。

林茶听到这句没头没尾的话，有点奇怪，说道："为什么呀？"

闵景峰心里是期待林茶说没关系的，在听到林茶问为什么时，他的心像是落进冰窟里一样，很冷。

闵景峰淡淡地说道："没有为什么，就是不想用了。"说完以后，他戴着他的黑色鸭舌帽，独自朝着另一个方向走去。

林茶愣了几秒以后，立马追了上去，把提着的小包子和茶叶蛋塞进了对方的手里："你忘了早饭了。"

闵景峰："……不吃。"

"吃嘛吃嘛，我一个人吃两份吃不完呢！"林茶声音甜甜的。

闵景峰："……不吃。"

"要吃早饭啦，待会儿要上五节课才到中午，要是不吃早饭真的会很饿的。"林茶想了想，让自己那么崇拜的人饿肚子，她会心疼，林茶实话实说，"你要是不吃，我今天肯定整个上午都在想你会不会饿肚子，到时候就没有心思学习了。"

闵景峰听后，真的是气得咬牙切齿了，林茶说话怎么就这么容易让人引起误会？

林茶还准备继续劝对方吃早饭，结果就发现闵景峰头顶淡灰色的财神光环已经恢复正常了。

林茶看了看那个变化的财神光环——

都说女孩子的心思变化无常，我看男孩子也一样。

闵景峰见林茶在看他的帽子，意识到林茶进医院之时，她爸妈以为林茶是为了跟他在一起才故意装病的，他当时也这么认为，现在看来林茶说的是真的！

所以，闵景峰见她看自己的帽子，心想林茶是不是又想要摸摸他的财神光环了？

闵景峰之前还在发誓，绝对不把帽子拿下来，绝对不让任何人蹭他的财神光环。

因为，人间不值得！

可是此刻林茶还什么都没说，只是看了看他的帽子，闵景峰就装作无意地拿下了帽子，然后摸了摸林茶的头。

他沉着脸，说道："以后每天过来，我给你摸摸头！"

林茶眨了眨眼："啊？"

"你不是说每天都要给你摸摸头才行吗？"闵景峰不乐意地说道，"这么重要的事情，我就没见你上心过。"

林茶的确跟闵景峰说过自己的体质，但她从来没有很刻意地让闵景峰给她转运，她纯粹就是有需要了，然后才会去找闵景峰。

原本闵景峰没有把财神光环当一回事，自然没有把林茶说过她自己的体质当一回事，而他现在知道了事情的真相，回想起来了林茶体质的事情，也发现了她对于自己事情的关注程度远远比不上对外人的。

林茶被闵景峰主动地摸了一下头后，觉得今天的闵景峰真的好奇怪，见闵景峰已经走到前面去了，立马跑过去追上他。

"你刚才不是说不用财神光环了吗？"林茶追上闵景峰，很奇怪地问道。

"闭嘴！"闵景峰顿时恼羞成怒了。

林茶"哦"了一声，走在闵景峰身边，不说话了。

闵景峰见她不说话，转过头去看她，就看到她低着头。

她低着头，是在哭吗？他……刚才说话语气是不是太重了？

像林茶这种女孩子，从小到大应该都没有被人训过。上一次医院的事情闹得那么大，她爸妈哥哥依旧哄着她，还顺从她的心意把自己找了过去。

他却因为她多问了一句话就训她……

想到林茶以前哭的样子，闵景峰有点别扭地开口说道："我刚才不是要训你。"

林茶抬头，露出了一张吃包子的笑脸："啊？"

那表情大概就是——"你刚才凶我了？什么时候？"

闵景峰一脸无语。

林茶简直就是标准的好骗好哄，给个包子就能够骗走的单纯女孩。

在学校这么久，闵景峰听过的关于林茶的事情，比听课听得都多。

像林茶这种被家人宠着的孩子，特别天真，特别好骗。

闵景峰大概是被财神光环的事冲击到了，急切地需要转移注意力，所以他把注意力放在了林茶身上。

闵景峰把还在啃着包子的林茶拉到了没有人的地方，林茶觉得闵景峰有事情要跟自己说，立马乖巧地停止啃包子，抬着头，认真地看着闵景峰，简直比听课的时候还认真。

闵景峰被林茶这个真挚的目光盯着，心里只觉得压力山大，但还是开口说道——

"你是不是傻？"

林茶被闵景峰劈头盖脸地问是不是傻，饶是她脾气好，面子上也盖不住，有点小情绪，说道："我才不傻。"

闵景峰听她这样说，忍不住说道："你知不知道不能这样对一个男生？哪怕他有财神光环，也不能这样对他！"

如果林茶遇上的人不是他，那么她可能会遇到什么事情，他想都不敢想。

林茶觉得自己的智商被闵景峰鄙视，忍不住说道："我有观察过你，你是一个很好的人，非常好。"

她是在确定了闵景峰是一个乐于助人的"好神仙"之后，才冲上去的，怎么在对方看来她完全没有做调研工作？

林茶继续说道："我都可以写几篇文章出来赞美你了，不要怀疑我的观察能力。"

闵景峰耳根偷偷地红了起来，但是还是凶巴巴的："看到的不一定是真的，傻子。"

林茶觉得这个问题再争论下去，会影响他们之间的友谊，于是她决定退一步，说道："好吧，我就是傻，你看我这么傻，你要不要帮一下我？"

闵景峰："……别给我戴高帽子，我已经说了，我不是什么好人。"

林茶凑到了闵景峰面前，认认真真地打量了一番闵景峰，自己说了刚刚那句话以后，闵景峰的财神光环更亮了。

看来闵景峰明明就很爱听嘛，还装作很凶的样子。

林茶干脆继续说道："哪像你这么心地善良、长得还这么帅气的人，要不要帮一下我们这种可怜巴巴的人？"

林茶还可怜巴巴？亏她说得出口。

闵景峰想到这里时，就看到她两眼水汪汪，可怜巴巴地看着自己。

闵景峰："走了走了，快要上课了，你想上课迟到吗？"

真是个口是心非的人哦，还有点小可爱。

林茶啃了一口包子，这样想着。

林茶把包子吃完后，学校的预备铃已经响了。林茶立马噌噌噌地跑了起来，还拉着闵景峰一起跑："一会儿要迟到了！"

闵景峰跟着她一起跑起来，只觉得林茶这个精致的小公主已经走出了她的小城堡——

至少以前闵景峰从来没有见过这个人边走路边吃东西，更没有见过她急匆匆地赶着上课。

"中午一起吃午饭啊！"

林茶气喘吁吁地说完了以后，就到了教学楼面前，赶紧上二楼，回到自己的教室。

好在这个时间点，班主任还没有来教室。

林茶在自己的座位上坐了下来，旁边的越梅梅立马凑过来了："茶茶，有件大事要跟你说。"

林茶把语文书拿了出来，然后转过头，看到越梅梅表情很严肃。她有点奇怪，小声问道："怎么了？"

"茶茶，我说了你别生气。"

"你先说什么事情。"

"我刚才来班上的时候，听大家在议论昨天闵景峰被警察抓到派出所去了，好像是收了保护费？你知道吗？"

警察？派出所？保护费？

这都什么跟什么？

林茶想起来了，她跟闵景峰的确去过派出所，那是因为赵钱他们的事情，怎么就传成闵景峰因收保护费而被警察抓进派出所了？

这些人怎么就乱说话呢？林茶一瞬间气鼓鼓的。

她也知道越梅梅是听别人说的，于是她好声好气地解释道："没有，我当时跟他在一起，我们遇到了点事情，然后他就报警了。"

这件事实在是不好解释。肯定不能说财神光环，而赵钱为什么会引起警察的重视，她也解释不了，因为警方让他们暂时保密。

越梅梅早就习惯林茶什么事情都帮闵景峰开脱了，可是这件事跟之前的事完全不一样，越梅梅恨铁不成钢地说道："茶茶，你真的不能这样堕落下去了，你看你以前每天好好学习，现在成天都找不到人，也不跟我们一起吃饭了……"

林茶正要解释，这个时候班主任进来了，她只能开始背课文。

可林茶却背不进去课文了，她突然后背一凉——如果不是她执意要去查那三个人的事情，现在就不会传出这些流言了吧？

一想到闵景峰也会听到这些话，林茶的心一下子揪了起来，他肯定很难过。

闵景峰还真的一点都不难过。

闵景峰坐在自己的座位上，戴着帽子，转着笔，漫不经心地看着语文书上面的《前赤壁赋》。

"他不是被警察抓走了吗？怎么回来了？"

"应该是没有满十八岁。"

"现在女孩子怎么都喜欢这种坏学生，我还是喜欢那种斯斯文文的学霸。"

说这话的女孩子偷偷地看了看闵景峰，发现他看书的样子简直让人心跳加速。

可她还是要跟其他人保持一致，于是她接着故意说道："也不知道林茶到底怎么想的……"

其他几个女生赞同地点了点头。

闵景峰听完这些话后一点感觉都没有，她们无非是想要以这种方式彰显自己的清高罢了，他没空跟这些人计较。

闵景峰把帽子压了压，在想一个问题：这一次的麻烦是这样的——

他和林茶一起帮助那个不良学生认识到他做的事情的危险性，然后他们一起去了一趟派出所。

然后学校就传出他被警察抓走了的流言。

果然，这个所谓的财神光环就是损己利人。

闵景峰开始回忆林茶说过的关于财神光环的事情。

以前没有把财神光环当成真的，也就没有在意林茶说的话，现在自然要回忆那些被扔在一边的信息。

最后，闵景峰的关注点落在了林茶今天说的话上面——

"那些需要被财神光环帮助的人会主动来找你。"

主动找他吗？

第二节课下课后是体操时间，闵景峰并没有遇到什么主动找他的求助者。

回到教室，闵景峰就看到自己的课桌上被人用红色的马克笔写下三个大字——"劳改犯"。

这字可真丑。

闵景峰看了看这三个字，依旧很平静。是啊，请把他当成一个需要远离的劳改犯，谁都别来求助他，他谁也不想帮了。

事实也的确如此，整个上午都没有人靠近闵景峰，也没有人跟他说话。

到中午一下课，林茶立马飞奔去了闵景峰的班上。

到了门口林茶看到闵景峰一个人戴着黑色的帽子，孤零零地走在学校里，头上还顶着一个黑色的财神光环。

林茶曾以为他是神，所以以前她觉得他一点都不在意周围的人和事，不屑跟人类计较一些小事。

可是现在她知道闵景峰只是人类，跟她一样有血有肉会高兴会难过的人类，他做了那么多好事还被同学们这样误解，肯定会非常难受。

林茶跑向闵景峰，踮起脚攀着他的肩膀，说道："走啦，去吃午饭了。"

闵景峰长得高高大大的，她踮起脚来搂他的肩膀的动作看上去就格外滑稽。

闵景峰被林茶碰到的那一瞬间，差点就把人甩出去了，好在听到了林茶的声音，及时地收回了手。

闵景峰回过头，就见林茶眼睛肿了，眼圈还红红的，一看就是私底下又哭过了。

他以前从来没有听说过林茶是爱哭鬼，现在才意识到自从他们认识以后，林茶还真是哭了不少次。

闵景峰叹了一口气，看着她，无奈地说道："你又哭了？以前没听说你是爱哭鬼，怎么越来越爱哭了？"

林茶见他看出自己哭过，又见他丝毫没有责怪自己的意思，眼圈一下子又红了。她不敢看他的眼睛，只是小声说道："对不起，如果不是我的话，你肯定就不会被冤枉了。"

是她执意要去查那三个人的事情，所以才会导致这一切的误会。

闵景峰看着她，没有怪她的意思，那个时候她一定要去查那件事，是为了治好他的皮肤病。

"那个时候你不坚持，我现在可能就因为皮肤病见不得人了。"

"啊？"

闵景峰不希望她自责，所以开口说道："我不是跟你说过吗，我身上不止一次出现过'皮肤病'，每次皮肤都会腐烂，然后重新长出来。"

以前林茶问过他黑色图纹的事情，闵景峰没有说，现在主动说出来，就是希望她明白，她没有做错什么，她没有对不起他，反而是他应该感谢她。

闵景峰跟她说起自己"皮肤病"的事情，是想让她不要有心理负担，并不是卖惨……

毕竟如果他认真卖惨的话，这件事连他的悲惨遭遇的前十都排不上。

闵景峰对自己的小半生还是有一个清晰的认知的。

很明显林茶的第一反应是心疼和愤怒。

心疼是因为闵景峰虽然轻描淡写地说出这样的经历，但是她能够感觉到他有多痛。

她偶尔不小心用刀划破了手指都会痛得想哭，皮肤腐烂然后重新长好那有多痛苦，她都不敢想。

而愤怒是对命运的愤怒，为什么命运要这样对待闵景峰？他明明什么都没有做错。

她虽然在某些方面迟钝得可怕，但是在闵景峰的财神光环这事上，直觉还是很敏锐。

在这之前，林茶就已经大概推算出了黑色图纹的出现是因为闵景峰拒绝用财神光环帮助人。现在听到闵景峰这么说，很容易就能够得出一个结论——

闵景峰不帮助别人，身体就要遭受巨大而绵长的痛苦。

想到这里，林茶只觉得太阳穴突突地发疼，这比她见过所有不平的事情加起来还要不公平。

她带着怒气，咬牙切齿地说道："这太不公平了，命运凭什么这样对你……"

要是她知道老天爷的家庭地址，可能立马就拉着闵景峰，怒气冲冲地砸人家的窗户了。

闵景峰是第二次听她说起不公平。他心里少了很多烦躁的感觉——至少在这个世界上，还有一个人是理解他的，也是站在他这边的。

林茶下一秒就看到闵景峰的财神光环又慢慢变暖了。

林茶看着闵景峰，以前她认为他是英雄的代名词，形象单一；现在在她心目中，这个人身上贴上了其他的标签，他不再只有英雄的一面，他会难过，会愤怒，会抗拒人的接触，又忍不住对人好。

虽然林茶从小到大被家人保护得很好，可是她同样也知道活着的不容易。

她第一次遇到像他这样的人。如果换一个人经历了他这样的遭遇，那个人绝对不会拥有像他这样开阔的胸襟。

林茶以前总觉得他是高高在上救苦救难的神明，可是直到和他走得近了，林茶才发现，他不是神明，也不是无所不能，无欲无求。

相反，他是一个普普通通的人，唯一不普通的是，他有一颗善良的心。

因为善良，所以哪怕被人这样恶意对待，也没有变成坏人。

因为善良，哪怕所有人都误会他是个不学好的人，他依旧做他自己。

他也是温柔的，即使他被恶意包围，却从来没有想过要报复社会，这已经是最大的温柔了。

林茶心里有千言万语想跟闵景峰说。

她想说，你最好了，不要听那些无知的人说的话，他们都是跟风虫。

她想说，我们以后会越来越好的，所有人都会喜欢你尊敬你。

可是林茶看着这个人毫无阴霾的笑容，所有想说的话，最后都只化成了一句话："老天爷对你不公平，我对你公平！"

她声音清脆，掷地有声，像是在说一个永不会违背的誓言。

闵景峰原本所有的关注点都在她刚才的"对不起"上面，没有想到他说完了关于"皮肤病"的事情以后，林茶居然是这个反应。

此刻的林茶仰着头，目光坚定，有着一往无前的勇气和决心。

闵景峰看着她这严肃得像是要上战场的样子，忍不住笑着问道："那你要怎么对我公平？"

闵景峰受到的不平等待遇，林茶心里都一件一件地记着，她便一件一件地数："你应该被人尊敬，你应该被人喜欢，你应该可以好好学习，你应该可以选择到底要不要帮助一个人，你应该是开心的……"

她很认真地看着闵景峰的眼睛，一件一件地说着。

闵景峰只觉得有什么又软又甜的东西把他包围了，他的心都在融化。

他不知道以后会不会跟林茶形同陌路，可是这一刻，他是开心的。

闵景峰眼里的笑意藏都藏不住，勾起了嘴角："所以你要尊敬我，喜欢我吗？"

林茶听到这话，有点奇怪地说道："我一直都最尊敬你最喜欢你了！我是说别人也应该尊敬你喜欢你！"

闵景峰心里甜得像是掉进蜜罐子里一样。他不需要别人的尊敬和喜欢，其他人他管不着。

中午的时候，林茶吭哧吭哧地把自己的学习手札还有资料书搬到了闵景峰旁边的座位上。

因为出了这事，闵景峰旁边没有人坐。

闵景峰抬起头："这是干吗？"

"对你公平啊！"林茶一边说一边坐了下来，把课本打开，"以后我帮你补习。"

很明显，林茶打算从帮助闵景峰好好学习开始做起。

林茶在他旁边坐了下来，看向闵景峰，询问闵景峰的意见："可以不？"

他们现在还是高一学生，落下的课补起来非常容易，林茶希望闵景峰不要因为命运的不公平而少了很多人生选择的机会。

闵景峰看了看林茶，开口说道："我以后不想用财神光环帮助任何人，也没关系吗？"

林茶"嗯"了一声："没关系。"

闵景峰还是记挂着林茶的体质问题，趁着林茶低头在本子上写字的时候，把帽子盖在了她的头上。他讨厌这个所谓的财神光环，因为这个光环让他过得苦不堪言，但是又还好有这个光环，要不然林茶肯定会过得很辛苦。

林茶头上突然被盖了一顶帽子，有点蒙，抬起头看向闵景峰。

闵景峰以一副我就是随便给你戴个帽子的表情说道："这帽子送你了，一会儿我自己重新买一顶。"

林茶这辈子收到过无数礼物，可还是第一次收到闵景峰送她的礼物，她很珍惜地摸了摸："以后我每天都要戴。"

就一顶帽子而已，不至于吧?

他当然知道林茶因为体质问题很多东西都不能用，可他帮她转了运，她自然也就什么都可以用了。以她家的条件，别说一顶普通的鸭舌帽了，就是买下一家帽子店也没问题。

他看得出来，她此刻是真的很开心，连说话的声音都是雀跃的。

"来来来，我们今天从这里开始学习。"

闵景峰本来是不想学习的，可林茶这个样子不像是来跟他商量补习的事情，压根没有给他拒绝的机会。

"学嘛学嘛！我跟你说，学习的时候真的很快乐！不能只有我一个人快乐呀！"

闵景峰无奈扶额，你可以的，我看你一个人的时候也很快乐。

"我们坐车为什么要系安全带呢? 接下来让我们一起走进惯性的世界——"

闵景峰转过头，看到林茶讲得眉飞色舞，眼里像有碎星，看得出来，她是真的很爱学习。

闵景峰想了想，这段时间自己也的确耽搁她很多时间了，还是跟着学了起来。

林茶教了半个多小时以后，拉着闵景峰趴在桌子上睡午觉，毕竟中午不睡，下午崩溃。

闵景峰见她睡着就起来了，他中午睡不着，尤其是这两天发生的事情太多了，他没有办法睡着。

闵景峰看着林茶乖乖地趴在桌子上，像小朋友一样枕着手侧着脸，睡得很安稳。

他跟林茶没有真正接触时，就听说了她的一大堆事情，那时总觉得她有点傻乎乎，带着同龄人没有的天真。

现在才明白，她其实一点都不傻，也不是天真，她很纯粹，对人情世故看得也明白。

她只是看透了以后依旧纯粹，依旧坚持。

闵景峰忍不住伸出手，摸了摸她的头。

他的财神光环既然要发光发热，那就只为这一个人发光发热吧。

闵景峰收回了视线，又看到旁边林茶整理好的笔记本，拿了过来，反正闲着也是闲着，不如看看。

他还没有看两行字，就有人走进来了，中午教室一般都没有什么人。

"你——"

闵景峰抬起头，就看到了两个男生。他的目光凶狠起来，直接阻止了这两个人继续大声喧哗。

闵景峰看了一眼旁边睡得安稳的林茶，小心翼翼地从林茶头上取下黑色鸭舌帽，戴在自己头上，然后站起来示意两个男生出去再说。

这两个人来势汹汹，一看就是来找事的——

读作找事，写作"蹭财神光环"。

三个人走到了教室外面，带头的男生开口说道："听说你是闵邦盛的儿子？"

闵景峰看了看这两个人，这就是林茶提到过的，主动找上门的人吗？

如果是以前，动手就动手。

可是现在不一样了，他可不希望他跟人闹出矛盾后，人家走上人生巅峰，回头再坑他一把。

闵景峰抬眼，看了看这两个人，淡淡地说道："谁？不认识。"

他现在是确定了，不跟人动手，不让除了林茶以外的人蹭财神光环。

那两个男生显然没有想到闵景峰会这样说，一下子接不上话来，一时间场面有点尴尬。

这个时候，有人走过来，成功地打破了尴尬的局面。

"咦，你们在商量事情吗？"林茶走了过来，视线在这两个人身上转了两圈。

这两个人身上没什么黑气……

应该就是闲得无聊来找碴的人。

林茶走到闵景峰身边，小声告诉闵景峰。

因为林茶的出现，那两个男生也没有继续纠缠闵景峰。毕竟一会儿真打起架来，要是不小心打到了林茶，那就麻烦了。

林茶其实和闵景峰一样，都在等主动找上闵景峰的人。

林茶虽然对闵景峰说自己不用财神光环帮助人了表示赞同，但是她心里还是担心的——

如果闵景峰不用财神光环帮助人的话，会不会又像上一次那样得到惩罚？

林茶心里其实比闵景峰还要紧张。

晚上回到寝室的时候，林茶发现原本特别和善的室友此刻对她的态度有点奇怪。

林茶没有那么多时间关心这个问题，赶紧洗漱。洗漱了以后，躺在床上，收到了越梅梅发给她的信息。

寝室里，她跟越梅梅关系是最好的。

"茶茶，她们以后都不想跟你玩了，她们觉得你太重色轻友了，拿自己的未来开玩笑。茶茶，你真的要停下来好好想想自己在做什么了。"

林茶看着这条短信，心里堵得慌。原来这就是被人误解的感觉。

她想到了闵景峰，她只是面对一个小小的误解，都觉得心里很不舒服。闵景峰呢？他做了好事还被那么多人误解。

林茶回了一个"嗯"字，然后关掉了手机，睡觉。

林茶睡着了以后，做了一个很长的噩梦。

在梦里，她好像变成了闵景峰，又好像不是闵景峰……

她好像穿着很奇怪的衣服，想救每一个人。

可是又好像有人一直骂她，还有人点了火烧她，她在火中很痛很痛……

醒过来的时候，额头都是汗水，人是醒过来了，梦里的那种孤寂和难过却萦绕在林茶心头，久久无法散去。

林茶看着天花板，如果她经历了闵景峰身上发生的一切，肯定没有他做得好。

林茶睡不着了，翻来覆去地睡不着。

她爬了起来，一下子就磕着头了，差点忘了，今天已经是新的一天，她得重新跟闵景峰接触、消除自己的霉运，不然就等着倒霉到家吧。

林茶摸了摸自己被磕疼了的额头想着。

寝室里此刻安静极了。

林茶看了看时间，四点半，还有两个小时才到起床时间。

她实在睡不着，干脆起床背上自己的书包，蹑手蹑脚地开门，离开了寝室。

一楼有一个宿舍楼长开会的时候用的办公室，这里是不拉电闸的，所以林茶可以去里面看书。

林茶下到一楼，就发现办公室的灯是亮着的。

此刻走道安静得有点诡异，林茶想起了自己目前的倒霉体质，决定还是回去，小心为上。

突然，那扇门被打开了。

林茶几乎是条件反射地闪进了旁边的走道，整个人贴在墙上，心扑通扑通地跳个不停。

下一刻，林茶听到有人刻意压低的声音："你们好好看着林茶，争取让她被所有人孤立，并且一定要让她明白，她是因为闵景峰才被孤立的。"

林茶听到这话，一下子蒙了。

这个声音她以前没有听到过，所以她不确定是谁，可以确定的是这人摆明针对她……

还好她刚才躲起来了，要是没有躲起来，那就尴尬了。

林茶赶紧屏住呼吸，不要紧张不要动不要被发现！

她忍不住想，这些人要做什么？如果她被发现，会不会被弄死？对方绝对不止一个人，她肯定是打不过的……

到时候爸爸、妈妈、哥哥、闵景峰怎么办？

她现在可是运气最差的时候……

林茶听着脚步声，对方很明显是朝着她这边走来，还越来越近了。

这边寝室门都是关上的，这条长长的走道没有任何可以躲避的地方，就是说只要她们继续往前走，必然会转弯，一转弯立马能够看到她。

怎么办？怎么办？

林茶心里很慌，因为她不知道被她们发现后会遭遇什么，要是闵景峰在这里就好了……

对了！

这个时候林茶想起了闵景峰把他戴的帽子送给她了，她放在书包里的！虽然不知道有没有用，但是现在是她最后的办法了。

脚步声越来越近，越来越密集，简直像是恐怖片高潮即将来临……

林茶手忙脚乱地打开了书包，把帽子拿了出来，一下子戴在了自己的头上。

那些人的脚步突然停了，有人说道："忘了关灯了。"

紧接着，那些人转向了另外一个方向。

林茶松了一口气，这才发现自己流了很多汗，双腿都有点发软。

她一直都觉得自己胆子很大，什么都不怕，直到这一刻她才发现，她其实胆子很小。

林茶摸了摸闵景峰给的帽子，还好还好……

她原本想要转身偷看一下那边是什么情况，可是她莫名地想到了恐怖片里的场景，担心自己凑过去看的时候，眼前会出现一张放大的脸阴森森地看着她……

于是，她赶紧从另一个方向跑回寝室，第一时间躲进了被窝。

心里还是一阵阵后怕。

主要是这事没办法跟警察说。

要怎么说？

警察叔叔，我大早上起来偷听到有人说要孤立我……

而且听她们的目的，似乎不是真的要孤立她，而是想要利用她对付闵景峰。

为什么要处心积虑地对付闵景峰？

林茶担心对方是不是知道了什么，要不然干吗这么处心积虑地对付一个高中生？而且林茶早就觉得学校里有点不对劲了，因为大家实在是太针对闵景峰了！

明明闵景峰长得帅、气质也好，就算他成绩不好，按理说应该也有一大批女孩子对他有好感。可是不知道为什么，女生们仿佛都很鄙视对他有好感的女生，所有女孩子都恨不得大声宣告自己讨厌闵景峰。

林茶拿出了手机，想要给闵景峰发个信息，但是这个时间闵景峰肯定还没起床，再说了，这个时间发信息，也只会让他跟着担心。

林茶原本以为经历了这么大的事情，自己肯定是睡不着的，然而出乎意料的是，她居然睡着了。

林茶是被浴室里的水声吵醒的。

以前寝室里都是她起来得最早，这次爬起来才发现，大家都已经起来了，却没有人叫醒她。

林茶像往常一样跟大家打招呼："早上好呀。"

然而没有人搭理她。

越梅梅从外面进来，看了看林茶，然后径直从她面前走过去。

以前大家关系那么好，现在突然变成这个样子，林茶心里当然是不舒服的。

可是这个时候，她想起了今天早上偷听到的话。

孤立她……

到底是谁说的？她是对谁说的？应该不是她的室友啊，她当时出去的时候她们都在床上睡觉，回来的时候她们也还在床上。

林茶没有琢磨出来，赶紧洗漱去上课。

她买好早餐，在校门口等闵景峰来学校。

很快，她就看到闵景峰戴着一顶帽子走过来了。隔着老远，林茶就看到了他头上的财神光环，她赶紧朝着闵景峰走去。

"今天早上发生了一件特别吓人的事情！"

两个人刚见面，林茶就迫不及待地把今天早上发生的事情都告诉了闵景峰。

"我本来想去一楼的公共寝室学习，结果下来的时候就听到有人在说话，其他的没怎么听清楚，我就听到了一句她们要孤立我，还要让我觉得是因为你，所以我才会被孤立的。"

林茶忍不住说后面的事情："后来眼看着她们就要过来了，当时把我吓惨了，因为我就躲在拐角的地方，而且运气特别差，还好我聪明，想起了你给我的帽子，戴上帽子以后就幸运地躲过去了。"林茶后怕地说道，"当时真的特别像恐怖片的场景。"

闵景峰听得直皱眉，尤其是看到林茶这副"啊，我好厉害，我居然一点事都没地逃开了恐怖片情节"的表情。

闵景峰有些后怕。

这一次林茶的确很幸运，她本来就是倒霉体质，这一次只是刚好拿出了他机缘巧合给她的帽子，那下一次呢？

闵景峰把手放在她的头顶，说道："你转校吧。"转校是闵景峰能够想到的最好办法。

　　林茶听到这话立马反驳："不要，表面上她们是要孤立我，实际上要针对的人是你。现在还没弄清楚到底是谁针对你，也不知道她们是为什么要针对你，而且目测她们已经成功了，真的不像是普通高中生能够做到的事情。"

　　她分析得很到位，普通高中生哪里能够想这么深，想这么远？再说了，别人只要稍微多观察一下闵景峰就会发现他并不是什么坏人，按理说也拉不到多大的仇恨值。

　　林茶很担心他们针对的不是闵景峰这个人，而是觊觎他的财神光环。

　　既然她能够看到，说不定其他人也能够看到。

　　林茶逃避是没有用的，还不如就待在这个学校，至少现在她和闵景峰也知道一点信息了，也知道了对方下一步要做什么。

　　闵景峰看着林茶坚定的目光，就知道自己说什么都没用。

　　林茶这个人就是看上去好说话，平时在一些小事情上也的确是这样，但是一旦遇到她要坚持的事情，那别人说什么都没有用。

　　典型的不到黄河心不死，不撞南墙不回头。

　　不对，就她这个性格，可能撞了南墙都不会回头。

　　闵景峰此刻只能说道："他们最后的目的可能是想让你恨我，讨厌我……"

　　林茶点了点头："我也是这样理解的。"

　　两个人边走边分析了很多事情。

　　两个人不在一个班，到了教学楼就分开了。

以前走在学校里总是有很多人和林茶打招呼，但是现在基本上没什么人跟她打招呼了。

林茶跟闵景峰分开了以后，还是觉得有点惊讶，幕后黑手的效率真是有点高啊。

林茶回到了教室，坐在了自己的座位上。

她听到有同学在说话。

"我爸妈昨天给我打电话了，怕我早恋，跟我说不要早恋。"

"我爸妈也是天天说不要早恋。"

林茶心里想：这是前期铺垫！她们要讲重点了！

林茶从抽屉里拿出了平时听英语的耳机，戴上耳机，假装在听英语……

她并没有按开关，还在听这些人说话。

林茶能够听到身边人说话的声音，然而那两个人看到她戴上耳机听英语，只觉得没趣，也就真的不往下说了。

林茶发短信告诉了闵景峰，最后还加了一句话："今天也是在被孤立的边缘疯狂试探的一天。"

闵景峰的信息很快就回过来了，回复了一张图片：上面是一个挂着拐杖的人。

然后，闵景峰又发了一条信息过来："你自己注意安全，不要惹怒任何人。"

林茶："清楚明白！"

虽然大家都想要孤立林茶，实际上碍于林茶的身份，谁也不敢做得太绝。

大家也就是不跟她说话，含沙射影地说一些刺人的话。这种档次的冷暴力，林茶如果不是提前知道自己要被孤立，才稍微观察了一下，不然可能压根察觉不到自己"被冷暴力"了。

不过有句话倒是说得挺对的——

"一个人的路，走得更快一些。"

没有人跟她说话了之后，林茶把学习之余的一部分心思用来分析闵景峰的财神光环，更能静下心来了。

她现在最关心的还是那个黑色的图纹，林茶一点都不想闵景峰再经历一次。

现在只能等下一个求助者出现，到时候林茶就能更好地分析了。

林茶原本以为还需要等一段时间，结果没想到她和闵景峰中午在食堂吃饭的时候就遇到了求助者。

原本两个人打了饭菜就坐到角落没有什么人的地方，比较方便聊天，聊着聊着，林茶突然有种很奇怪的感觉，抬起头就看到了不远处端着餐盘的女生。

那个女生应该也是高一的，看上去有点清瘦，瓜子脸，长得还挺漂亮的。

只是她身上的黑气是林茶见过的被黑气缠绕的人中，最重的一个。

那个女生大概是察觉到有人在看她，移动视线，跟林茶四目相对。

林茶也不尴尬，直接冲着对方露出了一个大大的笑容。

那个女生勉强笑了笑，然后转身去了另外一个角落吃饭。

闵景峰见林茶一直在看那个女生，开口说道："怎么了？"

"那个女生应该就是下一个求助者，她身上好多黑气，不知道到底发生了什么……"林茶开口说道。

在这之前，她还在想自己要借这一次机会好好研究一下财神光环的惩罚机制，可是真的看到了需要被拯救的人，她又分外同情对方，想要知道对方身上发生了什么事情……

有没有办法能够帮上她？她一个人站在那里的时候，看上去真的好需要帮助……

闵景峰跟林茶的态度则不太一样。他是一个一路不幸过来的人，在他看来，即使遭遇这世界上最大的灾难，只要自己愿意，也是扛得住的。

哪有那么多的英雄救苦救难？在这个世界上，能够拯救自己的人，永远都是自己。

所以闵景峰对求助者的态度是：我不会管她。

林茶也没有劝他，这种事情当然不可能强求。

晚上林茶回寝室的时候，发现这个满身黑气的女孩子搬到了她的对面寝室，此刻正艰难地把一个大袋子往楼上拖。

林茶走了过去，帮着她一起往楼上拖，好在这个女孩子也没有拒绝她。

两个人一起把行李拖进了寝室里，女孩犹豫了一下，小声说道："谢谢你。"

"不客气。"林茶本来就想接近她，对她笑得又甜又暖。

林茶如果真想接近谁，基本上没有人能够抵挡她的魅力。大概是因为每一个人都对温暖无害的东西心生好感。

林茶在试探这个女孩子的时候，闵景峰也在研究他的财神光环。

闵景峰刚知道财神光环这两天，情绪波动过大，所以一直没能静下心来好好研究。

闵景峰大概是跟着林茶学的，无论什么事情都喜欢做个总结做个记录，所以现在，闵景峰在家里很认真地回忆了自己的小半生。

越写越觉得惊人——

跟他有过过节的人，最后都过得很好。

他帮被收保护费的人出头，结果那人第二天就说是他收的保护费，而原本收保护费的那几个混混，摇身一变就成了家境不好却刻苦学习的好学生。

如果不是林茶，他差点被学校劝退……

他帮被家暴的女人报警，结果人家夫妻二人转过头恩恩爱爱，还说他多管闲事；

他帮走丢的小孩子找家长，结果被家长误会是人贩子，还闹到了公安局……

他能够活这么大，真是命硬，在这之前，他居然从来没有察觉出异样，这也是一个奇迹了。

闵景峰越想越觉得气不过。这就是他的人生吗？如果不是林茶出现，如果不是林茶让他知道了自己有财神光环，那他这辈子就要这样过下去吗？

闵景峰难以想象，如果林茶不出现，以后要怎么办？

他又想起了林茶偷听到的那些内容。

到底是谁这么处心积虑地针对他？

他其实什么都不怕，他唯一担心的人是林茶。

她什么都没有经历过，她单纯善良，他不想看她经历伤痛，不想她变成他这个麻木不仁的样子。

闵景峰拿着镜子，看了看自己的头，他依旧什么都看不到。

这个财神光环……除了坑他，还有没有其他的作用？他为什么会有财神光环？为什么会是财神光环？除了林茶以外还有其他人知道这件事吗？

闵景峰通通不知道。

闵景峰看了看林茶发过来的信息，是跟那个所谓的求助者有关的。

闵景峰对于这些求助者通通没有好感，从小到大，他就是这样一路被他们坑过来的。

不过他没有跟林茶说自己被坑的事情，说了感觉像是卖惨博同情，他不屑这样做。

看到林茶关心求助者，他又忍不住担心，担心林茶会越来越觉得求助者真惨，到时候会不会觉得他这个人太过于冷血？

闵景峰想太多了，在林茶心目中，闵景峰就是这个世界上最善良最温柔的人。

他不愿意用财神光环，并不代表他就不是她心目中的那个人了。

林茶从小到大很讨人喜欢，有一个很大的原因是她很尊重别人，不会去强求别人做不想做的事情。

以前林茶拉着他去帮助别人，是因为林茶观察闵景峰的时候，就发现了他在不断地帮助人，林茶就以为这是他的日常；而他说了不用财神光环，她第一反应也是担心财神光环对他的惩罚，而不是认为闵景峰冷血无情。

林茶很小的时候就已经明白了一个道理——

你没有经历别人的人生，就不要随意去评价别人的选择。

睡觉前，林茶摸了摸闵景峰给她的帽子，这样一会儿睡觉的时候不容易做噩梦。然后她很小心地把帽子放在了一边，心里还在想那个声音的事情。

那个人是怎么做到让这么多学生都听她的？林茶怎么都想不通这一点。

不过她并没有因为那人这么厉害就退缩，反而更想查出对方到底是怎么做到的，她也想要同学们不要被人迷惑，想要他们了解真正的闵景峰。

林茶每一次说的话从来都不是说说而已，老天爷欠闵景峰的，她会帮他拿回来。

别人做一件好事就会被好多人喜欢，没道理闵景峰一直做好事，结果收获的是满满的恶意。

这里面肯定是有不为人知的原因的，林茶甚至觉得很有可能就跟那个声音的主人有关系。

虽然现在只有她一个人对闵景峰好，但是以后会有很多很多人喜欢闵景峰，不让他心冷。

因为他值得。

睡着了的林茶做了一个梦。

梦里有阳光，有绿油油的草地，很多人在一起春游，围在一起做饭。

林茶看到了闵景峰。

闵景峰一个人从很远的地方走过来，他身上的衣服都是湿的。

不知道为什么，林茶就是知道闵景峰是在路上遇到一个落水的孩子，他跳下去救那个孩子了。

他似乎很着急，很想要融入班级集体之中。

可是所有同学看到他这样走过来，都在嘲笑他。他高傲地抬着头，只是安静地坐在一边，也不肯说发生了什么事情。

林茶就这样看着看着，莫名地掉下了眼泪。

她好想冲过去抱抱这个孤单、正义的少年，想跟他说你不孤单，我会一直陪着你，一直陪着你。

然而她并不能过去，她只能看着那个孤单的少年安静地望着那边热闹的人群。

林茶能够看到他眼里的光在慢慢地熄灭。

那一刻，林茶感觉无比疼痛，不只是她的心，还有他的。

林茶醒过来的时候，眼角有泪水，擦了擦眼泪，发现现在才三点，还可以再睡三个小时。

可她的脑海里满是那个孤单的少年。

林茶鼻子酸酸的，为什么大家要这样对闵景峰？

他那么好，再也找不出比他更好的人了。

为什么在梦里，大家都要这样对他？

林茶不知道闵景峰有没有睡着，她给闵景峰发了一条信息——

"突然很想抱抱你。"

闵景峰刚从噩梦中惊醒就看到了这条短信，身上的寒凉之气慢慢褪去，但是他回复道——

"我怎么教你的？"

林茶收到这条信息后，意识到闵景峰也没有睡。

"我刚才做了一个很可怕的噩梦。"

"梦都是相反的。"闵景峰的信息很快就回来了。

"我也希望是相反的，我梦到你了。"林茶向来是有什么说什么，从来不会掩饰自己的情绪。

她自然不会意识到自己这句话有多亲密。

"嗯？"

林茶："我梦到你去救人了，结果没有人夸你，没有人夸你就算了，大家还不带你一起野餐。我看着好难受，特别想抱抱你。"

闵景峰收到这条信息的时候才发现，他们两个人做了一样的梦。闵景峰有点奇怪，他会做这个梦很正常，因为那就是他初中时发生过的事。

可是，林茶怎么会梦到这件事，而且还是真实发生过的事情？

不过他只是回复道："我哪有那么可怜，不需要你同情。"

"我才不是同情你，是对英雄的崇拜和怜爱之情！"

闵景峰看到"英雄"两个字，觉得很好笑，他只是一个普通人罢了。

一个想要拥有平凡生活的普通人。

闵景峰并没有回复这条信息，只是忍不住把这条信息删除了。

他实在是不适合看这种信息，因为他不是一个英雄，他要继续努力适应他原本的生活。

对林茶而言，闵景峰只是一个过客，迟早有一天她会明白这个世界上有很多优秀的人，很多受欢迎的人。这些人都比他值得做朋友。

学校里，大家一直在排斥闵景峰，而且他本人不合群又狂妄，再加上林茶和他走得近，导致他的被关注度倍增。

第二天林茶到学校时，发现闵景峰没有来学校，当然其他人的说法是闵景峰逃课了。毕竟这也不是他第一次逃课。

林茶听完了以后，感觉自己都要习惯被气了，她当然没有相信闵景峰逃课了。

林茶清楚地知道这段时间闵景峰一直在学习，怎么会突然逃课？

她反正是不相信的。

可是她给闵景峰打电话，没有人接。

林茶去找闵景峰的班主任，要到了闵景峰家里的地址。

林茶是想请假去闵景峰家的，结果她的班主任不同意，不仅不同意，还给她妈妈打了电话。

林茶被妈妈语重心长地说了一顿。

此时远在国外的妈妈最后说的是："你要是再这样就转校，到时候我回来陪读。"

林茶整个初中时期都是住在家里的，上高中后她主动要求住校，跟家里磨了很长时间。

林茶想了想，知道她妈向来说到做到，而且这件事她本身就解释不清楚，再让她妈妈误会了，事情就更麻烦了，只能乖乖回教室上课，等中午放学。

上午上课时，林茶虽然担心着闵景峰，但还是努力学习了。

妈妈打电话时说的话，让林茶明白了一件事，那就是她不能耽搁自己的学习。

林茶彻底冷静了下来，她的成绩如果真的下降了，到时家里、老师还有其他同学肯定又会觉得是她老跟闵景峰在一起的缘故，到时候会有更多的麻烦。

其他人不跟她说话，反而给林茶省下了很多时间，让她可以专注学习。

下课的时候，其他同学还是聊着八卦，林茶本来没想听，但她们的话题引起了她的注意。

"你们看到昨天晚上的微博热搜没有？"

"看到了，好像我们学校有一个女生失踪了。"

"是谁？"

后面的声音放低了，林茶没怎么听清，还是凑了过去："失踪的女生是谁？"

虽然大家有点孤立林茶，但是林茶主动说话，她们还是忍不住回答她的问题："李莉莉。"

林茶心里大惊，就是那个冒着很多黑气的女孩子。

她心里一下子乱糟糟的，本能地觉得闵景峰今天没来上学可能跟这件事有关系，她还是得先找到闵景峰才行。

好在很快就到中午了，林茶捏着写着闵景峰家庭地址的字条，狂奔了出去。

走到校门口的时候，刚好就看到她要等的那一班公交车的尾气。30分钟一趟的公交车从她面前离开了。

林茶这段时间被财神光环笼罩着，做什么事情都很顺利，已经很久没有遇到这种事情了。

她愣了一下，后知后觉地想起来，今天早上忘了戴帽子。

林茶转身，回寝室拿帽子。

刚走到寝室门口就看到她们寝室的门关着，越梅梅站在外面："茶茶，你带钥匙了没有？"

"没有。"

"那要等她们俩回来才能进去了，她们俩今天中午可能不会回来。"

林茶意识到刚发生的事情是自己倒霉体质所致，也就是说，林茶就算在这里等，也不知道要等多久才能等到另外两个室友回来。

算了，她以前有两三个月都是这样过的，再说了，她只是搭公交车去找闵景峰，再倒霉也倒霉不到哪儿去。

林茶背着包，离开了寝室楼，回到了车站等公交车。

等到了闵景峰住的地方，林茶找了好一会儿才找到 21 栋，再三确定自己找到的是五单元。

闵景峰家跟左右两户不一样，左右两户门上都贴着福字、贴着对联，唯独闵景峰家的门上光秃秃的。

"咚咚咚……"林茶敲了几下。

"闵景峰，你在家里吗？

"闵景峰？"

里面没有人回应。

林茶咬了咬牙，还是继续敲门："闵景峰，你在家里没？"

这个时候隔壁住户家的门打开了，露出了一张不耐烦的漂亮女人的脸，没好气地说道："声音小一点好不好！"

林茶有点不好意思："很抱歉打扰到你了，我太着急了。"

女人这才看清楚林茶，见她脸红红的，额头上还有汗水，加上态度也好，她反而有点不好意思了，说道："没事，你找住这里的人吗？他好像跟人出去了。"

林茶："跟什么人出去了？你有看清楚吗？"

"跟一个戴着口罩的男人出去了，因为他戴着口罩，我没看清楚他的样子。"女人回忆了一下，说道，"后面他有没有回来我不知道。"

林茶："谢谢你。"

跟人出去了……

林茶很不放心，那个身上带着黑气的女孩子失踪了，闵景峰也失踪了……

根据以往的经验，有黑气的人会不自觉地靠近闵景峰，闵景峰也会阴错阳差地遇到有黑气的人，他们会不会遇到了同样的危险？

林茶拿出了手机，准备报警。

可是她还没来得及拨出电话，背后就突然伸出了一只手，用什么东西死死地捂住了她的口鼻。

林茶顿时觉得一阵眩晕，紧接着她便失去了意识。

滴答滴答……

很奇怪的声音，林茶迷迷糊糊地想，是不是厕所水龙头漏水了？

现在几点了？

现在是下午还是第二天早上？

林茶慢慢睁开眼睛，她看到的不是寝室的天花板，不是教室的课桌……

而是一片黑暗。

林茶皱了皱眉头，想伸伸手，立马意识到自己动弹不了，不是身体有什么问题，而是因为她所处的地方空间实在是太小了，刚好能容纳她，想要动弹就很艰难了。

她回忆了一下之前发生的事情，那个身上带着黑气的女孩失踪了，闵景峰没有去学校上课，她去找闵景峰，结果就被人从背后迷晕了。

林茶不清楚自己现在究竟陷入了什么情况，她安静下来，听不到外面的任何声音，于是又艰难地侧过脸，把耳朵贴在了侧面的木头上，听外面的情况。

很快就听到有人的脚步声由远及近。

然后她就听到有人在说话。

"确定吗？"

"确实是她。小妹认出来的，网上还找到了她的照片。现在怎么办？"是一个中年女人的声音。

"拿她的手机发信息，说是跟男朋友私奔了，让其他人不要找她。她肯定知道了什么，要不然不会过来，现在放她回去，后果不堪设想。"

林茶心里很着急，不，你们误会了，我什么都不知道，什么都不清楚。

今天上午林茶才被妈妈教育了那么久，如果现在给他们发这样的短信，妈妈真的有可能会信，一定会觉得是因为她逼得太紧了。

家里肯定还是会找她，但是方式就不一样了。

林茶脑子飞快地转动着，思考着到底发生了什么。

她现在一头雾水。虽然这些人以为她知道了什么，所以才把她绑走，但是实际上她一无所知，就是纯粹倒霉。

最重要的是，闵景峰在哪儿？那个身上带黑气的女孩子是不是也被关在这里？

就在这个时候，林茶感觉到她头顶的盖子被人揭开了。

林茶的第二个问题解决了。

原来揭开盖子的人正是李莉莉——那个失踪的、身上带着黑气的女孩子。

林茶愣了一下，李莉莉身上的黑气太浓了。这时林茶心里有种非常不祥的感觉，她赶紧爬了起来，抓住李莉莉的胳膊，小声说道："莉莉，你没事吧？"

这时她才注意到，自己原本是躺在棺材里面的。

李莉莉看了看她，神色非常复杂。

林茶从棺材里爬了出来，急切地检查了一遍李莉莉的身体，小声说道："还好你也没有受伤。这里还有其他人吗？有没有办法逃出去。"

李莉莉没有说话，但是脸上的表情有了一点点变化。

这个时候，外面传来了脚步声。

进来的是一个吊儿郎当的年轻男人。他一进门，目光就落在了林茶身上，继而对李莉莉说道："你把她放出来做什么？对了，妈让你去做午饭。"

李莉莉低着头，不敢看林茶，小心翼翼地往外走。

林茶愣了一下，看到她的背影消失在门口。

年轻男人紧接着又死盯着林茶，然后关上了门。

这种带着悲情剧的节奏是怎么回事……

林茶十六岁，最怕看的电视剧情节绝对是……

年轻男人已经露出了淫笑："长得细皮嫩肉的，就是不知道有钱人家里养出来的女生，跟其他女生有什么不一样。"

哪怕林茶有心理准备，还是被年轻男人恶心到了。

林茶就站在原地，不哭不闹，看着这个人。

就在这个时候，李莉莉的声音伴着敲门声传进来："大哥说让你过去一下。"

年轻男人说道："就不能再等一会儿吗？"

李莉莉的声音传了过来："一会儿你去晚了，大哥肯定会发火，到时候可别说我没有说过。"

年轻男人不舍地看了林茶一眼，然后愤愤不平地走了出去。

他开门的时候，林茶看到李莉莉站在外面，她旁边还站了一个中年男人。那男人看上去没什么特别的地方，只是嘴角的肉痣特别显眼，他只是看了一眼里面的情况便转身离开了。

林茶对看向她的李莉莉露出了一个感激的笑容。

虽然林茶知道这个姑娘是坏人，但是她偷偷过来打开了棺木，把她放出来，还有现在的举动，都在帮她。

更重要的是，听他们的称呼，这个姑娘应该就是生在了这种家庭里面，从小就处在这个环境……

她跟自己差不多大，十六岁左右，如果跟自己在一样的环境里长大，肯定不会当坏人。

在林茶看来，自己需要出去，这个姑娘也需要帮助。

只是……闵景峰到底去哪儿了？

闵景峰在医院里。

一夜之间，他身上突然冒出了很多黑色图纹，让他痛不欲生，他在回家的路上痛得晕倒了，被人送进了医院。

医生没有查出所以然，只让他住院观察了。

闵景峰第二天中午才醒过来，意识到自己直接逃课了，想着林茶可能会担心，他想给她报个平安，结果发现自己的手机没有带在身上。

隔壁床是个老爷爷，有点痴呆症，只是看着某一个地方不说话。

闵景峰想了想，很有礼貌地说道："您好，请问你带手机了吗？"

老爷爷是真的痴呆，听到了声音，转过头，笑呵呵地说道："你们回来了？我做了饭……"

闵景峰身上还在痛，哪怕这痛苦他已经体验过很多遍，每次发作，依旧让他痛彻心扉。

可是他现在一心想着如果林茶找不到他，肯定会着急。

闵景峰调整了一下自己的情绪，然后把手搭在了老人家的肩膀上。

财神光环不是专门旺别人吗？旺吧。

果然，财神光环没有让人失望，闵景峰的手搭上老人肩膀的瞬间，老爷爷浑浊的目光瞬间清醒了起来，手大力地抓住了闵景峰的手，急切地说道："A3675X。"

闵景峰就想借个手机，结果听到了这话："嗯？"

"他们绑架了我孙女！车牌号是A3675X！带头的人嘴角上有一颗很大的肉痣！"

老人家目眦欲裂，紧接着晕了过去。

闵景峰的手本来就剧痛不已，此刻被捏得更痛了。

他抽出手。他果然是专门旺别人，坑自己。

闵景峰想打电话报警，结果想起来自己手机都没带。

好在这个时候，老人的家人来了。

家人发现老人家晕倒了，赶紧叫来了医生。

闵景峰这才说道："他刚才醒了一下，说是抢走他孙女的车牌号是A3675X，带头的人嘴角有一颗肉痣。"

他不想惹麻烦上身了，可是举手之劳还是可以做的。

老人家的儿子叹了口气："十几年前他抱着我女儿去公园散步，结果被人抢走了孩子，他也被撞到了头，就傻了，从那以后他经常会说一些车牌号出来，我们不止一两次报警，警察也查了，结果都不是……"

闵景峰："……以前说的可能是假的！这一次应该是真的。"

他说完这话，发现老人的儿子并没有当真。想来也是，十几年都在重复上演这样的情节，他们肯定不会当真。

他身上的黑色图纹又开始火辣辣地疼了起来……

闵景峰咬了咬牙，事情都过去十几年了，就算他去找，也不一定能够找到吧。

第五章

因为他值得

老人家昏迷，护士医生带着人去做检查了，病房里就只剩下两个护工和闵景峰。

闵景峰已经把自己知道的所有事情都告诉了老人的家人，但是无奈老人的家人并不相信。他还在忍受着自己身体上的痛苦，所以也没有空去关心他们那边的情况。

两个护工没有管闵景峰这个病人需不需要休息，两个人已经聊开了。

听得出来其中一个护工应该是那家人家里常年雇佣的，另外一个是医院里雇佣的。

"人都是有命的，看他吧，儿子是大法官，女儿还开了一个公司，结果还不是一点福都享不到。"

"这都是命，看我们，没钱没房，但是身体好。对了，他们家到底是出了什么事情？"

"十几年前，孙女被人抢了，听说被抱上了一辆车，结果他去追那辆车，被后面的车撞了，然后就傻了。他还时不时地犯病，拉着我的手，让我跟他儿子说车牌号，让人快去追……唉，也是可怜啊。"

"孙女？我还以为是孙子呢。"

"人家是有钱有势的人，哪里在乎是男孩女孩，都是手心的肉。"

"那后来找到了吗？"

"哪里找得到。听说他们家花了很多钱都没有找到。打拐办那边让认领孩子，结果一个都不是，就因为这事，他儿子儿媳都离婚了。"

"怎么就离婚了？再生一个不就行了吗，不就是个丫头片子吗？"

"所以说你不懂。前面那几年，他儿子心里怪他，都只请了我这一个护工，过年都不会回来看他，造孽得很。"

两个人聊着聊着就跑偏了，旁边闵景峰听着也觉得是人间惨剧，但是他不是救世主，他只是一个被逼着帮助别人，结果不仅没有奖励，还要被惩罚的倒霉人。

闵景峰犹豫了一下，撸起了袖子，上面的黑色图纹还在扩大，仿佛在催促着他去做什么。

林茶曾经说过，他身上之所以会出现黑色图纹，是因为他拥有财神光环，却没有去帮助人。

也就是说他必须无条件地帮助每一个向他求助的人。

说无条件实在是太含蓄了，这哪里是无条件帮助别人，简直是自己倒贴去帮助别人。

现在那图纹已经让他痛得没有办法正常思考问题了，闵景峰只觉得心里充满了不平的情绪。

闵景峰躺在病床上，努力地平复了一下自己的心情，他打定主意今天哪儿也不去了，这黑色图纹，随它去了。

闵景峰也是个暴脾气，他回忆了自己这倒霉催的小半生，越想越生气。

他小时候也需要别人的帮助，他也是自己走过来的，也没见谁来帮助他。

很快那家人就回来了，老人家醒过来了，还是痴痴傻傻的，完全不记得刚才跟闵景峰说过的事情。

老人家的儿子让护工照看父亲，然后就要离开。

闵景峰想了想，还是开口说道："你好，能借一下你的手机吗？"

他现在心情很烦躁，想跟林茶说说话，好在他能够背下林茶的电话号码。

老人家的儿子看了看闵景峰露出来的手臂上的黑色图纹，只当那是文身。

虽然闵景峰长得帅，但是掩盖不住他现在心中的怒气，整个人显得凶神恶煞，看上去实在不像是什么好学生。

老人家的儿子说道："抱歉，我手机没电了。"

闵景峰："……没事。"

这很明显就是老人家的儿子怕闵景峰要做什么不好的事情，所以不肯借给他。

老人的儿子快要走出门的时候又顿了一下，回过头看了看闵景峰，又看了看躺在病床上的老父亲。

他心里当然是怪过父亲的，如果当时不是父亲带着孩子出去散步，他不会失去女儿，妻子也不会跟他离婚……

可是现在父亲年龄已经大了，头脑越发不清楚了，却还是记得一件事——他把孙女弄丢了，孙女被人抢走了，孙女被抱上了一辆车，他看到了车牌号……

可是因为头受过伤，父亲怎么都记不起车牌号了。

男人想，他不该继续责怪父亲。

当时他们夫妻俩正是最忙的时候，孩子一直是退休了的父亲在带。明明一开始他带孩子的时候还嫌弃是个女娃，后来连丈母娘都逼着妻子快生个儿子，说有儿子才保险，他居然第一个反对，说什么他们如果再生一个儿子，到时候他孙女岂不成小可怜了。

小时候父亲都没有那样宠过他。

孩子丢了，最受打击的人是他父亲。

于是，男人出去找到了护士，申请给老人换一个病房。

他拒绝了那个看上去有点危险的年轻人，怕那个年轻人报复自己的父亲。

于是，闵景峰躺在病床上，没一会儿，旁边的老人家就被护士们换去了另外一个病房。

还是没有借到手机的闵景峰一脸目瞪口呆。

他躺在床上，满脑子想的都是林茶，林茶在学校里肯定不知道他为什么没有去上学……

目测在医院里是借不到手机了。

闵景峰深吸一口气，直接动手拔了吊瓶的针，然后慢慢往外走去。

结果，走了没两步，就听到隔壁病房传来的声音。这个声音还是挺熟悉的，因为不久前他才听到过。

"你们看到我儿子没有，让他快点去追那辆车！车牌号是986……

朝着那个方向跑了，快点去追啊！"

老人家的手指着墙壁，仿佛那边真的有一辆车绝尘而去。

闵景峰脚步顿了一下，回头望去，看了看里面两个护士都压不住的老泪纵横的老人。

闵景峰忍着痛，有点无奈，但还是开口说道："车牌号是A3675X。"

但是已经过去十几年了，这辆车还在不在都是一个问题。

老人家看向了他，目光落到了他胳膊上的黑色图纹上，眼里突然迸发出了仇恨，表情怨恨："是你，就是你！你抢走了我孙女！"

闵景峰欲哭无泪："……16年前，我才一岁。"

然而，老人家分明是魔怔了，一个劲地想要冲过来，似乎恨不得杀死闵景峰："就是你，我记得你胳膊上有文身！是你抢走了我孙女！"

护士们当然没有相信老人的话，这段时间老人家发病的时候就是这样子，一看到身强力壮的年轻男人，就会觉得是那人抢走了自己的孙女，再说了，闵景峰这么年轻，怎么也不可能是犯人。

护士们一边拉着老人家，一边催促闵景峰快点离开："你快走吧。"

闵景峰转身就走。他就说，每次只要他用财神光环去旺别人，自己就一定会倒霉。

闵景峰走出了医院，身体虽然还是痛，但是现在总算好一些了。

闵景峰原本是准备回学校的，但是现在自己身上的黑色图纹已经延伸到手背了，黑色图纹肯定是瞒不过林茶的，到时候林茶肯定又会把大量的时间花在"求助对象"身上。

闵景峰一直以来的观点是，自己的劫难自己去渡过，自我救助往往比求助他人来得更为便捷有效。

所以，闵景峰犹豫了一下，决定不去学校，而是回家。

等到他坐上出租车的时候，还是忍不住想起了那个老人家撕心裂肺的样子。

"你们看到我儿子没有，让他快点去追那辆车！车牌号是……朝着那个方向跑了！快点去追！"

哪怕过去十几年了，哪怕他的记忆已经混乱了，可是只要稍一清醒，整个人就停留在孩子被抢的时候，不停地想那辆车的车牌号，想让自己的儿子去把孙女追回来。

如果他那个时候能够清楚地记起车牌号码，应该是能够把孩子追回来的，可惜造化弄人。

闵景峰叹了一口气，算了算了，老人和小孩本身就没有多少能力，他能帮一下就帮一下吧。

闵景峰最终对司机说道："抱歉，把我送回刚才的医院门口。"

他想回去看看能不能再得到一点信息，现在信息太少了。

车牌号16年前应该是在用的，但是现在还有没有在用就不知道了，比较重要的一个信息是，那个人的嘴边有一颗肉痣。

他想回去试试能不能用财神光环让对方清醒，然后带着清醒的老人家去公安局，至于具体的进展，就只能看天意了。

他也只能做到这些了。

出租车再一次停在了医院门口，闵景峰给了对方起步价，然后下了车。

下车的时候，他看到了一个人。

那人身穿灰色外套，鬼鬼祟祟地左右环顾一圈，然后上了前面的一辆车。

这些都不是重点，重点是那人手上有文身，嘴边有一颗肉痣……

闵景峰愣了一下，他几乎没有犹豫，快速地坐回了出租车里，说道："跟上前面那辆车。"

曾经他用无数事实告诉自己，不要多管闲事，每个人都有自己的命运，他们想要摆脱命运，就自己去抗争，但是当真有事情摆在他面前，这世间的无奈又怎么能用一句命运就解释清楚？

闵景峰安慰自己，大概这世界上就只有他一个人能够在地狱深渊里独自前行。

"你好，能借一下你的手机吗？我手机落家里了。"

出租车司机觉得很奇怪，这个年轻人，一会儿要跟踪其他车，一会儿又要借手机，最重要的是，对方身上还有大片文身……

很明显，出租车司机也把他手背上的黑色图纹当成文身了。

出租车司机是个五大三粗的汉子，一点都不怕闵景峰，说道："犯法的事情我可不干。"

闵景峰："……我真是去他的……小饼干！"

以前他喜欢说粗话，后来跟林茶在一起待了几天就不说了，现在气急了，条件反射地换了一种说法。

眼看前面的车要走了，闵景峰只能解释道："前面那个人拐走了一个女孩子，车子马上就要开走了，先跟上去，我不是去干违法犯罪的事情，再说了你不是还在旁边吗？"

司机听到他说有人拐走了一个女孩子，的确是大事啊，反正可以先跟过去。要是这个人骗自己，自己也能及时发现。

然而这个时候，前面的车已经开走了。

他们追过去的时候，车子已经没影了。

司机拍了拍方向盘，焦急地问道："那人真的拐了一个女孩子吗？现在跟丢了怎么办？"

闵景峰叹了一口气，想了想林茶，她吃包子的时候两边腮帮子鼓起来，跟小松鼠似的。

心情豁然开朗。

闵景峰把手放在了司机肩膀上，然后说道："你随便选一条道继续开，他们的车牌号是 BGT269。"

司机觉得很奇怪，随便选一条道去追一辆已经开得没影的车？

靠缘分吗？

但是不知道为什么，他居然没有反驳，而是真的继续往前开去。

没过一会儿，他们就遇到了红绿灯，然后司机就看到了停在不远处、他们要找的那辆车。

真是神了！他随便选了一个方向，居然真的追上了那辆车！

"他们真的拐走了一个女孩子吗？要不要先报警？"

闵景峰："先确定一下是不是，如果是，自然是要报警的。"

司机一边开车一边说道："你还不确定？"

"如果不是就白跑了一趟，我损失车费，你什么都没损失；如果是的话，就救回了一个被拐的女孩子，你觉得划不划得来？"闵景峰说这话的时候，后知后觉地意识到自己身上的疼痛似乎消失了。

闵景峰撩起了袖子，就看到原本已经一片浓黑的图纹又变回了淡黑色，相比起之前的痛，现在的痛可以算是忽略不计了。

他皱了皱眉头，怎么会这样？上一次出现这样的情况，林茶给出的解释是，求助人身上的黑气慢慢消失了。

而现在，他知道求助的人是那个叫李莉莉的女孩子，林茶前段时间就已经跟他说过，但是他并没有去帮助李莉莉。

是因为李莉莉已经不需要他的帮助了，所以他身上的黑气在消失吗？难道是林茶在学校帮了那个女孩子？

林茶不在学校，她现在正坐在小凳子上，摸着咕咕叫的肚子。她饿了。

林茶早饭吃得不多，午饭没吃就跑出来了，还是长身体的年纪，自然饿得也特别快。

可是这里什么都没有，她心里也着实不安。

这群人不是绑架，因为他们并没有找她父母要钱。那么，她能够活下去的概率就比较低了。

最重要的是，她现在处于特别倒霉的阶段，外加一个浑身冒黑气的李莉莉，这个配置，怎么都不是能够通关的样子。

林茶都不敢深想自己现在是什么处境，她心里在研究另外一个问题——

李莉莉什么时候来找她？

因为如果下一个来找她的人不是李莉莉，那她就得豁出去了。

林茶在脑海里模拟了很多遍逃跑的场景，但实际上她还是明白，双方体力差距太大了，她只能靠工具。可是以她现在的倒霉体质，很可能到时候工具会失灵，情况真的是一点都不乐观。

"咯吱……"

就在林茶想这些事情的时候，门缓缓开了。

林茶的心一下子提了起来，手里紧紧捏着一个小型的电击器，这是放在她的鞋子里面的，她的每双鞋子里面都有，是专门定做的，只有一支笔的大小，靠指纹解锁，使用后能够使人浑身无力，但是她没有用过。现在她最担心的就是她的倒霉体质发作，导致电击器失灵。

好在这个时候，林茶看到进来的人是李莉莉。

林茶松了一口气，赶紧走上去说道："莉莉，你没事吧？"

李莉莉愣了一下，她明明知道自己跟那些人是一伙的，还要关心她吗？

李莉莉低下头，说道："我没事……你……"

林茶想了想："我处境比较危险？"

李莉莉小声说道："你当时想报警，他们以为你看到了什么。"

林茶："看到什么？"她什么也没看到。

"你那个时候来敲我们家的门，还打电话准备报警……"李莉莉说道。

林茶蒙了，所以是她找错地址了吗……

林茶尴尬地说道："闵景峰没有去上学，我从班主任那里拿到了他家地址，然后来找他。我不知道我敲的是你们家的门。"

李莉莉想了想，心里也很气愤，小声说道："可是现在没用了……你都到这里了，他们怎么都不会放你走的。"

林茶叹了一口气，说道："你们缺不缺钱？要不然给我爸妈打个电话要笔钱？"

"他们不缺钱的，而且他们也怕你爸妈还有你哥哥……事情闹大了就麻烦了……"

林茶欲哭无泪，叹了一口气，说道："所以我要死了吗？"

林茶还挺冷静的，大概是这件事已经超过了她的心理承受范围，所以反而没有了平常人应该有的反应。

最重要的是，林茶觉得她现在不能想象自己可能会惨死，也不能想象爸妈哥哥的反应，因为越想越崩溃，不如找点事情做。

现在还真的有事情摆在她面前可以做，那就是怎么消除李莉莉身上的黑气。

李莉莉见她这么冷静，一时也不知道该怎么反应，想到林茶对她的友善，她小声说道："对不起……"

"嗯？"林茶有点意外，说道，"你没有做对不起我的事情，你今天还帮我了。对了，我还欠你一句谢谢。"

是她自己坑自己，找错了门，把自己坑到了这里来的。

李莉莉不敢看林茶的眼睛，低着头，说道："是我对不起你，他们本来是想要用我的失踪引开警察的注意力，好进行交易，结果你出现了，他们以为你是我同学，发现了什么事情才会过来，我跟他们解释我跟你不熟，他们不相信我。"

"我……"李莉莉低着头，咬了咬牙，心虚地说道，"我如果救你，我也会跟你一样被他们灭口的，对不起。"

林茶看着她身上的黑气越来越浓重，拉过了她的手，说道："没事，你不要想这件事了。你好好学习，等再长大一点，就偷偷地离开这里。"

李莉莉凑到了林茶耳边，小声说道："我离不开的……他们会把我抓回来……"

林茶能够感觉到她的黑气还在增加，看来她身上的黑气就是因为这件事了。

"以前是因为你太小了，以后就不一样了，到时候你上了大学，还可以出国，他们会外语吗？能出国抓你吗？"林茶说道。

李莉莉犹豫了一下，有点忐忑地说道："可是我……我……"

林茶鼓励地看着她："你慢慢说。"

"我以前做了很多错事。"李莉莉低下头，心底满是愧疚。

林茶想，可能李莉莉逃不出去的不只是这个地方，还有心理上的折磨。

"可是那并不是你的错。"林茶认真地说道，"我小的时候也犯了很多错。我小时候学游泳时，班上有一个小团队，她们带我玩，她们对我挺好的，我很听他们的话。可是她们会故意去推那些不爱说话、害怕下水的孩子。每次那些孩子被推下水会害怕地扑腾，所有人都会在旁边笑，不只是她们，连旁边的大人都会跟着笑。我那个时候没有是非观，大家都这么做了，我就觉得这是一件很正常的事情。当时她们叫我去推一个女生，我也推了……"

林茶看向她："那天我回到家，我爸没有骂我，他说小孩子都是白纸，他们来到这个世界上，大人们就有义务好好教育他们。"

林茶认真地说道："你小时候什么都不懂，你不能要求那个时候的自己能够什么都不做错，能够不受周围环境的影响，你只是被逼的；你现在能够明白以前做的是错的，已经很了不起了，很多人都会自暴自弃不愿意面对……"

其实这个故事是假的，当时的林茶是那个被推下水的孩子。那个小团队的孩子都是非富即贵，老师们也不敢教育她们，只能把她救起来，还叮嘱她不要告诉大人。她当时还小，不懂事，老师说什么她就听什么，真的没有告状。然而从那以后，她就开始怕去游泳，在家里赖着不肯离开爸妈，三天两头地做噩梦，还大病了一场，这事自然就瞒不住了。

她妈妈当下就想找那些孩子算账，可是她爸的态度不一样，他觉得子不教父之过，得让那群家长回家好好教教孩子。

那群家长带着孩子来给她道歉的时候，她爸就说了那些话。

这件事和李莉莉的事情有本质上的区别，但是林茶也不考虑那些有的没的了，稍微改编了一下，她就是想让对方明白，在这样的环境中成长，做了许多错事，并不是她的错，而是她身边大人的错。

李莉莉看着她，她是第一次听到这种说法。

周围的人都说她是贱种，经常说"你以后也要吃牢饭"。每每听到有人这样说，她心里总觉得又痛又胀，眼泪忍不住往下掉："可是……"

林茶感觉到她身上黑气退去了很多，觉得自己还挺成功的，忍不住摸了摸她的头："以后会越来越好的。"

这个时候，林茶的肚子咕咕地叫了起来。

李莉莉站了起来，说道："你等我一下，我去给你拿点吃的。"说着就离开了。

林茶现在心不仅不慌了，而且还特别镇定！

要是这群人都能像李莉莉这样本性善良，她能开个座谈会，把他们都劝得回头是岸。

当然这种想法也就只能想想，林茶知道她能够开解李莉莉的主要原因是对方本质就不坏，只是被扔在坏人堆里面了。

其他人……唉，她想送去让上帝开解开解。

不对，上帝说英文，这些人应该听不懂，所以——

无解。

林茶凑过去看了看门，还是要试试看能不能自救，不要太消极了。

林茶凑过去的时候，就发现这个门的门锁跟他们学校寝室的门锁是一样的，唯一的区别是这个门锁的里面和外面是反过来装的，也就是说他们学校寝室的门锁可以从里面反锁，但是这个门锁是从外面反锁，而且开门的把手也在外面，从里面没有办法开门。

林茶摸了摸门锁，看看有没有什么办法可以打开……

当然她不是现在要打开门出去，毕竟外面肯定有人，她这一出去，岂不是自找麻烦吗？

她就是研究一下。林茶蹲了下来，目光与门锁平视，然而下一秒，她听到了"咔嚓"一声……

林茶顿时有种非常不祥的预感，因为在里面，她也没办法对门锁做什么，所以只能等李莉莉回来看看是怎么回事……

林茶耳朵贴在门上，听外面的动静，没一会儿就听到了脚步声。

这个脚步声很明显不是李莉莉的，因为李莉莉是偷偷给她送吃的，不会发出这么大动静。

林茶心里有点慌，紧接着就听到了门把手转动的声音。然而……门并没有打开。

果然，门锁刚才被她不小心弄坏了！

林茶第一次觉得霉运是如此好用。

门外的人又转动了两下门把手，门纹丝未动，门锁还是卡着的。

林茶耳朵贴在门上，心里期待着这个门锁就这样卡着。

门外的人似乎骂了一句什么，就又走开了。

过了一会儿，门把手又被转动了一下，这一次她都没有听到脚步声。

应该是李莉莉回来了……

林茶无奈，她虽把坏人关在外面了，但同时也把自己的食物关在外面了。

算了，现在食物也不是那么重要。

李莉莉不敢喊林茶，又拧了几下门把手，可还是打不开，因为怕被别人发现，她也只能暂时离开。

林茶蹲在房间里，肚子饿得咕咕叫……

林茶看了看这个房间，没有窗户，唯一的出口就是这道门，所以，她会不会是第一个被绑架了以后，被关在房间里饿死的人？

很明显不会是。虽然李莉莉不敢提，但是林茶这么一个大活人，他们总得解决。

所以晚上又有人过来了。

林茶没有去旁边的棺材里面睡，而是睡在门边。

她的耳朵就贴在门上，所以一有人来，她立马就会惊醒。

林茶醒过来，继续贴在门上，听外面的人说话。

"奇怪，这门怎么打不开？"

"不知道，今天下午还能打开。"

"大哥，这么漂亮的妞，就这么直接没了，实在是可惜了。不如……"一个男声说道。

"对啊，反正后面也要弄死的。"另外一个声音说道。

林茶心里叹着气，我怎么就只是自己倒霉啊，我多么想把霉运分给你们……

"她长得这么漂亮，不如拍点视频，肯定能卖得很好。"

林茶捏紧了手里的电击器。

紧接着，她又听到了一个低沉的男声："说你们蠢，你们还真是。这件事如果不败露还好，一旦败露了，她家里人会善罢甘休？"

"可是我们都要杀了她，她家里人知道了肯定不会饶了我们，还不如爽一下。"

男人冷笑："让她不受折磨痛快地死和被你们凌辱死，你觉得被她家里知道了，前者和后者能享受一个待遇？"

林茶无语，有这个智商，干什么不好偏偏要做坏事？

那几个人明显被这个理由说服了，还是想给自己留条后路。

林茶听着门外传来的声音，她也心惊胆战的。

哪怕对方是准备让她安乐死，那也是死亡，林茶觉得很可怕。

门外的人哗啦哗啦地折腾了好一会儿，门还是打不开，已经有点不耐烦了，说道："大哥，反正我们马上就要走了，就把她扔在这里。她肯定也出不去，这里也没有人能够找到，到时候肯定就饿死了。"

听到他们的话，林茶一时之间不知道该做什么反应。

好在那个大哥又说话了："你又不是没见过饿死的人是什么状态，她被找到的时候，她爸妈就看到她死在门口，因为饥饿手不停地扒门，指甲全部脱落，在绝望中度过三四天才死去……"

林茶被这个说法吓到了，想想那个场景就觉得手指头疼……

看来外面这个做主的人是铁了心一定要让她安乐死，不让她受折磨，所以他们似乎拿上大斧头，开始劈门了。

林茶看着这一斧头劈过来，赶紧躲开了。

最近的生活为什么过得如此像恐怖片啊？

林茶这一刻真的是不知道该怎么做了。如果他们破门而入，自己面对的是痛快死亡；如果他们不破门而入，自己面对的是痛苦死亡。

现在明显没有她选择的余地了，门被斧头劈烂了，外面的人此时都进到了屋内。

林茶想了想，开口说道："我还没吃午饭，能给顿饭吃吗？"

那个带头的人看了看林茶，然后对旁边的人说道："给她做一顿饭。"

紧接着那人定定地看着她，说道："相信我刚才的话你也都听到了，我不会让你死得痛苦，你也别怪我们，要怪就怪你自己敲错了门，吃完饭了就上路。"

　　饭菜端上来的时候，林茶就大口吃了起来。

　　虽然味道一般，但是挡不住林茶饿啊，而且她还想拖延时间。

　　都已经晚上了，她没有回去上课，班主任肯定会跟她爸妈说，爸妈肯定会找她的。

　　吃着吃着，林茶突然想起了另外一件事——既然闵景峰的失踪跟李莉莉没有关系，那么闵景峰去哪儿了？

　　实际上，此刻闵景峰已经到楼下了。

　　司机都惊呆了。他们这一路有两次差点跟丢，但就是那么巧合，他随便选条路往前开，总是能跟那辆车再相遇。

　　那辆车开着开着，中途还下来人去了旁边的饭店。

　　司机看了看后座的乘客，说道："要等他吃完饭吗？怎么感觉不像是拐了孩子在车上啊？"

　　闵景峰目光一直盯着饭店那边，然后开口说道："是十几年前拐了一个孩子。"

　　司机蒙了。

　　但是都已经跟到这里了，当然不能放弃，只是司机有点奇怪："你的文身怎么没有了？"

　　闵景峰低下头，这才发现自己手背上的皮肤已经恢复正常了。

　　"本来就是贴的文身贴，撕掉了就没有了。借一下你手机。"

　　司机这一路没觉得这个人是坏人，但是心里还是有点防备，正好现在车是停着的，于是他说道："你是要打电话吗？你把号码给我，我帮你拨。"

闵景峰也不介意，报出了林茶的电话号码。

很快那边就传来了一个女声："您所拨打的电话已关机，请稍后再拨。"

闵景峰皱了皱眉头，关机了？

"那个人出来了，原来他不是去吃饭，他是去打包外卖的。"

闵景峰看了过去，就那个人提着两大包一次性饭盒走了出来。

这一次他没有回到车里，而是朝着道路的另一边走去。

闵景峰看了看前面的计价表，然后掏出了一百块钱递给司机，说道："如果我十分钟之内没有下来就报警。"

司机皱了皱眉头，认真地说道："我跟你一起去。"

司机现在觉得闵景峰真的是好人了，要不然不会说这样的话。

闵景峰觉得可行，他就是旺别人的体质，把这个人带在身边，正好有一个保障。

因为有了这个保障，闵景峰还抽了点时间在旁边小饭店里打包了一份快餐。

出租车司机觉得有点奇怪："快点，一会儿跟丢了！我们可以先去看一下是什么情况，一会儿出来再吃饭。"

闵景峰提着快餐盒，说道："不是给你吃的。"

司机和闵景峰继续去追那人。有闵景峰的财神光环，再加上司机被闵景峰"旺着"，两个人很快就再一次追上了那人。

闵景峰突然发现，这个人跟他住一个小区吗？

甚至楼栋都一样——对方进了五单元，他也是五单元。

他以前怎么从来没有见过这个人？

闵景峰仔细回忆了一下，他好像也没有关注过别人，所以这人还真的有可能是跟他住一栋楼，只是他从来没有见过。

因为是回家的路，所以他上楼很自然，司机就跟在闵景峰的后面。

但是他们不能跟得太近了，没有电梯，如果跟得太近了，就会被发现。

对方似乎在五楼停了下来。

闵景峰再一次震惊了。

跟他楼层也一样，只是住在他家对面。他们这一层有四户人家，闵景峰回忆了一下，他对面住什么人他真不知道，因为他周围的住户一直都换得很勤。

闵景峰带着出租车司机在自己家门口停了下来，然后对司机说道："你进我家里，在这里偷听。如果我说，'哦，那可能是我记错地址了'，你就赶紧打开门，说是你点的外卖，知道吗？如果我没有说这句话，你就报警。"

然后，司机就一脸蒙地看着闵景峰掏出了钥匙，打开了五楼的一张门，把他推了进去。

司机说道："要不然我现在就报警……"

闵景峰："可以。"

他觉得那人十有八九有问题，万一没问题，最多也就是受到警察的批评教育。

闵景峰提着打包的快餐去敲了隔壁的门。

很快里面就有声音传了出来："谁？"

声音非常警惕。

闵景峰开口说道："你好，你的外卖到了。"

然后闵景峰就听到了脚步声，紧接着有人透过猫眼看了看外面，打开了门。

闵景峰提了提自己手里的快餐："你们谁点的外卖？"

他说这话的时候，一直在悄悄打量屋里的情况，屋子里没有装修，跟他家布局差别很大。他们这边应该是大户型，所以有一个很大的客厅，堆着很多快递盒子。

不过吸引他目光的倒不是那成堆的快递盒子，而是客厅另一边放着一扇被劈烂了的木头门。

门旁边还有一把斧头，看上去情况不太妙。

门口的两个男人看上去凶神恶煞的，他们在观察闵景峰。然后，其中一个人开口说道："我们没有点外卖，没记错的话，你是住在我们对面的那个小伙子对吧？"

一开始想出这个计划的时候，闵景峰压根没有料到他们居然就住在他家对面。他以为自己没见过这些人，对方应该也没见过他，然而没想到，他一下子就被人认出了。

这个时候，侧卧里走出一个中年男人，看上去斯斯文文的，看门口两人对这男人的态度，这人应该就是他们老大了。

他打量了闵景峰两眼，然后开口说道："我记得你。"

闵景峰愣住了，他其实真的就是来看看是不是他们拐了那个老人家的孙女，但是现在，感觉牵扯得有点大啊……

这个时候，侧卧里传来了"咚"的一声，好像是有人倒地的声音。

闵景峰也顾不了那么多，都走到这一步了，至少要弄清楚到底是什么情况！

然而他还没动，老大就说道："你知道多少？"

闵景峰就住在这儿，又是这个时间找上门，他们不得不多想。

闵景峰看了看侧卧，说道："我已经报警了，你们把人交出来，争取宽大处理比较好。"

几个人皱了皱眉头，旁边的小弟伸出刀子就朝着闵景峰捅了过来。

他们准备速战速决，解决掉他，赶紧离开这里。

然后，闵景峰就听到老大说道："让她安乐死。"

闵景峰听到这话，更加着急了。他想要尽快摆脱两个小弟，然而这两个小弟也不是省油的灯，出手非常狠辣。

屋里，有人从另外一个房间里拿出了什么东西，朝着那个被劈坏了门的房间走去，那个房间里传出了"唔唔"的声音，好像是有人被捂住了嘴，但是还在努力发出声音。

如果说他不知道这一切，不知道那个老人家的事情没有跟过来，他就没有责任。

可此刻，对方就在他眼皮子底下准备动手，那就是他的责任了，他无论如何也要救下屋里的人，要不然这辈子他都会不安！

闵景峰的愤怒值已经远远超过了平常的。

他一拳挥了过去，打在了缠着他的其中一个人脸上，对方一下子就被打翻在地，捂着脸，发出痛苦的呻吟。

还在他家"观察"的司机一直没有听到什么声音，刚想开门看看，结果一打开门，就看到闵景峰和人打起来了，赶紧冲了过来。

趁着这个机会，闵景峰赶紧冲进侧卧，准备救人。

闵景峰冲过去后，他就看到刚才拿药的人已经倒在地上了，旁边还有一个女人拿着针管，正要给压着的那人注射药物。

而地上那个满脸泪痕的人——

竟是林茶！

林茶在看到闵景峰的瞬间眼睛像是发光了一般，一下子就有了希望，狠狠地咬了一口捂着自己嘴的人，激动地冲着闵景峰喊道："我就知道你会来的！"

闵景峰的眼睛盯着针管，目眦欲裂！

他自己都不知道自己是怎么做到的，直接拿着旁边的斧头扔了过去，砸晕了那个拿着针管的女人。

只是一个呼吸的工夫，他已经打倒了压着林茶的那人，然后一脚踩碎了针管。

林茶一下子就自由了！

下一秒，她就像只异常活泼的猫，扑上去抱住了闵景峰："天啊，你刚才好帅啊！太厉害了！"

林茶抱住闵景峰，越来越兴奋，完全无法冷静下来。

今天实在是太刺激了，刚刚他们要给她注射宠物用的安乐死的药，她用电击器偷袭了其中一个人，然而还没来得及打其他人，就被压住了。

真的到了最后时刻，林茶才发现她真的好怕死，她好怕爸爸妈妈哥哥还有闵景峰会在很久很久以后，才看到她已经腐烂了的尸体……

还好现在没事了！

司机已经解决了外面的人——这些人本来就已经被闵景峰打过一遍了，他和他们搏斗的时候轻松了很多——走进这间房后，就看到跟小动物似的黏着闵景峰的林茶……

现在的年轻人，英雄救美的阵仗可真大，跟电视剧似的。

闵景峰安抚地摸了摸林茶的头，心疼她经历了这么危险的事情，同时也在愤怒那群人做的事情，他头上的财神光环已经变成了黑色。

林茶抬眼留看到了这一幕，这下子平静了下来，急忙问道："怎么了？你是不是被打到哪儿了？严不严重？"

她放开了人，着急地查看他的头、他的手……

头没事，手、胳膊有好几处擦伤。林茶心疼得不行："对不起啊，我太笨了，本来是想找你，结果找到了这个贼窝，还害你受伤了。"

林茶说完了以后，温柔地给他吹了吹伤处。

然而林茶只吹了一下，就被面前的人再一次拥住了，闵景峰的声音有些颤抖："你……你是我唯一的朋友……"所以你不要出事，不能离开。

如果他当时没有回医院，没有想着去救人，他回了家……

林茶就会死在距离他不到五十米的地方……

她可能哭着害怕着，等他救她……

可是他就在对面，什么都不知道。

闵景峰以前是真的觉得每个人都有每个人的苦难，就该咬着牙自己解决。他什么苦难都自己应付过来了，不一样活得好好的吗？

但是一想到林茶可能死在距离他不到五十米的地方……他想象不出来自己能不能承受得住这个打击。

林茶身上总是有一种淡淡的香气，闻起来就像阳光下的鲜花的气味，闵景峰闻着这个味道，只觉得这是世界上最好闻的气息。

林茶很明显还不理解闵景峰的后怕，还在笑眯眯地问另外一个问题："你怎么知道我在这里呀？"

闵景峰说不出话来，平复了一下心情，才开口说道："我本来是来找另外一个人的。"

林茶听到这话，觉得好幸运，没心没肺地乐呵："那我运气真是太好了！"

警察过来的时候，两人还在相互安慰对方，都觉得对方受惊了，一直等在外面的出租车司机忍不住从已经破了的门后探出头："兄弟，叙旧时间结束了。"

林茶从闵景峰怀里挣开，反应过来，疑惑地问道："莉莉呢？"

闵景峰怀里空了，心里也跟着空了。

他的目光还是落在那个活力十足的人身上，看她去另外一个房间，找到了一个昏睡的女孩子。

林茶摇了摇李莉莉："莉莉，莉莉，醒醒。"

应该是被喂了安眠药。

林茶和闵景峰第二次进了公安局。

林茶刚到公安局，林家爸妈就赶过来了。

林茶小心翼翼地站在旁边，她爸妈还在跟警察沟通，林茶听着他们说的话，愣是没敢看大家的脸色。

闵景峰和林茶一样已经录完口供了，此时跟她挨着站着，李莉莉还在里面录口供。林茶趁着其他人没有注意，小声跟闵景峰说道："他们这一次怎么也要给你颁一个见义勇为最佳市民奖吧？"

闵景峰看了她一眼，这人真的完全没有刚从死亡里走出来的害怕。

他淡淡地说道："不稀罕。"

他以前就不是很在意名声，现在更加不在意了。

林茶觉得他思想崇高，跟她这种俗人完全不一样，她问道："那你稀罕什么？"

闵景峰还没开口，大人们已经谈完走了过来。

林家爸妈脸色铁青，看向两个人的目光，那叫一个阴沉。

林茶露出讨好的笑容，柔声道："我这不是没事吗？不仅没事，而且还蹭了一顿免费的晚饭……"

林妈妈见她这样，手都伸出来了，到底还是没狠下心打下来，只是咬了咬牙："要是有事，我们怎么办？"

林茶今天也被吓到哭过，现在听到妈妈的话，也红了眼圈。

他们这边还没说上几句话，外面又有人跑了进来。西装革履的中年男人找到了旁边的值班警察，气喘吁吁地问道："你们说十六年前的案子有线索了？"

林茶已经从闵景峰那里知道了前前后后的事情，知道了原来李莉莉有一个这么曲折的身世，现在一看到这个焦急的中年男人，便心里有了数，说道："你是莉莉的爸爸吧？她在里面录口供，一会儿就出来了。"

林茶迫不及待地给闵景峰邀功，她真的受够了闵景峰做了特别多好事，结果还没有人感激他。

林茶这下子可找到机会了，眉飞色舞地说道："这一次还好有闵景峰。他听你们家老人说抢走莉莉的人的样子后，本来想让你们去找莉莉，结果你们不相信他，他就只能自己找，结果找上门有好多个坏人，个个虎背熊腰、凶神恶煞的，但是闵景峰没有退缩，为了救人，他还受伤了！"

中年男人本来在这里看到父亲的同病房病友还觉得有点奇怪，现在听到这话，不禁愣住了，忍不住想起了当时自己对这个年轻男孩的恶意揣测……

闪景峰此刻也不知道该说什么好，他真的不擅长面对这种场景。他以前帮了别人后，从来是帮完就走，但求无愧于心，他根本不需要别人的感谢。

旁边的警察也忍不住帮腔："是啊，还好有这个小兄弟，你可得好好谢谢人家。"

中年男人低下了头，表情愧疚，开口说道："真的谢谢你！"

林茶心里特别舒坦，自豪地说道："对呀对呀，这一次还好有闪景峰，他真的超级厉害，一个人打好几个人……"

林茶好不容易逮着一个机会，那是非常卖力认真地夸着闪景峰的好。好吧，其实也有一部分原因是想让她爸妈知道闪景峰这一次超厉害，还救了她，希望她爸妈不要责备闪景峰。

这才是她想看到的场景，英雄就应该收获鲜花和掌声！

闪景峰其实感觉还好，不算特别高兴，他看到旁边的林茶高兴得那么明显，如果林茶有尾巴的话，此刻可能都已经翘起来了。

他算是从一开始的惊慌中回过神来了，忍不住用手肘戳了戳林茶，让她别说了，夸得太羞耻了，尤其是旁边还有不少人听着。

闪景峰这辈子听到的所有对自己的赞美都来自林茶，在林茶眼里，闪景峰又帅又正义，值得被各种花式夸！

但是被她在私下里夸和在这么多人面前夸，还是有区别的。

闪景峰耳朵红红的，嘴角忍不住翘了起来，整个人像是泡在热水里一样……

林家人看到这一幕，神色无比复杂。

第六章
又帅又正义

李莉莉很快就出来了，中年男人赶紧走了过去。

林爸爸看了看林茶，又看了看闵景峰，开口说道："我们好好谈谈。"

林茶一把就抓住了闵景峰，笑眯眯地冲着爸爸妈妈讨好地说道："我也要听。"

林爸爸没好气地说道："你当然要听，我们就是太保护你了，才让你不知天高地厚！"

林茶心想，完了，她爸要怼她了，还是在闵景峰面前怼她，一会儿要丢脸了。

进了公安局，她就知道这事肯定不可能轻易就糊弄过去。

其实也是有办法的——她装作精神恍惚的样子，她爸妈可能一句重话都不会说，还会顺着她。

但是林茶舍不得，她觉得应该让她爸妈发泄出来，这事过去了就过去了。

外面停着两辆车，林茶想要听听她们聊什么，想要挨着闵景峰坐，然而还没有上车，林茶就被她妈一把提到了另外一辆车里："听话。"

林茶这下子知道不能去听爸爸和闵景峰说什么了，于是顺从地抱住了妈妈的腰，抬起头，依赖地说道："妈妈……"

林妈妈心里刺痛了一下，摸了摸她柔软的头发，温柔地说道："你从小就听话懂事，我和你爸也从来没有想过你要做出什么大事业，就希望你平平安安的。"

"妈妈……"

"你听我说完。"林妈妈后怕得眼泪掉了下来，"不要跟闵景峰这种人做朋友好不好？你看这一次，给你带来了多大的危险。"

林茶愣了一下，小声说道："妈妈，他不是坏人，这一次是他救了我，并且我是他唯一的朋友了。"

林茶给妈妈擦眼泪，她心里也好难过，但还是继续说道："妈妈，你们教过我，一定要知恩图报，现在闵景峰救了我，要不是他，我现在就见不到你们了。"

"如果你不是去找他，就不会被那些人抓了。"林妈妈看着女儿，她心里比谁都怕，"他救了你，你爸爸会还这个人情。"

林茶摇了摇头："不是这样的，我倒霉起来，去不去找他，我都会有危险，反而是遇到了他，我才有好运。"

林妈妈擦了擦眼泪，看着女儿的回应，甚是头疼。

林茶想了想，说道："妈妈，相信我好不好？我已经长大了，我没有昏头……我真的有难言之隐。"

这件事情牵扯太广了，如果被更多的人知道财神光环的事，只是人类的闵景峰实在是太危险了。

如果这个财神光环是顶在她头上的，她百分之百愿意告诉爸爸妈妈真相，她相信他们，她也愿意承担一切后果。

可是财神光环在闵景峰头上，这是他个人的事情，她没有权利告诉其他人。

林妈妈见她眼神清明坚定，一时之间不知道该说什么。

林茶干脆躺了过来，窝在妈妈的怀里："妈妈，闵景峰真的是一个很好很好的人。"

林妈妈"嗯"了一声，拍了拍她的背："我知道。"

如果不是调查过他，上一次他们怎么都不会让这两个人一起回学校。

林茶接着说道："他真的是世界上最好的人了，现在又救了我，你们不要对他说不好的话。"

林妈妈叹了一口气："还说你长大了。你太善良了，现在又还小，容易把同情当作爱，以后等你长大了就明白了，闵景峰那样的人有很多，比他优秀的人也有很多，你现在觉得他是世界上最好的人，以后也会有其他人让你有这样的感觉，你值得被更好的人喜欢。"

林茶从妈妈怀里挣开，看着妈妈的眼睛很认真地说道："不是的，像我这样平凡的人，世界上有千千万万，只要像我这样长大，都能长成我这个样子，但是闵景峰不一样。"

他不一样。他虽身处逆境，却始终能保持一颗赤子之心，这才是最难能可贵的地方，她相信，很少有人能够做到闵景峰这样的地步。

林茶想，就算是他没有财神光环，他依旧也会是发光发热的太阳。

"妈妈，"林茶认真地说道，"我知道人一生无非是长大、结婚、生子、养孩子，然后养老，可是我不想过这样的人生，我想做更有意义的事情。"

小时候她的梦想是改变世界，想要世界变得更美好。后来她发现自己一个人能够做的事情非常少，或者说她想做的，什么都做不到。

这个梦想一直都在她的骨血中，在她的灵魂深处，直到她遇到了闵景峰。

一开始林茶对闵景峰有误解，后来越是了解他之后，她就越是想要跟在他身边，想要保护他。

她没有能力去改变世界，没有能力去帮助他人，那她就要保护好那个能够帮助他人的英雄，把掌声鲜花，把他应该受到的敬意，还给他。

林茶很坚定地说道："妈妈，我真的知道我在做什么，我下一次会更小心，不会再发生这种情况。"

她娇嫩白皙的脸蛋像刚刚盛开的花朵，眼神却是坚毅和冷静的。

林妈妈记不起是第几次见到她这样认真的神情，却记得一件小事，那个时候她要搬出家，要住学校。

林茶从小到大就是软糯性格，什么都是"可以啊""好呀""听妈妈的""听爸爸的""听哥哥的""我都可以"，仿佛这个世界上所有的事情，她都是能够接受的，没有特别的喜好。

她还担心是不是过于束缚林茶了，导致她不像别的孩子那样活泼。

高一的时候，她说："我要住校了哦，我想和其他同学一起住。"

然后没过一段时间，她说："我不要保姆，我自己能打扫卫生，能洗衣服，别的同学都是自己打扫卫生自己洗衣服，我也可以。"

再过了一段时间，她说："不用送饭，我跟同学在学校食堂吃饭，食堂的饭很好吃。"

她就这样一步一步地离开了家，对于林妈妈来说，好像一瞬间，林茶就不需要她的照顾了。

林茶从小到大太听话了，她开始自主决定自己的生活后，林爸林妈还是觉得有些惊喜的，又免不了担心她是否会走上弯路，更何况现在还遇到了这种情况。

林妈妈自己也是一步一步长大成人的，知道对每个人来说，每段经历都是宝贵的财富，大人最好不要过多干涉孩子的想法，可是她毕竟是一个母亲，会希望林茶依旧是那个长不大的孩子，被他们保护着，无忧无虑地行走在这个世界上。

林妈妈一时之间很伤感，摸了摸她的头，说道："别人都说怀孩子的时候辛苦，其实那个时候才是心安的时候，至少我知道你一直都安全地待在我的肚子里。你想跟闵景峰做朋友也可以，但是最起码保证自己的安全。"

林茶使劲点了点头，说道："我发誓！以后我一定会保证自己的安全！"其实她这个体质也就是跟闵景峰在一起的时候最安全。

林妈妈听到这话，叹了一口气，说道："闵景峰真的就这么好？你小时候明明什么都是听妈妈的，听爸爸的，小时候让你不要跟董家的儿子一起玩，你问都没问，就不跟他一起玩了。"

林茶回忆了一下："我小时候是这样的吗？大概是因为那个时候除了你们以外，我就没有特别在乎的东西了，所以你们决定就好了。"

"你就这么在乎闵景峰？"

林茶点了点头，看着妈妈，说道："除了你们，我就最在乎他了，所以妈妈，你可不可以跟爸爸说说，要他多了解一下闵景峰，他真的超好！"

这个套路林妈妈熟，就是网上那些小姑娘对不喜欢她儿子的人说的话。

林妈妈意味深长地看了看某个地方，那里放着她的手机，手机正在通话中，这件事不需要她转述。

确实不需要林妈妈转述，林爸爸通过扩音的通话，听着这些话，又看了看旁边跟他一样听到这些对话的少年。

他看上去没有什么表情。

林爸爸开口说道："你有什么想法？"

闵景峰面上什么都没有表露出来，心里却是甜丝丝的："我以后不会让她遇到危险。"

听到这句话，林爸爸真的一点都高兴不起来，仿佛自己把女儿交给了这个人一样。

林爸爸原本以为跟坏孩子一起玩的情况不会出现在茶茶身上，结果没有想到还是出现了。

林爸爸最后只是淡淡地说了一句："茶茶也说了，你们是最好的朋友。"

闵景峰点了点头，他觉得林茶是他这辈子最好的朋友，他们之间的感情没有外人想的那么肤浅。

闵景峰没有体验过别人口中的亲情、友情、爱情，他不知道自己要怎么形容这种情绪……

直到今天他才明白，林茶对他来说有多重要。

他想要阻挡这个世界对她的一切伤害，想要把这世界最好的一切都给她，哪怕她可能并不想要。

他内心深处，想要好好地帮助每一个向他求助的人。

因为一个人，所以他想保护每一个人。

当然这些话他都藏在心里，没有跟林爸爸说。

很快就到了林家的别墅小区，闵景峰因为被林爸爸要求谈话，自然也跟了过来。

现在已经凌晨一点了，林家安排闵景峰在这边休息，明天一早两个人正好可以一起去学校。

时间太晚了，两个人压根没有机会说话，被大人们赶去各自的房间睡觉。林茶回自己房间，闵景峰睡客房。

林茶回到房间准备睡觉的时候，想起了白天的事情，想起了阴错阳差的一幕幕。

闵景峰突然出现在她面前，他身手敏捷，以少敌多时也没有半分害怕恐惧，仅仅用了几分钟时间就把她从危险中救了出来。

如同天神一般，冷静，强大。

林茶捧着脸，在床上翻来翻去，激动得睡不着觉，怎么会有这么厉害的人啊，而且他还那么善良温柔！

林妈妈躺在床上，想起了今天警察跟他们说的事情，越想越睡不着，忍不住过来看看林茶，推门进来，看到林茶窝在被子里一直在抖。

林妈妈的第一反应就是她在害怕。

林妈妈以为她是被今天的事情吓着了，现在还在害怕，于是走过去，一边说话，一边揭开被子："茶茶？妈妈陪你睡觉。"

她掀开被子，就看到了一张特别激动的小脸，眉飞色舞的，不知道的人看了，还以为这人捡到什么宝贝了。

林妈妈一时之间不知道该说什么，还是脱了鞋，上了床。

"怎么激动成这个样子了？"

"我想起了今天的事情，妈妈，闵景峰真的好厉害。"

林妈妈："怎么厉害了？"

"他一个人打好几个人，一斧头就把人砸晕了。"

"我以前还见过他跳进水里干脆利索地把人救了上来，然后转身就走了。"

林茶突然想起了一件事，又心疼了起来："他小时候还溺过水，但是他一点都没有因为这件事而怕水，在有人溺水的时候，依旧奋不顾身地去救人……"

林妈妈一脸无奈，真是大型粉丝安利现场。

林茶翻了个身，脸色潮红，捧着脸，继续说道："妈妈，我跟你说，他还跟我道歉，说他差点就不想管闲事了。"

林妈妈皱了皱眉头。

林茶继续说道："他真的好可爱，一直都说'我绝对不帮人了'，但是每次都会去帮，帮了以后还跟人说只是举手之劳，不是故意要帮的。"

在林茶眼里，他是帅、厉害、可爱……

林妈妈想到了闵景峰的样子，前面两个词她能理解，后面这个词就有点诡异了，怎么也看不出闵景峰可爱吧？

简直像是她平时看到她儿子的那些粉丝，她完全不能理解那群小姑娘怎么在她儿子身上看到可爱的一面的。

就像此刻，她同样也不能理解林茶怎么在一个比她高、比她壮、沉默寡言、人生经历写出来就是一本悲剧史的男生身上看到可爱的。

林妈妈看了看这个完全不准备睡觉的闵景峰家的迷妹，一把把人塞进了被子里："是是是，闵景峰帅、厉害、可爱，没有人比他更厉害了，睡觉。"

林妈妈心里惆怅啊，以前小女儿心目中明明是会弹钢琴的妈妈最厉害了！

林妈妈惆怅得失眠了，以至于第二天一大早，林茶偷偷起床下楼她都不知道。

林茶压根儿没让人叫他们起来，昨天晚上大家都睡得晚，就让他们多睡一会儿吧。

林茶洗漱了以后，拿了早饭就跟闵景峰一起坐车去学校了。

昨天从公安局出来以后，两个人基本上就没有说上话，都有好多话想跟对方说。

一上车，林茶就有点头晕，她这才想起自己这倒霉体质坐这么贵的车肯定会晕车，于是她小心翼翼地看了看前面的司机叔叔，趁着他不注意，凑到旁边看了看闵景峰头上金灿灿的财神光环，小声跟他说道："要摸摸头……"

林茶这声音又小又软，跟撒娇似的，闵景峰心里一热，偏了偏头。

闵景峰的头轻轻地磕在了林茶的头上。

林茶愣了一下，回过头，原本轻轻相碰的应该是脑袋，现在变成了额头了……

两个人的额头相抵，眼睛对着眼睛，距离太近了，甚至能看到对方眼里自己的倒影。

闵景峰只觉得与林茶接触的那一块皮肤像是过了电一样，他瞬间就怔住了。

闵景峰看向车顶，声音有点沙哑，说道："我……我本来是想这样效果肯定更好……"

刚才林茶撒娇要摸摸头，他一时心血来潮，条件反射地就想用自己的财神光环去蹭她，这样多直接啊。

林茶愣了一下，笑靥如花地伸展了一下身体，用脑袋蹭了蹭闵景峰的脑袋，语气欢快："对耶，这种方式肯定更好。"

两个人这么做也没什么暧昧气氛，就像是两只大型猫科动物的亲昵互动……

前面的司机叔叔：没眼看了。

两个人到学校的时候时间已经不早了，学校门口的早餐店都开始收摊了。

林茶是典型的不愿意迟到的人，拉着闵景峰就朝学校里面跑。昨天她爸妈已经跟学校请过假了，她倒也不担心老师追究她昨天下午没来的事。

分开的时候，林茶还不忘说道："一会儿中午见。"

林茶回到教室，就发现同学们都在看她。

林茶有点奇怪，问道："怎么了？"

"茶茶，班主任说你被人绑架了？没事吧？"越梅梅关心地问道。

林茶说道："没事没事，他们要给我注射安乐死的药物时，闵景峰把我救出来了。"

听林茶这样说，大家都惊了一下，也不知道是因为安乐死，还是因为闵景峰救林茶这件事。

林茶没有把李莉莉的事情说出来，她就说了闵景峰救自己的事情，看到众人你看看我我看看你的样子，很明显大家只是吃惊，却没有对闵景峰有改观。

见大家一点都没有感受到闵景峰做这事有多英勇，林茶心里叹了一口气，他们没有亲眼看到，自然不觉得震撼。

不过倒是没有出现林茶之前想的那些情况。

原本还没回学校的时候，她特别担心学校这边又出现乱七八糟的传言，比如说闵景峰又干了什么坏事之类的。

林茶也不知道学校里面是谁这么讨厌闵景峰，总是致力于给他扣黑锅。林茶觉得闵景峰这个人真的太看得开了，别人给他扣了黑锅，他也总不解释。

吃午饭的时候，林茶去占座位，闵景峰去打菜。他们学校食堂的位置不算多，尤其是高峰期的时候，必须有人占位才行。以前林茶是跟越梅梅轮流占位，现在越梅梅不肯跟他们一起吃饭了，就变成了林茶占位，闵景峰去打菜。

林茶刚坐下，就听到旁边的人说道："你们看到新闻了没，前几天失踪的那个女孩子找到了，是一个出租车司机见义勇为了。"

林茶忍不住插了一句嘴："你们在哪儿看到的消息？"

"微博热搜上。"

昨天林茶的手机被那群人搜走后，丢在公安局忘了拿回来，所以也不知道这些。

闵景峰打好了两份饭菜，端着两个餐盘环顾了一下食堂。

食堂里闹哄哄的，到处都是穿着一样校服的男女生。

在这么多人中，闵景峰一眼就能够看到林茶。

闵景峰朝林茶走了过去。

林茶接过了一份午餐，说道："闵景峰，借一下你的手机好不好？我手机昨天落公安局了，还没有拿回来。"

闵景峰没有犹豫，直接把手机掏出来交给她。

闵景峰的手机就是普通的黑色智能手机，林茶滑开了屏幕，发现他没有设密码，屏幕上就是她的照片……

她冲着镜头笑得特别傻气。

闵景峰在她滑开手机屏幕的时候才想起来这事。

他昨天晚上把手机屏幕图片换成了林茶。

林茶看着手机屏幕上的自己傻笑："等我拿回手机以后，就把手机屏幕也设置成你的照片。"

旁边正在吃饭时时刻刻注意着他们俩的同学们：我们吃的不是饭，是狗粮。

林茶发现他手机里没有微博 APP，于是用浏览器登录了网页版微博，很快就找到了同学们所说的视频。

林茶点进去"# 出租车司机勇救被拐少女 #"这个热搜，就看到了记者对昨天那个司机的采访。

"我当时想，肯定得救，我也是有女儿的人，要是我女儿遇到这种事情，我也希望有人能够救她。"

"当然害怕，但是害怕也得去做。"

林茶调了静音，所以看的是字幕。她看视频看得心塞得不行，下面的网友评论更是让她火大——

"这位师傅太正义了，现在的人都是利己主义，像这种见义勇为的事迹值得传播！"

"大叔真的是大好人！救了那个女孩子的一生啊！"

"何止是那个女孩子，他们不知道祸害过多少人！"

林茶看不下去了，太令人生气了！

她没有想过这件事能被那么多人知道，她心里还盼着公安局能有所表示，最好当着所有人的面给闵景峰送一面见义勇为的锦旗。

结果呢？

气死个人了！

闵景峰见她这样，有点奇怪，拿过了手机看到了上面的内容，然后安抚地摸了摸她的头："没事没事，我不在乎这个。"

别人别给他添其他的麻烦，他就已经谢天谢地了。

林茶看了看他温和的样子，她当然知道他做好事不是为了名利，就像这一刻，他看到那些内容，还是那副不在乎的模样，他的财神光环仍然熠熠生辉。

林茶承认司机是帮了忙，可是主要还是闵景峰的功劳啊！

闵景峰见她还是生气，仿佛她自己被欺负了一样。

不对，闵景峰想，林茶这个人真的很随和，就算是她自己被欺负了，她都觉得不是什么大事，并不会像现在这样气得张牙舞爪。

想到这里，闵景峰想起了林爸爸昨天跟他说的话。

其中一句话，像是刻进闵景峰骨子里了一样，怎么都忘不了了。

"林茶从小到大对什么事情都不在乎，都听我们的安排，只有你的事情，她一点都不肯让。"

林茶原本气鼓鼓的，突然一阵强烈的光芒射来，照得她捂住了眼睛……

对面的闵景峰看到林茶突然捂住了眼睛，声音温柔地说道："不气了不气了，我们不跟他们计较。"

林茶心里的确还在生气，但是现在被照过来的强光吸引了大部分注意力，她开口说道："你不觉得太亮了吗？"

"嗯？"

林茶听到他的声音觉得不对劲，小心翼翼地睁开眼睛，发现刚才的强光居然是闵景峰头上的财神光环发出的？

财神光环以前从来没有发出过这么强烈的光，所以她都没有联想到财神光环。

这也太亮了吧……整个食堂的人都被照到了。

林茶有点不解：怎么会突然出现这种情况？

第七章

他对她不一样

—¥—

　　林茶说了太亮以后，那原本闪瞎眼的财神光环恢复正常了。林茶睁开眼睛，盯着闵景峰看。

　　他今天气色挺好的，衣服整洁，英俊的脸被头上照着的淡淡的光照耀，显得很温柔。

　　这样近距离地观察闵景峰后，林茶后知后觉地意识到了一个问题。

　　她终于明白为什么无论闵景峰做什么，是什么表情，她都觉得他特别温柔——

　　"你每天都自带柔光滤镜。"林茶忍不住调侃道。

　　"嗯？"闵景峰很是不解。

　　林茶看了看他头顶发光的财神光环，又看了看他被光线柔和了的脸部轮廓，心想闵景峰真的是自带柔光。

　　林茶防着周围的同学，她拿过旁边闵景峰的手机，在上面打了一行字，然后递给了闵景峰。

闵景峰接过来一看，也忍不住笑了："原来在你眼里，我还有柔光特效，是五毛钱那种吗？"

"十块钱那种。"林茶笑眯眯地说道。

旁边的人一直在听他们说话，只见林茶笑着说话，闵景峰眼神带着柔光地看着林茶，两个人用手机传递信息，然后两个人笑眯眯地开口。

一群人看着向来对人没有好脸色的闵景峰，对林茶不仅温柔而且还笑得很开心，他们心里有种很奇怪的感觉，林茶跟闵景峰在一起好像也挺好的，虽然他对外人凶，但是对林茶是特殊的。

林茶并不知道食堂的人被光照了以后，还能有这样的心理变化，她离开食堂以后，就跟闵景峰分开了。

"我出去买个手机，你先回教室看书。"林茶有事情想打电话，但是这个电话又不能借闵景峰的手机打，所以她想出去买个手机打电话。

闵景峰听说她要出去，立马说道："我陪你一起去。"

林茶看了看他，特别认真地说道："这次不带你去，我一会儿就回来了，你在教室等我嘛。"

闵景峰皱了皱眉头。

林茶已经撒腿跑了："我真的一会儿就回来！"

她不带上闵景峰是觉得闵景峰肯定不想她一直折腾这件事。

她快速地跑到了移动营业厅："买个手机，再买张卡。"

"请问你要什么牌子的手机？"

林茶本来想说随便拿一个，然后就看到了门口的手机广告牌，那里面有一款是闵景峰手机的款式。

林茶指着那个手机说道："就这个。"

营业员拿出一台新手机，让她挑了号码，然后办理入户。

店里还有样机。林茶拿了一台样机，很快就登录了微博，查看消息。

结果就看到网友给那个出租车司机取了一个名字，叫"最帅司机"。

"换成是我，我肯定不敢这么做，好人有好报啊。"

"这个社会真的太需要这种人了，不知道师傅破了这么大的案子，政府会不会有奖励？"

林茶越看越生气，这简直就是抢劫！

"小姐，你的手机。刷卡还是现金？或者支付宝？微信？"

林茶愣了一下，她刚才出来的时候，是觉得自己可以用支付宝的，她当时还确认了一下早上闵景峰是蹭了她的头的。

可是她那个时候没有反应过来，她就是出来买手机的，自己又哪有什么手机能刷支付宝呢？

林茶特别淡定地接过了手机，说道："我登录一下支付宝。"

可是还有一个问题，林茶记得自己的账号，记得密码，可是在新设备上登录需要手机验证码。

她的手机并没在这里，要不然她就不用买手机了……所以这个验证码她也收不到。

林茶看到营业员的脸以肉眼可见的速度变了。

想来应该是把她当成骗子了？

林茶想了想，说道："别急，我给我爸妈打个电话，让他们转你支付宝账号上，可以吗？"

对方劈手就把手机抢了过去，说道："你这种学生我见得多了，你是想趁着打电话，拿着手机就跑！"

林茶："你要这样想，我也没办法。"

这个时候，旁边传来二维码扫描的提示音，接着有人说道："多少钱？"

这声音太熟悉了，林茶转过头，看到闵景峰一脸阴沉。

营业员赶紧说道："手机 1699 元。"

闵景峰低下头，在转账数额上输了 1699，淡淡地开口说道："既然我们已经结账了，请对她笑脸相迎。"

营业员露出了一个标准的笑容，对林茶说道："谢谢惠顾，欢迎下次光临。"

林茶无语，这前后态度变化也太快了。

她拿过手机，跟闵景峰一起走出来，说道："还好你跟过来了，要不然我就买不到手机，还让她白做了那么多事情。"

林茶对于营业员的黑脸没什么想法，毕竟营业员之前又是给她激活手机，又是给手机卡办理上户，她要是不买，这些营业员就都白做了。

闵景峰低头看向她，对待她自己的事情她真的特别宽容，哪怕别人冒犯了她，她还是会站在别人的角度考虑。

然后，他就看到林茶像是想起什么，气鼓鼓地说道："我打几个电话，你不要说话打扰我啊。"

她熟练地拨了一个号码。

"李叔，你帮我查一下这个人的电话号码。

"牟平法官。

"嗯嗯，我记下了。"

然后，她又拨了一个号码："哥，你可不可以帮我一个忙？

"我那不是没事吗，所以才没有跟你说。

"没有，我不是被他救的，是闵景峰救的我。

"好的！"

闵景峰在旁边看她继续打电话。

"牟叔叔你好，我们昨天见过面的，我是林茶，莉莉现在好些了吗？

"那就好，我等她回学校呀。对了你看到网上的消息了吗？"

"你可以看看微博，在古代这算是盗取他人的功名，要入刑的，虽然闵景峰不在乎，但是真相不能这么被掩盖。"

凭什么他冒着生命危险救人，最后给别人作嫁衣？

"谢谢牟叔叔。"

林茶挂了电话。

林茶准备先让警方发公告出来，然后让哥哥找营销号帮忙转发，最后牟叔叔再确认一下。

她打完电话以后，冲着闵景峰傻笑："我们去那里坐着看评论。"

林茶一边说一边拉着闵景峰跑去了旁边的公园，两个人坐在长椅上。

闵景峰握了握拳头，他觉得，林茶可能会失望。

闵景峰自己都没有意识到有些事情对他的影响太深了，尽管他已经努力避开了。

他不喜欢被人赞美，这源于小时候的事。

小闵景峰很活泼，每天都像是有用不完的精力。小区附近有一个大拐弯的路，外面来的车子不知道情况，每次都会吓到人，他在家里捣鼓了两天，做了一个醒目的大牌子，很远就能够看到，而且还可以被雨淋。

小小少年满心欢喜地给爸爸妈妈看自己的成果，却换来了一句不耐烦的话："你这么小的年纪怎么这么虚荣啊！真不像我生的！"

小少年那天没有哭，就是天一直下雨。他淋着雨，耷拉着脑袋，拖着比他人还大的牌子，把它挂在了拐角的地方。

小小的他不是虚荣，没有想得到其他人的夸奖，他只是觉得那里很危险，希望有人能够注意到……

他……似乎不配拥有赞美一样。

林茶本来还在开心，突然觉得黑云压顶，抬头，果然就看到闵景峰的财神光环暗了下去。

林茶凑近了他的财神光环："闵景峰，你的光环好像坏了，它怎么突然就变暗了？"今天中午在食堂的时候也是，什么事情都没发生，它突然就大放光芒。

闵景峰回过神，平复了一下情绪，说道："我只是觉得没有必要在意这些事情，我本来就不是为了别人的赞美才出手帮忙的。"

"我知道。"林茶认真地看着闵景峰的眼睛，眼里都是崇拜，"我知道你不在乎别人的看法，我知道你做那些事情，仅仅是因为你想做。你知道吗，其实我也想做。小时候老师问我的梦想是什么，我说能够让世界变得更美好，可是被好多人笑话了；长大了以后，我发现，自己做不到。"

林茶真的不只是因为财神光环才接近闵景峰的，如果只是因为财神光环，她也不会让自己过那么久的苦日子。她有段时间一直在暗中观察闵景峰这个人，在观察中对他产生了强烈的认同感。

林茶对闵景峰满心满眼都是崇敬之情，她就这样看着闵景峰："你是我心目中的英雄，我每次想到你都会觉得好开心，但是我只要一想到你被人误解，一想到明明是属于你的荣誉，却要放在别人的身上，我心里就难受得想要打人。"

闵景峰看着她，风在耳边轻轻地吹着，他听着她的声音，这一刻，她的话刻进了他的灵魂……

他曾经用无数辞藻说服自己，接受命运，接受自己就是和别人不一样的倒霉命运。

而此刻，他心里没有了悲愤，只有平静。

她懂他。

再也没有什么比这更能让他感到安慰的了。

林茶把自己心里所有的话都说了出来，她对自己亲密的人，向来都是直来直去，压根藏不住。

她全然不知自己这些话给闵景峰带来了多大的影响。不对，也不算是全然不知，毕竟她能看到财神光环又发出了很强烈的光。

林茶不太明白，伸出手去摸了摸财神光环，说道："闵景峰，它好像真的坏了……"

它怎么一下子特别亮，一下子又暗下来，现在，又特别亮了？

它要是真的坏了，得怎么修？

闵景峰有点尴尬，任她摸头，嘴上强行解释："我今天晚上回去睡一觉可能就好了。"

林茶想了想，点了点头，说道："也对，这就跟电脑一样，出了什么故障，可以开机重启。"

闵景峰好笑地看着她，你说是就是吧。

林茶确定没什么大问题后，于是把目光转回来，看向了手机屏幕。

平安 C 市的官方微博已经更新内容了。

关于"一中学生失踪"案件情况通报

11月9日晚上9点，警方接到群众报警，一中一名学生失去联系，警方接到报案后立即展开调查。失踪学生为一中学生李某，今年十六岁，而后警方再次接到报案，声称另一名一中学生林某不知所终。

11月10日晚上8点，警方接到出租车司机唐某报警，声称已找到绑架案的犯罪嫌疑人，热心市民闵某正与之搏斗。警方迅速赶到了现场，当时犯罪嫌疑人已被制伏。警方已对主要嫌疑人采取刑事强制措施。此次案件牵扯出了十六年前的一起恶性拐卖事件，据受害人家属描述，热心市民闵某在医院里听到他家老人提到十六年前拐走其孙女的凶手样貌特征，苦于无人相信，闵某出院后无意中发现一位符合凶手样貌特征的人，于是闵某搭乘唐某的出租车跟踪犯罪嫌疑人，而后只身进入犯罪嫌疑人老巢，救下了被实行安乐死的受害人林某，同时解救出受害者李某。

此次案件还在进一步侦查中。

林茶美滋滋地看着"热心市民"，她喜欢这个称号。

这则通报一被发出来，立马就有人转了，网上更多的是惊讶的声音。

"不对吧，这里面的唐某是之前被夸得天上有地下无的民间英雄吗？怎么看怎么觉得这事主要是热心市民闵某的功劳？"

"同，司机大叔的确也帮了忙，可是主要功劳应该是热心市民闵某的，之前的报道中居然提都没有提闵某，这也太过分了吧。"

"警方的通报肯定不会有假，之前的消息都是一些营销号放出来的，肯定是有人采访了这个出租车司机，却没有去证实他说的是不是都是真的，导致这件事变成了一场乌龙。"

"不管怎么说，热心市民闵某真棒！"

"不对啊，你们没有讲到重点！重点是热心市民闵某是在追踪一起十六年前的案子，他真的是对得起'热心市民'这四个字啊，如果是我听到对方讲凶手的特征，而且是十六年前的案件中的凶手，我哪怕真的看到了一个跟凶手有一样特征的人，也不会打车去确认这人的身份。"

"十六年前的案子……啊，这个我知道，就是那个法官的案子啊！当时是爷爷带着孩子去公园玩，结果孩子被人抢走了，当时这个案子引起了很大的轰动，不少人都在抨击老人家故意丢了孙女，好让儿媳妇生二胎，后来才知道老爷子当时抱着孩子被打得很惨，孩子被抢走了以后还去追车，结果又被后面的车撞了……"

"对，就是那个案子，那个时候我才上高中，那个案子当时上了报纸的，很多人都不知道后续，那个老人后来精神出现了问题，记忆一直停留在孩子被抢的那时候，见人就说你看到我孙女了吗，车牌号是多少多少，但是他从来没说对过车牌号，还好现在还是等到了。"

"听着好心酸啊，老人还好遇到了热心市民闵某，闵某没有把他当傻子看，真的相信了他的话。"

"闵某真英雄啊！上面的案子看得我想哭。老人一家人还好遇到了闵某，虽然不知道闵某真名叫什么，但是祝他一生平安。"

"司机接受采访的时候，一个字都没有提到闵某，这就有点过分了，我当时看采访视频的时候就在想他怎么知道那个人是坏人的，现在看来果然有问题。"

"对啊，唐某接受采访的时候都没有提到这些，有点过分了。"

"热心市民闵某看到网友都在夸唐某，完全不提他，不知道会不会心寒，我之前赞过唐某，现在收回那些话，这些话送给真正应该得到盛赞的人！谢谢你这么热心，你肯定改变了很多人的命运。"

"热心市民闵某，看到这六个字，就觉得格外有安全感了。"

"希望能够多一些这样的热心市民。"

"表白热心市民闵某。"

"已经两万多条评论，可能看不到我了，这个热心市民闵某是我们学校高一的同学！我完全没有想到他会做这种事情，对他刮目相看啊。"

林茶看着看着，眼眶热热的，心里充满了治愈的感觉。

她想要的就是这个。

她看向了旁边的闵景峰。闵景峰没有跟她一起看网友的评论，林茶抬起头本来是想给他读网友的评论，但是这个时候她却看到了很奇怪的一幕——

闵景峰头上的淡黄色光环，慢慢地消失了。

林茶见过闵景峰的财神光环变亮、变暗、变黑，可是她从来没有见过它消失，这是第一次……

财神光环消失了……

林茶一下子慌了起来，抓住闵景峰的手，急切地问道："你有没有觉得哪儿不舒服？"

闵景峰正在打游戏，他不想看网友说什么，他只要听林茶夸他就够了，突然听到这话，有点奇怪："怎么了？"

林茶把财神光环的变化说了出来，她特别担心财神光环的消失会对闵景峰有影响。

闵景峰摸了摸自己的头，有点诧异，这个东西在他还没有看到的时候就消失了？

他反应倒是快，说道："我没有光环了，你怎么办？"

闵景峰的第一反应就是林茶需要他的光环。现在他没有光环了，林茶怎么办？

林茶才反应过来，说道："这个没事，其实一开始我跟你说这件事时，很大一部分原因是想用这个理由接近你，和你做朋友，如果我突然跑过来跟你说，我们做朋友好不好，那就太奇怪了。"

永远的实诚人——林茶。

闵景峰觉得自己天天被泡在这个人的糖罐子里，好不容易探出头，就又被摁了下去。

他开口说道："这件事还是很严重。"

林茶打量着他，心里在思索，光环为什么会突然消失？

她开口说道："我们肯定是忽略了什么东西。"

林茶看了看手机，整件事里，唯一的变量就是网友的评论。

闵景峰拿过手机翻了一圈评论，难道他还真不能让人夸？夸了就没有财神光环了？

这个时候，百思不得其解的林茶看到不远处有一个冒着黑气的女人。

林茶拉了拉闵景峰的衣服，开口说道："那边有一个冒着黑气的女人……"

闵景峰皱了皱眉头，说道："求助者：童涓，5岁，家住童家港。

求助信息：我不想要这个妈妈，这个妈妈是坏人。"

林茶震惊地看向闵景峰："你刚才在说什么？"

闵景峰比她还震惊："我不知道，这是突然出现在我脑海中的信息。"

林茶忍不住踮起脚去摸摸他的头："所以，其实财神光环在你的身体里面？而且还能帮你看到别人看不到的信息？"

他点了点头："应该是这样的。"

闵景峰不知道该怎么形容自己的心情，因为这种感觉实在是太奇妙了。

林茶看了看那边的女人，她已经要走了，林茶想去看看到底是怎么回事。

闵景峰当然知道她的心思："跟上去看看是怎么回事。"

林茶一下子高兴起来："我们现在像不像一个团队？"

闵景峰："什么团队？"

"救苦救难团队。"

闵景峰笑了，他其实也想知道这个光环到底是怎么回事。

没走多远，女人就到家了。

她家在一楼，隔了一段距离两个人都能够闻到中药的味道。

那个求助的小朋友生病了吗？还是家里有其他人生病？

林茶想了想，对闵景峰说道："你在这里等我，我去敲门。"

"一起去。"闵景峰开口说道，他现在哪里敢让林茶一个人行动。闵景峰特别有经验地说道，"等我一下。"

说着，他带林茶走进了旁边的店里。

闵景峰选了两个笔记本，两个书包，自己背了黑色的书包，给林茶蓝色的，然后把一个笔记本和一支笔递给了林茶。

"嗯？"林茶有点奇怪。

闵景峰指了指两个人穿着的一中校服，说道："我有办法进去，而且是经过对方的允许。"

林茶看着闵景峰自信沉着的样子，心里特别激动，点了点头，乖巧地说道："好，都听你的！"

于是，两个人背着书包，来到了那个女人的家门口。

闵景峰敲了敲门，很快有人过来开门了。

开门的就是那个一身黑气的女人。

闵景峰开口说道："你好，我们是一中的学生，我们学校为了响应国家号召，所以开展了一个'说说中国梦'的实践活动，我们想采访一下你们可以吗？我们不用进门，在这里做采访就行。"

女人看这两个背着书包的学生，热情地说道："进来吧。"

两个人走了进去，林茶的目光一刻不停地找那个孩子。

很快，有个小孩出来了，她在不停地咳嗽："妈妈，是谁啊？"

小女孩抱着一个小猪佩奇的玩偶，脸色苍白，看上去精神状态不太好，家里都是中药味，吃药的人应该是她。

这时，林茶看到女人身上的黑气更加浓重了。

闵景峰似乎也愣了一下，赶紧拿出笔记本，仿佛真的就是来采访的。

林茶看到他在笔记本上写了一句话："求助信息变了：妈妈说我快死了，我不想死。"

林茶皱了皱眉头，觉得这事很不对劲。

但是他们也只能问几个问题就得离开了。再说了，午休时间也有限，他俩还得回学校。

走出小区的时候，闵景峰开口说道："这个女人应该是后妈。"

林茶："啊？"

闵景峰："在小姑娘大概四五岁时，她们家客厅上所有的合照都只有小姑娘和她爸爸，之后的合照里面才多了这个女人。"

林茶崇拜地看着闵景峰："我刚才都没有注意到这些。"

"不过我刚才观察了一下，那个小姑娘的爸爸应该晚上会回来，到时候我们再去一次？但用什么理由？"

"我新买的手机掉他们家了。"林茶特机智地说道。

闵景峰忍不住摸了摸她的头："聪明！"

林茶抬头，咦咦咦……

"闵景峰，你现在是整个人自带柔光了……"

第八章
英雄初显光芒

-¥-

　　好在他们并没有走多远就赶回了学校，这时候还没有上课，但是肯定来不及午睡了。

　　于是，习惯午睡的林茶上课时有点打瞌睡。

　　一下课，林茶听到大家都在谈论闵景峰，瞌睡瞬间没了。

　　"闵某，肯定是他。"

　　"他怎么完全变了一个人？"

　　"以后不说他不好了。"

　　"算了吧，说不定只是巧合，说不定当时他是过去找麻烦，结果没想到救了人。"

　　"没有吧，警察通报了前因后果，他是听老人说了十六年前的犯罪嫌疑人特征，然后又遇到了犯罪嫌疑人，所才会跟上去的，不仅救了十六年前被拐走的女孩子，还无意间救了这一次被拐的女孩子。"

刚刚说这是巧合的人还在嘴硬，磕磕巴巴地说道："反正像他这种收同学保护费的人，不会是好人的。"

林茶本来听得正高兴呢，结果又听到了别人对闵景峰的误解，她原本想冲上去和那个同学吵一架，想了想，又忍了下来。

她是闵景峰唯一的朋友，她说的话在别人那里的可信度直接打折。

就像之前她说是闵景峰救了她们，结果压根没人信。现在网上一通报，立马大半人都信了。

她心里琢磨着，还是不能自己站出来澄清。

两个人还记挂着白天的事情，晚上九点再一次来到了求助者家门口。

林茶借口说手机落在他们家了，女主人就把他们迎了进去。

一进门，林茶看到了坐在沙发上教小女孩写字的男人，这应该就是孩子的亲生父亲了。

小女孩还记得林茶，见到她就跟她打招呼。

女主人问道："小童，你有没有看到姐姐的手机？"

小女孩摇了摇头。

男主人看了两个人一眼，觉得林茶有点眼熟，但是一下子没有想起林茶是谁，看他们是两个学生，忍不住操起了老父亲的心："这段时间不太安全，以后这么晚了，不管掉了什么重要的东西都不要去别人家里，前几天就有女孩子失踪，还好遇到了那个热心市民闵某。"

闵景峰尴尬地摸了摸鼻子，准备转移话题。

林茶特嘚瑟："没事，他就是闵某。"

男主人惊了："这么巧！我当时看到有人说救人的是个高中生，还有点不信。"

现在看看人家这个身高，这个体格，这个气场，根本不用怀疑。

男主人亲自给林茶和闵景峰倒了茶："我们同事都在议论这件事，尤其是我们有女儿的人，看到这报道实在是太有感触了。"

林茶转过头看到白天还能侃侃而谈的人，此刻完全是一副"没被人这么用力夸过，我要怎么接话啊"的表情。

林茶被萌到想嗷嗷叫，但是她心里时刻记着今天的任务，努力让自己冷静了下来，拉着闵景峰在旁边坐下："我爸妈也被吓得不轻，我失踪的事情他们都不知道。当时那些人都准备给我注射安乐死的药物了，如果他没有赶来，我就死了。"

男主人听到这里，皱了皱眉头："还好没事，你爸妈把你养这么大，你要一下子没了，你爸妈肯定要崩溃。"

林茶点了点头："对啊，我现在想起来也很后悔，我爸妈从小就生怕我出什么事情，我小时候容易生病，我爸妈还从国外请了最好的儿科医生回来……"

男主人听到这里，突然意识到自己为什么会觉得这个女孩子眼熟了："你是林霍的小女儿？林葺的妹妹？"

林茶点了点头："你认识我爸爸呀？"

这个市的人有不认识的吗？

男人突然激动了，开口说道："你们家医院确实有最好的儿科医生，但是我们一直预约不上。"

男人看了看正在乖巧写拼音的女儿，继续说道："我女儿都病了一年多了，一直排不上……"

这一年他工作很忙，只能让妻子天天在家里照顾。

林茶听到这话，立马觉得不对劲，医院里几位医生叔叔的预约的确安排得很满，但是绝对不至于一年都预约不到。

林茶手伸进兜里，准备掏手机，然后才想起来她手机"丢了"这件事。

旁边一直没说话的女主人开口说道："现在都这么晚了，还是先把这位姑娘的手机找到，我明天再去预约试试。"

林茶直觉，这个女人根本一次都没有去医院预约过。

旁边的闵景峰开口说道："小朋友有话要说，听听她想说什么吧。"

男人把目光转向了自己的小女儿，就看到她欲言又止的样子。

"涓涓，怎么了？"

闵景峰鼓励地看着她，就听到她跟个小大人似的说道："爸爸，我不想治病了。"

男人皱了皱眉头。

小女孩继续说道："反正我死了以后，妈妈也会生个弟弟出来，把钱省着给弟弟……"

男人震惊了："你听谁说的？爸爸只有你一个宝贝女儿……"他压根就没准备再要一个孩子。孩子妈妈难产去世了，家里几个老人家身体也不好，这孩子从生下来就是他拉扯大的，可以说是当爹又当妈。他们家条件一般，养一个孩子刚刚好，再生一个，就很困难了。

新妻子是他以前的大学同学，两个人也算是朋友。同学聚会后她就天天来他家里，帮他照顾孩子，在知道他不愿意结婚后，还跟他说，她想跟他结婚，她想给童童一个妈妈。

结婚了以后，他自觉对不起她，处处让着她，宠着她。

男人想到这里，看向了旁边的女人，女人一脸难堪。

这里应该不需要他们俩了。林茶手一动："我的手机原来在这里？我们找到手机了，先走了哦。"

然后，她拉着闵景峰出来了。

出来的时候，林茶叹了一口气："虽然一开始就猜到了，但是还是觉得很不舒服。"

闵景峰见她皱眉，摸了摸她的头："那个孩子的父亲很爱她，等去了医院，如果真的查出了什么，孩子父亲肯定会报警的。"

"我送你回学校，你该回去睡觉了。"

林茶"嗯"了一声，抬起头就看到闵景峰整个人像是闪着光一样。

林茶摸了摸闵景峰的身体："闵景峰……你现在特别像光环成精了……"

下一刻，他们看到前面出现了几个魁梧凶狠的男人，目光落在他们身上，身上冒着不同程度的黑气。

林茶顿时愣住，这个桥段真的好熟悉。

闵景峰以前就经常遇到这种情况，仿佛走个夜路不被人堵一下，就不叫走夜路了一样。

他们带着求助信息。

"求助者：李梅，三十五岁；求助信息：保佑我老公不要做危险的事情，好好工作。"

闵景峰皱了皱眉头，他今天已经大概明白了，林茶以前跟他说过的黑气，实际上是这些求助信息。

以前他感觉不到，现在能够感觉到了，而能不能看到求助信息，取决于原本在他头顶的财神光环是不是进入了身体里。

闵景峰看向了旁边的林茶，她为什么能够看到？

被闵景峰盯着看，林茶有点奇怪，他怎么突然看她了？

她小声问道："怎么了？"

闵景峰说了求助者信息的事情，他们俩之间现在是有什么说什么，没有什么秘密。

林茶听了以后，皱了皱眉头。

这一次的求助信息，是一个女人的，而上一次的求助信息，是那个生病的小朋友的。

联想到以前的事情，林茶忍不住说道："闵景峰，我可能从一开始就想错了……"

当初因为她接近闵景峰就会转运，所以她以为驱走黑气是给别人转运。

闵景峰的确有给人转运的能力，但是黑气却不是代表此人身上的霉运。

林茶小声说道："所以，当时我看到的李莉莉的黑气，其实是他爷爷的求助信息；那个抱着孩子的女人身上的黑气，是她怀里的孩子的求助信息？"

她又想到了一件事，拉了拉闵景峰，小声说道："我总觉得看他们这体格，咱们可能更加需要别人帮助……"

这个时候，他们听到了一个声音："小兄弟！"

林茶看到那几个人走了过来。借着路灯的灯光，林茶认出了其中一个男人，正是上一次见过的出租车司机。

林茶对他印象并不好，因为这个人当初接受采访时提都不提闵景峰；不仅不提闵景峰，还把所有的功劳都揽在自己身上。

不过林茶还是觉得有点尴尬，毕竟她让人去戳穿了他的谎言。

闵景峰开口说道："有事吗？"

司机大叔咬了咬牙，说道："小兄弟，上一次的事情，没有我的话，你肯定什么也做不成是不是？"

旁边的一个男人有点不耐烦："兄弟，跟他磨叽那么多干吗？上一次要不是你，他们肯定都活不了。"

闵景峰看了一眼其他几个人："所以？"

他不喜欢跟人争论这种没意义的事情，想来这些人找他也不是为了这种事。

司机大叔听到同伴的话，觉得没错，于是说道："明天会有记者采访你，到时候希望你跟他们说，我之前没有说谎，的确是我救的人，在公安局录口供的时候，你一时虚荣，胡说了一些事情。"

林茶听到他的话，真的要气炸了，她站到闵景峰前面，也不怕他们人多势众："凭什么？凭你们的脸皮厚吗？"

本来这件事情就到此结束了，网上也没有人真的骂司机大叔，毕竟他也帮忙了。虽然司机大叔独揽功劳很不对，但是人家也出了力。如果林茶真要整他，当时让哥哥找营销号的时候带带节奏，现在网上绝对是一片对出租车司机的骂声。

闵景峰把林茶捞了回来，挡在身后，看着面前的人，又看了看其他几个人，然后开口说道："我大概能够猜到你们这么做的目的，但是有些钱，可能会有命挣，没命花。"

林茶想从闵景峰身后站出来怼对方，被闵景峰按了按脑袋，小声哄道："乖。"

闵景峰气场实在是太强大了，林茶一下子就乖巧了，听闵景峰跟他们说。

司机大叔不服气，开口说道："别吓唬我，就你一个高中生还能对我做什么不成？你就是想独揽功劳！要是没有我，你能跟上那个人？跟不上那个人，你什么都做不了。"

闵景峰点了点头，淡淡地看了几个人一眼，然后说道："的确是你的功劳，我也没有吓唬你，只是让你注意安全，那伙人虽然被抓住了，但是这样的团伙一般都有上线下线，你可能需要回去好好查查十六年前的拐卖案到底是怎么回事。"

林茶皱了皱眉头，莉莉被拐的事情？

闵景峰说完了以后，拉着林茶朝另一个方向走了。

林茶回过头看了看那几个人，确认他们都没有追上来，她忍不住问闵景峰："莉莉被拐的事情？"

闵景峰给她解释："她父亲当时判了一个人死刑，那个人的同伙就是这群拐卖孩子的人其中之一，莉莉被绑可能是他们策划的。"

"啊？"

"那个人被判死刑是因为一起灭门案，凶手杀了一个警察一家老小，整个案件牵扯得很深。"

林茶已经目瞪口呆了，然后马上反应过来——他们招惹的竟然是这种人？

林茶有点担心地说道："那你现在也会有危险？"

"我没事。"闵景峰斟酌了一下，说道。

"那他们呢？"林茶虽然讨厌刚刚出现的司机大叔那几人，但是也不至于真的要做什么。

"应该也没事。"闵景峰说道。

闵景峰昨天晚上就收到了警察发来的信息，警方希望他不要把事情闹大，也跟他解释了整件事情的原委。

哪里想到，出租车司机没有沉住气，还上了头条。

闵景峰本身不在意外界的评价，想想林茶的性格，也就随她去了，也没有阻止林茶让人去解释。

林茶立马就意识到了问题所在，郁闷得耷拉着脑袋，小声说道："对不起……"

"嗯？"闵景峰有点奇怪，"这是怎么了？"

林茶抬起头，看着他清明的目光，眼圈一下子红了："我本来是想……想把属于你的东西都给你。"

闵景峰嘴边带笑："你的确给我了。"

"啊？"

"我终于知道你以前提到过的财神光环是什么了，而不是像以前那样什么都不知道，一路被坑。"

林茶垂头丧气，说道："可是，我还是觉得不高兴，感觉再一次被坑了。"

闵景峰见她呆萌的样子，忍不住揉了揉她的头："我真的很开心。"

他开心不是因为得到了赞美，也不是因为他能感知财神光环，他开心仅仅是因为林茶，因为她会替他鸣不平，会替他难过，会觉得他应该被赞美。

这些事情，似乎是家人才会做的事情，林茶都毫无保留地为他做了。

林茶见他是真的挺开心的，保证道："以后我会让你更开心的。"

冷风吹过来，他身上一凉，心里却是热乎乎的，他听到自己说道："好。"

他的财神光环回到了他身体里面，他明显就不一样了，更加重要的是，他隐隐有种感觉——他能够控制转运这件事了。

闵景峰把手放在林茶头上，林茶觉得很有安全感，下一秒，这种感觉就开始实质化了一般，她全身像是被温泉的水包裹着，舒服得想要长舒一口气，然后安逸地睡过去……

"这是？"林茶强打精神睁开了眼睛，看着闵景峰，她眼里也在闪光。

"这就是以前你说过的那个光环，我现在算是能用了。"

林茶眼睛一下子亮了，忍不住说道："太好了！！"

他们一路走一路说，回到学校，闵景峰再一次摸了摸她的头，确定她能够熬过今天晚上，然后说道："你先回寝室睡觉，明天再跟你说具体的情况。"

"好。"林茶一步三回头地回了寝室。

闵景峰站在原地看着她消失在女生宿舍的大门入口处。

他皱了皱眉头，林茶的体质是怎么回事？

她为什么会有那么倒霉的体质？

有没有办法能够解决？

闵景峰觉得他的财神光环治标不治本，不是什么好的解决方式。

林茶回到寝室的时候，其他人正在洗漱，见她回来了，大家转过头看了她一眼，然后继续洗漱。

林茶也跟着一起洗漱。洗漱完后，林茶坐在自己的书桌前，开始看今天下午学的内容。

她今天下午上课的时候有点打瞌睡，虽然好多内容都是她熟悉的知识，但是林茶还是决定多看看书，要彻底吃透比较好，万一哪天就用上了呢。

林茶看了一会儿后，宿舍熄灯了，林茶也就上了床，躺着准备睡觉了。

她脑海里想的都是闵景峰。闵景峰的财神光环可以用了，闵景峰比她想象中更厉害，他其实也挺擅长交际的，他遇事比她看得远，比她冷静……

林茶手盖着额头，她还是不够厉害，以后闵景峰肯定会面对更多更大的麻烦，她真的很想站在他身边。

不是需要他保护的角色，而是作为并肩作战的伙伴。

她不想他那么孤单。

林茶抱紧了被子，突然感觉到了一阵心酸。

其实，再过段时间，他会走得更远，而她只能继续待在这里，学习化学、生物、物理……

林茶皱了皱眉头，坐了起来，她摸了摸自己的心脏，刚才有点不对劲，她怎么会突然这么消极？

林茶忍不住再一次回忆闵景峰救人时的样子。

他脸上没有表情，可是动作没有一丝一毫的犹豫，他真棒！

心脏又开始雀跃了起来。

林茶满足地睡着了。

有闵景峰的世界，真好。

闵景峰目送林茶回了女生宿舍，他才转身离开。

"主人。"

刚走出学校大门，闵景峰就听到了一个声音。

闵景峰转过头，看到了一个身穿红色裙子的女人。

闵景峰被吓得后退了两步。不是他胆子小，而是这个女人这么冷的天气穿着红裙子，脸色苍白，任谁突然看到都会吓一跳。

红裙女人的目光打量着闵景峰，走了过来，说道："恭喜主人，主人终于融合了财神光环。"

主人是什么鬼？画风很诡异。

什么？她知道财神光环！

大概是闵景峰防备的眼神让她意识到什么，女人说道："主人不记得我了吗？"

闵景峰："……记得，只是这些年我过得可不怎么好，你居然一直袖手旁观。"

闵景峰纯粹是胡诌的，他完全不认识面前这个人，这人竟然知道他最大的秘密，他的第一反应就是套她的话，看看能不能得到更多信息。

果然，女人瞬间跪在他面前。

闵景峰忍着躲开的情绪，听到她说道："主人没有融合财神光环之前，我们不能现身。"

闵景峰："我只是没有想到你们居然真的能够袖手旁观，起来吧。"

原来如此，所以……我是个大人物？还是黑心肝的那种？

"主人现在已经成功融合了财神光环，可否让皑缘杀了本体？"

闵景峰刚刚才意识到自己以前是个黑心肝的大人物时就听到了这句话，他一脸深沉地说道："再等等，他身上还有点古怪，别对他动手。"

不管她说的"本体"是谁，都不能杀啊！闵景峰此刻无比蒙。

这人的意思是他抢了别人的财神光环吗？

可他觉得他挺善良的，干不出这种事情。

闵景峰有种熟悉的糟心感，果然啊，每次好事发生后都有祸事缠身，难道就不能让他多开心两天吗？

等等！闵景峰突然后背发冷。林茶奇怪而特殊的体质，林茶能够看到他头顶的财神光环，林茶能够看到别人身上的黑气，林茶从小到大都有一颗救苦救难的心。

林茶……不会是那个什么本体吧？她是财神光环原本的拥有者？

闵景峰一瞬间被自己的脑补吓到了。

大概是跟林茶相处得太久了，以至于闵景峰的推理能力也大有提升。

闵景峰越想越觉得林茶跟财神光环绝对是有联系的。

林茶提到过她是从几个月前开始倒霉，开始能够看到别人的霉运。

闵景峰从来没有告诉过林茶，他们第一次见面就是在几个月前，她十六岁的生日宴会上。当时他也去了，只是他并没有跟她说上话，他们之间隔得很远。

他可以确认的是，财神光环从小就跟着他，毕竟他从小到大经历的那些事情，说是巧合的话，巧合都要哭。

那个时候他应该是顶着财神光环见到了林茶，可能是因为林茶才是财神光环本体，所以财神光环做了什么刺激到了林茶，试图唤醒她夺回财神光环。然而没有想到的是，林茶压根没有想过夺回财神光环，反而阴错阳差地帮他融合财神光环了。融合财神光环这事就像一个开关，让他这个大反派正式登场，于是他以前的狗腿手下就找上门了……

闵景峰一抖，千万不要是真的，如果是真的，简直就是恐怖片。

闵景峰回到家里，因为这件事，完全没有办法入睡。

平心而论，财神光环他真不想要。

第二天一看到林茶，闵景峰就问她是什么时候开始倒霉的。

林茶正在吃面条，她停了下来，虽然不知道闵景峰为什么对这个感兴趣，但还是说道："十六岁生日那天开始。"

那天晚上她吐了很久，整个人还发烧，去医院打针治疗都没用。好在她固执地要上学，结果来学校就好了。

闵景峰听到这话，感觉自己的猜测被证实了大半。他表情有点复杂地看着林茶，说道："你先吃早饭，吃了早饭，我跟你说一件事。"

闵景峰从没有想过瞒着林茶，毕竟这件事两个人商量才能有解决办法，更加重要的是，他很担心有人会伤害林茶，如果林茶得到的信息和他知道的信息是对等的，那就多了一份保障。

大概是两个人在一开始的相处中就没有存在任何欺骗，所以他们之间就是，我什么都可以告诉他／她。

林茶以为闵景峰要说的是什么救人的大事，吃面的速度都快了很多。

闵景峰在旁边看着，能够感觉到她的激动。他特别想说你冷静一点，先把面吃完，可能一会儿你听完了就不想吃了。

当然闵景峰这话没有说，林茶已经吃完面了，拉着闵景峰就到了学校后面的小树林。

闵景峰看了看周围，虽然没有人，但是他心里还是有点放心不下，毕竟昨天晚上出现的那个红裙女子，看上去就不是什么善茬。

所以，闵景峰凑到了林茶耳边，小声说道："昨天晚上送你回寝室以后，我在学校门口遇到了一个女人。"

"她是来求助的吗？"这是林茶的第一反应，毕竟所有主动接触闵景峰的人，都是有事相求。

闵景峰看了看她信赖的眼神，接着说道："她叫我主人，还说我终于融合了财神光环。"

林茶一下子笑开了，特别兴奋："好酷哦，原来你还有手下啊！"

紧接着，林茶心里又有点小失落。原来闵景峰有手下，那肯定也很厉害，她以后是不是就不能跟他一起行动了？

闵景峰听到这话，心里突然一阵恐慌，林茶是真的很喜欢帮助别人，如果他的猜测都是真的，那么就是他夺走了她的能力，林茶并不知道这些年他因为这个所谓的财神光环一路悲摧，她只知道他的财神光环能够帮人转运，那她会怎么看他？

林茶还在期待他继续说下去，闵景峰回过神就对上了她澄澈透亮的眼睛。

一瞬间，闵景峰突然不想告诉她了，他不想以后都看不到她用这种目光看他。

在她心目中，他应该是很厉害的英雄，而不是卑劣的小人。

闵景峰摇了摇头，不行，如果林茶不知道这些事情，那么他们面对敌人的时候，林茶会很危险。

于是，他做足了心理准备，把后面的话都说了出来："她的确是我的手下，但我可能是坏人，因为这个财神光环不属于我，可能是我抢的别人的，而且他们还计划杀掉财神光环的本体。"

林茶一脸蒙地看着闵景峰，很明显，信息量过大，她还没有反应过来。

反正都已经说了，闵景峰干脆把自己的猜想都告诉了她："因为怕暴露我什么都不知道，所以我没有问她本体是谁，但我猜测，本体是你。"

林茶这下子真的蒙了："怎么会？"

闵景峰不知道该怎么形容自己的心情："你十六岁生日那天我见

过你，那应该是咱们第一次见面。那个时候我头上应该就是有财神光环的，就是从那天开始，你不断倒霉，能够看到那些人身上的黑气，这一切都在驱使着你来找财神光环。"

闵景峰说这话的时候，语气非常平静，谁也看不出他眼底的难过。

只有他知道自己为什么难过——他现在所说的每一句话，都在一点一点地推开林茶。

闵景峰甚至能够想象林茶的反应，她肯定会觉得自己受到了欺骗，她原本维护崇拜的人，居然是一个卑劣小人。

可是哪怕是推开对方，闵景峰也必须把这些事情都告诉林茶。

他最后总结："我担心他们对你下手。"

林茶眉头紧皱，伸出手拉住了闵景峰，说道："你会选择他们吗？"

闵景峰愣了一下，低头看到林茶眼圈有点红，她固执地拉着他的手，看着他的眼睛，要一个答案。

见闵景峰没有说话，林茶心里特别难过，但她还是想要争取一下，要不然以后肯定会后悔。

她开口说道："他们十有八九是坏人，而我是好人，你选择好人做伙伴肯定比选择坏人做伙伴更可靠。"

林茶故意忽略了一个事实，她是手无缚鸡之力的人类，而对方可能非常有能力。

闵景峰听到这话，愣住了，心里像是有什么东西在抓挠一样，开口说道："我永远都不会选择他们，我只会选择你。"

闵景峰觉得把林茶和其他人放在一起，这就已经是对林茶的侮辱了。

林茶松了一口气，抱怨地说道："那你表情那么深沉干吗，吓死我了，我以为你要跟我散伙了。"

"这不是因为我可能抢了你的财神光环吗……"闵景峰第一次被别人抱怨了心里还甜滋滋的。

"你一开始都不知道自己有财神光环，再说了——"林茶笑眯了眼，接着说了下去，"其实哪怕你不选择我，我也不会怨你的。不知道为什么，我真的超喜欢和你做朋友，每次看到你都会觉得很开心。"

闵景峰听到这话后，脑子里像是有一团热气在蒸腾，眼睛忍不住看其他地方，嘴上说道："要是我真的抢了你的财神光环，我会想办法还给你。"他绝对不会亏欠她。

林茶乐了："分得太清楚了吧？"

她前面十六年有钱有势，无忧无虑，闵景峰却在吃苦受罪，想着帮助别人。

怎么都不像是闵景峰欠她的。

林茶想到这里，有点不好意思地用头蹭了蹭他的外套，说道："先蹭一下。"

她这动作跟小猫崽似的，闵景峰觉得自己的心脏又被挠了一下。

然后，林茶就感觉到自己蹭的人在闪闪发亮，她心里更高兴了。

"超喜欢你闪闪发亮的样子。"

说完这话以后，林茶想起了一件大事，说道："以后晚上咱们要是走散了，你就赶紧让自己心情变好，然后我就会看到，在茫茫人海中你一个人在闪闪发亮。"

林茶很纯粹，她很乐意表达自己的正面情绪，尤其是喜欢这种情绪。

闵景峰同样也是明白她的，忍不住摸了摸她的头，宠溺地说道：

"好，随便蹭。"

"教导主任过来了！"这个时候，小树林的另一边跑过来两个人，看到他们俩还顺便提醒了一下。

林茶赶紧拉着闵景峰跑。

他们学校的教导主任可凶了，虽然他们俩并没有做什么，但还是条件反射地跟着跑了。

林茶回教室以后，默默地在自己的关注名单上加了一个名字——一个奇怪的女人。

现在她的关注名单上有两个很奇怪的人。

一个是那个想要孤立她的奇怪声音的主人。那个声音的主人想孤立她的主要目的是为了闵景峰，对她本人没有太大恶意，也就是说，那个声音的主人是闵景峰的敌人。

这个奇怪的女人目标就很明确了，如果她真的是财神光环的本体，那么这个奇怪女人就是想弄死她。

林茶意识到这一点以后，特别想跟闵景峰排排坐，跟他吐槽一下这件事。

"好想让他们两边打起来。"

她正在想这件事时，教室里突然骚动起来。

林茶抬头，就看到闵景峰跟着班主任走进来了。

闵景峰跟林茶并不在一个班，闵景峰的教室在一楼，林茶他们教室在二楼。

看现在这个样子，闵景峰很明显是转到她们班上了。

班主任稍微介绍了一下闵景峰，就让他去找个座位坐。

他当然不可能坐林茶旁边，林茶坐在第三排中间位置，左右两边都是有同桌的，现在教室里只有最后一排有空位子。

闵景峰坐到了最后一排。

其他同学的目光就在这两个人之间来回地转动，很明显在看八卦。

这个年纪的同学对这种八卦最感兴趣了。

林茶也忍不住看了一眼坐在后面的闵景峰，她还没有跟闵景峰在一个教室上过课呢。

结果，她回头的时候正好看到闵景峰抬头看她，于是两个人四目相对。

林茶毫不犹豫地露出了一个暖暖的大笑脸，用口型说道：欢迎呀。

见她笑得这么开心，闵景峰也忍不住勾唇笑了。

这节课是物理课，学习的内容是滑动摩擦力。

林茶平时上课的时候都特别安静，老师提问题，她就算知道答案也不会举手。

老师说上课了以后，林茶翻开了书。老师在讲台前拿起水杯，然后说道："有谁能告诉我，为什么我捏这个杯子的时候它不会掉下去？"

班上没有人举手，特别安静，大多数人都把头给低了下去，仿佛只要不跟老师对视，老师就看不到自己一样。

物理老师有点不高兴，说道："前天让你们回去预习，你们没有预习吗？"

预习高一课程的人真不多，再说了，他说的这个知识点是静摩擦力，书上也没有。

林茶在心里吐槽了一下，这要换成平时，她不会举手。

但是今天不一样。

她想了想坐在后面的人，默默地举起了手。

物理老师还挺高兴的："林茶，你来回答。"

林茶站了起来："这是因为手和杯子之间形成了静摩擦力。"

物理老师满意地点了点头："说得很好，坐下。"

林茶坐了下来，脸上洋溢着开心的神情。自己特别喜欢特别崇拜的人能够看到自己很厉害，这是一件非常令人开心的事情。

闵景峰原本正在翻书找这道题的答案，结果听到林茶特别自信地回答了，一下子觉得她特别可爱。

以至于，这节课闵景峰居然听进去了摩擦力、滑动摩擦力是什么。

全班同学看到林茶举手回答了第一个问题，被老师夸了两句后，闵景峰举手回答了第二个问题，并且还对了。

于是，全班同学的心情在这一刻雷同了——

林茶目不转睛冲着闵景峰傻笑的时候，大家就已经知道他们今后要被狗粮淹没，然而万万没想到，高一五班的第一份狗粮，居然是学霸味的？

完了，他们以后是不是都会像这样，抢答老师提的问题？

等等！以后老师提问题，他们是不是再也不用担心会被抽到了！

很快就下课了，大家就看到林茶特别欢快地走到闵景峰旁边。

闵景峰现在坐的位置是最后一排，旁边还有不少空位。

林茶在他旁边坐了下来，笑眯眯地说道："你怎么想起来转班了？"

她之前其实也想过转到闵景峰班上去，他们两个人在一个班的话，做事情会比较方便。

闵景峰说道："之前就想这样做了。"

两个人在最后一排嘀嘀咕咕，其他同学看到，只觉得他们太厉害了。

从初中到高中，大家也不是没见过这样的同学，不过大多数人都藏着掖着，扭扭捏捏的，像他们这么光明正大，甜得一群人牙疼的，大家还是第一次见到。

因为之前的事情，大家对闵景峰有所改观，再加上他对林茶确实不错，所以对于"两个人在一起"这事，其他人也没有太抵触。

对于大家投来的各种八卦目光，林茶不但不抵触，反而觉得很有趣。

这种有趣来源于"全世界都以为我们在一起了，实际上我们是最好的伙伴"。

林茶以前还会解释一下，后面她发现即使解释了大家也不听，索性不解释了。

她知道闵景峰肯定跟她一样，每次其他人看他们八卦的时候，林茶会饶有兴致地跟闵景峰小声说道："他们都以为我们是那种关系。"

闵景峰很能接她的梗，立马说道："他们的想法太肤浅了。"

这个年纪的男生女生，肯定是肤浅地八卦他俩关系不一般，实际上他们俩是灵魂知己，是要一起去拯救世界的。

不过八卦小分队很快就有了新的八卦方向，没有再注意这对了。

林茶回到自己座位上的时候，就听到他们在说："一班转学来了一个漂亮的女生。"

"刚才他们有人去看了，这个天气，她居然穿红裙子，裸腿，厉害了，她老了不怕得风湿吗？"

"不过真的挺漂亮的。"

一班？不是闵景峰以前的班级吗？不过她也没有太当一回事，毕竟她哥哥是演员，以前见过不少漂亮的明星。

第二节课下课的时候，林茶跟闵景峰一起下楼时，看到了等在楼下的漂亮女孩子。

那女孩子看到闵景峰，立马笑开了："闵景峰，我等你好一会儿了。"

女孩子长得娇媚，穿着红色的连衣裙，整个人有种张扬的美。

林茶都快看呆了。她很快就反应过来，这个人应该就是闵景峰提到的人，她转过头看闵景峰，看到闵景峰脸上的表情很怪异，仿佛见到了什么不可思议的事情。

林茶心里有点不舒服，又打量了这个红衣女孩，漂亮是挺漂亮的，可是也不至于这么惊讶吧？不是都已经见过一次了吗？

林茶就是典型的乐天派，哪怕关注名单上的两个人她都还没见过，也依旧是一副"不怕不怕，我们能赢"的样子。

现在见到了人，她心里就更加心安了——至少已经知道敌人是谁了。

其他人都不瞎，看到这一幕，第一反应就脑补出了一场爱恨交织的狗血大剧，紧接着就去看林茶的反应。

林茶没有反应……

闵景峰皱了皱眉头，看了看旁边的林茶，然后开口说道："你谁？我不认识你。"

闵景峰说这话的时候，面无表情，眼睛死死地盯着这个女孩子，充满了警告。

红衣女孩意识到了林茶哪怕是变成了人类，也还是当初那个人，她这一次擅自行动是不是破坏了他的计划？

红衣女孩意识到了这一点，又想起了他曾经的手段，不由得心里发毛，赶紧说道："抱歉，刚认错人了。"

闵景峰心里松了一口气，好在他还能唬住这个人。随后他面无表情地带着林茶离开了。

其他人又摸不着头脑了。

两人走出了好长一段距离后，林茶紧挨着闵景峰小声说道："就是她吗？"

闵景峰点了点头。

林茶小声说道："那我们能赢，她那小身板，看上去也打不赢我们。"

这时，闵景峰丢下了一个重磅炸弹："昨天我看到她的时候，她还是身材高挑的大人模样。"

林茶瞬间就明白了今天闵景峰见到这个红衣女孩的表情为什么那么惊讶了，她只觉得鸡皮疙瘩都起来了。

闵景峰感觉到林茶身体僵硬，伸出手，揽住了她的肩膀："我活着一刻，就不会让你受伤。"

林茶愣了一下，心里一暖，她不是担心自己会受伤，而是对未知事物有一种莫名的恐惧。

不过她也没有解释，而是说道："你说过她是你手下，看看有没有办法让她去调查那个奇怪的声音。"

这样也算是一举两得，一方面给这个人找点事做，另一方面也能查一查那个奇怪的声音到底是怎么回事。

闵景峰觉得很有道理，点了点头，说道："我去试试。"

林茶这下真的淡定了，倍儿有活力地做了一套广播体操。

站在最后一排的闵景峰实在没心情做操，全程看着林茶。

他以前生活条件真的很不好，但是那个时候都没有现在这样焦虑。

那个时候他无所畏惧，对于生活的态度也是听之任之，可是现在，他怕林茶会受到伤害，也怕自己是坏人。

闵景峰想，他其实心底最怕的还是他自己，他只是没有当坏人时候的记忆，一旦恢复记忆，他怕自己就会毫不留情地对林茶下手。

这其实是他要把所有的事情告诉林茶的主要原因。

他希望林茶对他有所防备。谁知林茶还是一点儿心眼也没有。

晚上回家的时候，红衣女孩再一次出现了，这一次，她是为白天的事情来请罪的。

闵景峰不耐烦地说道："再有下次，你知道我的手段。"

他说完这话以后，红衣女孩身体抖了一下。

闵景峰心想，我以前可能有点残暴。

"对了，以后也不许你靠近林茶，我留着她有大用，若是你擅作主张，坏了我的计划……"

"妒灵不敢，妒灵知错了。"红衣女孩抢先回答道。

闵景峰点了点头，心道，原来这人叫妒灵，他继续说道："这段时间你负责查查学校里的事情，这个学校有问题。"

"是的。"妒灵看了看已经变成了人类少年的主人，然后小心翼翼地问道，"主子，要不要召其他灵回来？"

闵景峰心道不好，居然还有其他人，他可不敢保证自己能够瞒过其他人，于是摇了摇头，语气压低，说道："暂时不用，你下去吧。"

先应对这个所谓的手下，确定一下到底是怎么回事，然后再行下一步棋。

等这个所谓的手下离开，闵景峰给林茶发了信息，把自己刚才知道的事情都告诉林茶。

林茶的短信很快就回过来了："啊啊啊！你太厉害了！！！"

闵景峰看着短信大概都能想象到林茶说这些话时的语气表情……

似乎她的每句话、每个表情，都能戳到他心里的某个点。

第九章
谁都不能伤害你

林茶看到闵景峰有条不紊地处理着事情，真的非常激动。

她心里觉得特别有安全感。

闵景峰很快又发了一条信息过来："我不知道能不能护你周全，如果有一天你因为我……的手下遇到了危险，到时候你就说，如果你出事了，那闵景峰也活不了。"

林茶乐得不行，她想象了一下那个画面，真的很搞笑。

"到时候她问我为什么我死了你也活不了，我就跟她说我在财神光环里面下了毒。"

"还是说得玄幻一些，说下了诅咒会更好。"闵景峰的信息几乎是秒回。

"好！"

比起闵景峰的紧张，林茶现在真的算得上是很轻松了。

一般情况下，两个人要是遇到一件大事，如果其中一个人特别紧张，就会导致另一个人要么更紧张，要么更淡定。

以前所有的事情，都是林茶在紧张，紧张闵景峰被人欺负了，被人冤枉了，被人抢了功劳了，现在确定了闵景峰可能是坏人头子，林茶特淡定，是那种"哈哈哈，你们不知道吧，你们家头子跟我是好朋友他才不会杀我"的淡定。

晚上回寝室的时候，林茶躺在床上，听大家议论新来的那个漂亮女生，于是认真地听了一下。

"我真的服了，她为了好看都不怕冷，全校就她一个女生穿着那种裙子，老师不是说裙子要过膝吗，怎么她的裙子不过膝也没有人去说？"

"听说她都不跟女生说话，只跟男生说话。"

"那些男生都捧着她，她肯定愿意跟他们说话啦。"

"我当时第一眼看到她的时候，就觉得她不是什么好人。"

林茶心想，她要杀我，的确不是什么好人。

大家越说越激动，说着说着就开始攻击人家的外表了。

"其实我也没觉得她长得有多好看，就是会打扮罢了。"

"对啊，卸了妆不知道是什么样子。"

"老师都不管管她吗？化妆化那么浓，不知道她是来上学的还是来卖弄风情的。"

林茶愣了一下，怎么话题越跑越偏？

现在室友的表现，让她觉得有哪里不对劲。

平时这些同学还挺和善的，就算跟她闹矛盾时，她们也不会口出恶言，怎么来了个转学生，就突然变成这样了？

林茶有点想不通，大家的情绪她也没办法控制，所以她也没说话，安静睡觉。

林茶又做梦了。

这一次的梦，似乎更加复杂一点。

林茶很清楚地知道，这是一个梦，但是她觉得自己好像没有力气去反抗这个梦，只觉得自己的意识不断地向深渊下落，下落。

恍惚间，她好像听到了一个声音——

"你要承担你自己的责任。"

"你要夺回属于你的荣耀。"

林茶猛地惊醒，发现已经是半夜了，其他人都已经睡着了，房间里只有她们轻微的呼吸声。

林茶长长地舒了一口气，才发现自己满头大汗。

她不记得梦里有没有什么特定场景，有没有遇到什么人，甚至连那个跟她说话的声音她都不记得是男的还是女的，但是她却记下了那两句话。

一句是承担责任，另一句是夺回荣耀。

结合闵景峰给她的信息，这就非常明显了——她果然就是闵景峰手下提到的那个财神光环的本体。

那么是谁入了她的梦？还是说这是她的潜意识？

林茶确定，从第一次见到闵景峰的财神光环开始，她就没有想将光环据为己有的想法。

林茶看到他就会觉得很高兴，想要对他好，想要把最好的一切都给他。

林茶就这样简单粗暴地确定了自己确实不想要财神光环。

林茶躺回了床上，现在才两点多，还可以再睡一觉。

她拉过旁边的黑色外套，盖在头上。

外套是闵景峰的，林茶回寝室的时候，闵景峰给她的。

上一次鸭舌帽的事情让两个人明白了，近距离跟财神光环接触过的东西也能够短暂地帮林茶转运。

所以闵景峰给了林茶一件自己穿过一天的外套。

这件外套虽然被穿过一天，但实际上还是很干净，有股淡淡的肥皂香。

林茶盖上了以后反而睡不着觉了。既然睡不着，干脆爬了起来，然后穿上闵景峰宽大的外套，下了床，拿了放在书桌上的书。

刚走出寝室的时候，她又想起了那天凌晨听到的声音。

那天的遭遇跟恐怖片似的，在她心中留下了深刻的印象。

林茶犹豫了一下，大概是这夜太安静了，导致林茶心里有点蠢蠢欲动，如果能再偷听到什么有用信息，那就太好了。

想到这里，她立马偷偷出了门。

一路走到二楼，走廊上还是有灯的，走廊特别空旷又安静，有种恐怖片里面的感觉。

都怪她哥，小时候带她去看恐怖片《闪灵》，导致她现在一面对这种空旷的走廊，就担心会有一对双胞胎姐妹出来跟她打招呼。

林茶想了想，冷静，想想闵景峰……

果然，想想闵景峰是非常有用的，林茶没那么怕了，她迈开步子，小心翼翼地走在走廊上，不发出一点声音。

她准备去一楼的那个公共室。

上一次她就是在那里听到了那个奇怪的声音。

然而就在她刚刚走过楼梯拐角，准备下到一楼的时候，面前突然出现了一对双胞胎姐妹……

林茶反应也是贼快，没有叫出来，立马转身撒腿就跑。

紧接着，她就看到那两个人出现在她的正前方……

刚才明明是在楼梯口啊。

所以其实不是双胞胎，而是四胞胎吗？

然后，她就听到双胞胎中的一个开口说道："主子，你能看到我们了吗？"

妈呀，这个称呼林茶很熟悉啊，闵景峰提到过的！

最重要的是现在哪有这种称呼？所以她听一次就记住了。

林茶一下子冷静下来，露出一个笑容："你们好。"

双胞胎高高兴兴地走过来，说道："主子终于能够看到我们了！"

"嗯……"林茶斟酌了一下，说道，"我失去记忆了，你们应该知道吧？"

双胞胎看上去像初中生，林茶在心里保佑，这两个人一定要内在与外表相符合。

闵景峰忽悠人的全过程都告诉她了，所以她也算得上是有经验。

双胞胎狠狠地说道："主子，那个黑暗之主太恶毒了，抢了主子的光环，还害得主子连记忆都丢失了。"

黑暗之主……

哦哦，闵景峰这个外号好"中二"啊，明天一定要跟他说说。

林茶点了点头："太恶毒了……"

"主子现在能够看到我们了，我们会帮助主子抢回光环的。"

林茶点了点头，很深沉地说道："抢回来……"

双胞胎面面相觑，总觉得哪儿不对劲？

林茶开口说道："所以你们上一次让人孤立我，是为了抢回财神光环？"

双胞胎不太明白："什么孤立？"

看她们疑惑的样子，似乎真的不知情。

林茶开口说道："你们以前都是跟在我身边的吗？"刚才她们提到了林茶终于能够看到她们这句话。

双胞胎的其中一个终于反应过来："主子怎么知道这么多事情？"

林茶立马说道："做梦的时候梦到的，梦里你们还让我承担我自己的责任，夺回属于我的荣耀。"

双胞胎总觉得哪儿不对劲，但还是点了点头，说道："原来是这样。"

林茶本来好担心，现在突然觉得她们可能真的是自己人。

因为大概也只有这样的手下的主人，才能弄丢光环吧。

林茶觉得自己应该是她们的同伙，说主子什么的太羞耻了，他们的关系应该就是同伙关系吧。

林茶想从她们这里套话："其实没有财神光环也没事。"

双胞胎立马就急了："主子，如果没有光环，黑暗势力杀你易如反掌。"

林茶好想跟她们说，没有，杀她还是挺难的，他们老大说了，我死了，他也活不了……

当然这话还不能跟这两个没彻底弄清楚状况的人说。

林茶还是有基本的警惕性的，毕竟这才刚认识，不能她们说什么，她就信什么。

只是看着这两个傻乎乎的手下，林茶开始琢磨一个问题。

按照现在的已知信息，她和闵景峰是天敌，可以确定，闵景峰抢了她的光环……

只是她总觉得闵景峰实力碾压她们，那闵景峰干吗要抢她的光环？

还有那个要孤立她的人，到底是谁？

林茶决定明天跟闵景峰交换一下信息，看看能不能有所发现。

林茶突然想起了一件很重要的事情："对了，你们叫什么名字来着？"

"善良。"

"单纯。"

这算名字吗？你们真的好对得起你们的名字。

林茶被双胞胎的名字给雷到了，没有说什么，毕竟现在情况还是不明。

林茶想回寝室了，但双胞胎还不想走，两个人叽叽呱呱的，你一句我一句。

"主子，那个黑暗之主现在已经融合光环了。"

黑暗之主……

林茶只要听到这四个字就想笑，这四个字有种巴啦啦小魔仙里面的古拉拉黑暗之神的即视感，听的时候真的很难不联想。

为了不笑场，林茶说道："换一个说法。"

双胞胎露出一模一样的眼神，用一模一样的语气疑惑道："啊？"

"叫闵景峰就行了。"

双胞胎不明白林茶为什么这么说，继续听话地告状："闵景峰利用主子融合了光环，主子真的不能再接近他了，我们要想其他办法把光环拿回来。"

林茶忍不住再纠正道："叫我茶茶。"

双胞胎急了："主子，这都什么时候了，您怎么一点都不着急呢？"

林茶面无表情，故作深沉地说道："急是没有任何用处的，唯有冷静才能解决问题。"然后林茶又强调了一遍，"以后叫我茶茶。"叫主子也很雷。

双胞胎长得一模一样，林茶完全分不清楚谁是善良，谁是单纯。

她们小声叫了一句茶茶。

林茶看了看她们："你们现在不忙吗？"

"孩子们都睡着了，所以我们不忙。"

孩子们？

"现在这些孩子听话吗？我已经很久没有看到他们了。"

"不听话。"不知道是单纯还是善良开口说道，"现在外界的信息量实在是太大了，而且有很多不良信息，导致我们的工作量也加大了。"

这个工作是什么？听起来非常有意思！

难怪双胞胎能够保持这个智商，原来是因为成天都在跟小孩子打交道。

"你们没有偷懒吧？"林茶说道。

"没有，主……茶茶不在的时候，我们也一直按照茶茶吩咐的去做。"双胞胎说道。

林茶"嗯"了一声，然后说道："我要巡查你们的工作。"

"茶茶什么时候来都可以。"

"明天下午吧，到时候你们俩来接我。你们现在先回去吧，我去看一会儿书。至于闵景峰那边嘛，你们俩还小，不要对上他，我亲自出手。"林茶说这话的时候特别沉稳，让人不由得信服。

双胞胎得到了想要的答案，自然就离开了。

林茶原本还以为双胞胎也是像闵景峰那样能够感知需要帮助的人，但是后面她们又说到什么小孩子，还有庞大的信息量，明显就不是了。

不过明天下午可以去视察她们的工作，这倒是不错的事情。

林茶看了一会儿书后，回寝室睡觉了。

第二天一大早，林茶进教室一眼就看到了坐在最后一排的闵景峰。

林茶走了过去，确定了周围没有其他人，然后坐在了闵景峰的旁边，悄悄地把今天凌晨遇到的事情告诉了闵景峰。

闵景峰听到这些话就基本确定了，他们之前的猜想都是真的。

闵景峰抬起头，看向林茶，林茶还在吐槽："你是不是还没有从你手下那里听到你的名号？"

她说着说着，想到了黑暗之主，然后又想到了古拉拉黑暗之神，再看看闵景峰，实在是忍不住笑出声，没有办法继续往下说了。

闵景峰忍不住揉了揉她的头："你怎么这么傻？"

如果他真的是坏人，如果他真的夺走了她的光环，她这样毫不设防地把所有一切都告诉他，将面临多大的危险啊！

林茶努力冷静下来，不让自己笑岔气："她们说你是黑暗之主……是不是超级搞笑？"

闵景峰："不好笑。"

"你看过巴啦啦小魔仙没？"

"没。"

林茶笑不下去了，对方理解不到这个笑点。

见林茶不笑了，闵景峰叹了一口气，宠溺地说道："好吧，好笑。"

他紧接着又叹了一口气："你对她们也不要掉以轻心，凡事多留一个心眼。"

林茶把她的两个手下都说得特别单纯，闵景峰心里有点不放心，毕竟她们可能也有特殊的能力，有特殊能力还没有被人类发现，怎么可能单纯？

林茶点了点头："我知道，我没有把所有的事情都告诉她们。对了，明天下午我准备去视察她们的工作，听她们的描述，我觉得工作内容应该挺有意思的，你看看能不能去看看你手下是做什么工作的，我觉得这个对搞清楚咱们的关系有帮助。"

闵景峰点了点头，再一次摸了摸她的头，说道："你要是搜集到什么特别的信息，可以不用告诉我。"

他心里还是担心如果他突然走火入魔，或者是有其他什么古怪的情况发生后变了性子，对林茶下手了，林茶不要自己傻傻地凑过来送人头。

林茶"哦"了一声，然后说道："为什么？你不和我好了吗？"

这小朋友口吻的句式诡异地戳中了闵景峰的萌点，林茶就差跟人说，我和你最好了。

闵景峰叹了一口气，把自己的顾虑都告诉了林茶。

"不怕，按照正常剧情发展，你在杀死我的最后一秒会突然清醒过来，然后抱着我号啕大哭……"

林茶大概是中了"黑暗之主"的毒，特有戏感地说着这话。

闵景峰无奈地看着她，他现在就想抱着她号啕大哭，她能不能有点危机感？！

下午，闵景峰非常不放心林茶："我想跟你一起去。"

"单纯和善良不会允许的。"林茶说完这句话以后，自己先笑了。

单纯，善良……

"我不会有事的。到时候我手机保持通话状态。"林茶认真地说道。

下午刚打下课铃，老师一出去，班上的同学们正准备去吃晚饭时，看到最后一排的闵景峰把自己穿着的校服外套脱下来，给林茶套上了。

他穿着刚刚好的外套，林茶穿上就是风衣了。

今天的天气不算特别冷，俩人这个操作，让班上其他人都忘了要去吃晚饭这件事。

这个炫耀的方式会不会太傻了一点？

林茶似乎一点都不嫌弃，还挺高兴地把外套裹了起来，笑靥如花，说道："你想得好周到啊！"

周围的同学们都在想，茶茶会不会太好哄了？

林茶穿着闵景峰的衣服给他拨了电话，保持通话状态，然后才去学校门口等单纯和善良。

"……茶茶！"双胞胎来了一个。

林茶也认不出来这是单纯还是善良，只是笑着打招呼。

林茶："我们快点走吧，我一会儿还要回来吃晚饭。"

"好的。茶茶，跟着善良走吧。"善良虽然不叫林茶主子了，但是她的语气还是非常恭敬。

林茶有那么一瞬间很想知道自己的名号是什么，但是考虑到敌方阵营的老大叫黑暗之主，我方阵营的两个已知名字叫单纯和善良，她就不是那么想知道自己的名号了。

林茶心里还是有防备的，心里想着如果一会儿善良给自己变出了一对翅膀，或者是什么奇装异服，她都能面无表情地接受。

林茶没有想到，善良只是在前面走，一边走一边跟林茶说话，完全没有要变身的意思。

林茶就跟在后面，一直走一直走，她正想问还需要走多久的时候，突然觉得周围有点吵闹……

恍惚间，林茶看到了一个全新的世界……

马路还是那条马路，街边的商铺还是那些商铺，然而街道上却出现了无数只千纸鹤。

善良像是长了无数只手一样，不停地接收着千纸鹤，嘴里在念叨——

"不能抓青蛙，青蛙也是一条小生命。"

"不要欺负不爱说话的同学，你去跟他做好朋友。"

哪怕是已经有心理准备的林茶也忍不住睁大了眼睛，看着漫天五光十色的千纸鹤惊呆了。

成千上万的千纸鹤涌了过来，很漂亮。

林茶思索了一下，还是伸出了手摸到了一只绿色的千纸鹤。

这是一种很玄妙的感觉——她感觉到了一个小孩子的想法："我想要买小猪佩奇，同学都有，就我没有，妈妈不给我买，我以后不跟妈妈说话了。"

林茶正在想怎么办的时候，善良已经处理好了。

林茶看了过去，就看到单纯和善良把不同颜色的千纸鹤全部分好了类。

林茶看到有一只黑色的千纸鹤，愣了一下。这么多千纸鹤中，有很多灰色的，但黑色的只有这一只。

林茶摸了摸那千纸鹤，然后就感觉到了一阵欢喜的情绪。千纸鹤的主人是一个小孩子。

他站在一个街道拐角，一本正经地看着过往的车辆，有人要过马路的时候，他就会挥一挥手里的小旗帜。

"小朋友好可爱啊！"

"小朋友在做好事呢！"

听到别人的夸奖，林茶感觉到了小朋友的开心，回家的时候，都是蹦蹦跳跳的。

回到家里，就看到他拿着画笔在一个大牌子上涂鸦。

林茶能够看到画面，也被小朋友的单纯感染了，觉得特别治愈，不过她还是有点疑惑，这只千纸鹤为什么是黑色的……

这个时候，小朋友举着牌子去找爸爸妈妈。

看到牌子，爸爸妈妈说了很刻薄的话，小朋友只是强忍着泪强调道："我没有虚荣！我没有！"

爸爸走了过来，拧了拧他的脸颊："你还犟嘴了！"

林茶看得都要哭出来了，然后看到小朋友拖着一个花花绿绿的牌子，走在大雨中，把牌子竖立在拐角的地方。

旁边有人夸了他一句，他撒腿就跑了。

"茶茶？"

林茶从这只千纸鹤的幻象中脱离出来，看到单纯和善良有点紧张地看着她。

"茶茶你没事吧？"

林茶舒了一口气，说道："我没事，这只千纸鹤的主人是谁？我想见见他。"

单纯开口说道："这是黑暗之主的千纸鹤。世界上这么多人，只有他能够创造出黑色的千纸鹤，因为只有他性本恶。"

黑暗之主 = 闵景峰

林茶反应过来是闵景峰，真想一巴掌呼到这俩一脸理所当然的手下头上："你们看过千纸鹤的内容了吗？"

单纯说道："这只千纸鹤的攻击性太强了，看不到……还好茶茶看到的是黑暗之主小时候的黑色千纸鹤，没有对茶茶造成太大的伤害。"

她们看不到……

林茶一想到那个哭丧着脸、耷拉着脑袋、在大雨中慢慢往回走的小朋友是闵景峰，她心里就更加难过了。

好想抱抱小时候的闵景峰。

难怪他会刻意回避别人的赞美，从来不为自己争取权利。

林茶心里难受，很想回去看看闵景峰，但是她还是记得自己来的主要目的，于是开口说道："你们工作做得都不错，现在做个工作总结。"

单纯和善良很蒙："什么是工作总结？"

"就是总结自己工作上的不足和优点，对过去几年的成绩进行汇报，还有对未来的展望。"

单纯和善良面面相觑，好歹她们也是看过新闻联播的人，大概明白林茶在说什么。

林茶鼓励道："今天是第一次，先简单地汇报一下你们的工作就可以了，这也是为了以后你们能够更好地发展。自由散漫、无组织、无纪律肯定是不行的。"

单纯、善良立马开始汇报："今年我们共处理了……两千万只千纸鹤记忆，对有八百万只潜在危险的千纸鹤进行了净化……"

林茶内心在想这个数据。

我上辈子真的不是累死的吗？

她看着多如牛毛的千纸鹤，原来这里是意识世界，这些千纸鹤都是孩子们的意识，不同颜色代表着不同的信息。

红色代表危险，绿色代表迷茫……

而黑色代表的是黑暗。

紧接着，林茶又看到了几只黑色千纸鹤。

它们只是闪现了一下就不见了。

林茶想起了闵景峰的黑色千纸鹤里藏起来的内容，不禁一阵心疼。

从意识世界出来，林茶抬眼就看到了正在学校门口张望的大男生。

他看上去冷冰冰的，可能是心情不好，财神光环没有散发柔光。

此刻高高大大的男孩子，却没有同龄人的活泼和阳光。

林茶心里却有种说不出来的感动。

他就这样保持着赤子之心，从童年一路走到了现在。

哪怕遇到了伤痛，遇到了绝望，遇到了不公平，他依旧保持着一颗赤子之心。

林茶想抱抱他。

穿过时空，抱抱那个时候的他。

别难过啊，我在未来等你。

第十章

我想抱抱你

－¥－

闵景峰把林茶送出来以后，便一直拿着手机，听那边的情况。

开始的时候还好，闵景峰能够听到两个人交谈的声音，还有走路的声音。

然而没过一会儿，声音开始变弱，紧接着那边就静音了，什么都听不到。

如果不是屏幕上还显示"通话中"这三个字，他都以为通话已经断了。

尽管林茶一开始就说应该不会有事，但是闵景峰还是不得不多想。

闵景峰皱着眉头，也顾不得会不会暴露自己的身份，朝着林茶离开的方向跑去。

他想要尝试把林茶追回来，然而人海茫茫，这些人没有一个是林茶。

在这样的心情中，闵景峰忐忑不安了好一会儿后，他听到了熟悉的声音，是林茶在叫自己的名字。

闵景峰回过头，看到林茶红着眼睛看着他。

闵景峰大步向前，抓住了林茶的手："怎么哭了？是不是被欺负了？还是他们说了什么？"

林茶摇了摇头，看着眼前的人，心里有很多话想说，可能是那只黑色的纸鹤给她的共情反应太大了，导致她的心像是被放在一个又闷又狭小的盒子里面，怎么都觉得难受。

林茶紧紧地握住了闵景峰的手，在人来人往的街道上，小声跟闵景峰说道："如果我们小时候就认识，那该多好……"

这是她第二次说这样的话，第一次林茶说这话，是心疼小时候的闵景峰。

这一次，除了心疼，还有人生得遇一知己相见恨晚的感情。

她小时候也是什么事情都想做，如果那个时候他们认识了，她就可以跟闵景峰排排站，一起去指挥那些车辆；她可以跟闵景峰排排坐，一起写牌子；她可以跟闵景峰手牵手，一起去把牌子挂起来。

闵景峰没懂林茶怎么了，听到她说这样的话，又见她声音沙哑，他心里又是着急又是担心："怎么了？是不是出了什么事情？你告诉我，我可以解决。"

林茶摇了摇头："我没事，我就是看到了很多小孩子的情绪千纸鹤。"

林茶平复了一下情绪，跟闵景峰说道："她们两个人应该是真的好人，在帮助小孩子管理他们的意识世界。"

林茶解释了一下千纸鹤的事情，当然她没有提到她看到了闵景峰小时候的情绪千纸鹤。

因为她不想揭人伤疤。

闵景峰听到林茶说看到了很多小孩子的意识世界，有点理解她刚才为什么说他们小时候就认识该多好了。

闵景峰松了一口气，林茶没事就好。

"咕咕咕……"林茶的肚子叫了起来。

"我们先去吃晚饭。"闵景峰说道。

因为现在已经过了食堂的晚饭时间，所以他们只能去常去的餐馆点了两个菜。

餐馆里有一台大屏幕液晶电视，此刻正在播新闻。

"五岁女儿身患重病，母亲竟难辞其咎？"

林茶抬起头就看到能够认出来的童童一家人。

童童就是上一次求助的那个生病的小姑娘。

主持人描述了一番继母对孩子做的事情以后，又感叹巧合。

新闻中说，童先生家有学生过来做社会实践活动，从而让他注意到了自己女儿的不对劲……

林茶突然反应过来，这原来就是生活中的阴错阳差和巧合。

看到大屏幕上童童已经住进了医院接受治疗，林茶心里很高兴。

她忍不住双手捧着脸，手肘撑在桌子上，看着闵景峰，说道："这就是咱们的功劳。"

闵景峰"嗯"了一声。

林茶想起了他小时候的事情，她明白那个时候他的情绪。

那个时候还只是小朋友的他不懂这个世界的规则，自然也就以为他帮助别人，就是大人所说的虚荣……

林茶心里不知道要怎么开解对方。

两个人吃完晚饭往回走的时候，就发现学校外面停了不少电视台的车。

林茶皱了皱眉头，她还记得当时那个司机大叔说会有人来采访闵景峰。

那几天都没什么动静，她以为记者不会来了。现在，他们是来采访闵景峰的吗？

现在车子停在学校外面，人应该已经进学校了，按理记者说采访学生肯定要先跟学校那边沟通。

林茶转过头，看了看闵景峰，她看到他脸上丝毫没有开心，只有一脸"很麻烦"的表情。

林茶看了看那些车，对闵景峰说道："我们去你家吧，我帮你补课。"

"嗯？"闵景峰有点意外。

"我说我帮你补课。"林茶一边说一边拉着闵景峰去旁边的书店买了几本资料书，不由分说地拉着闵景峰上了车。

她当然记得闵景峰的家，经历了上一次的事情以后，她相信自己一辈子都不会忘记，一辈子都不会走错了。

然而，两个人一进门就看到了坐在沙发上的女人，肤白唇红，甚是妖娆。

是妒灵，她又恢复了成年人的样子。

闵景峰跟林茶提到过，妒灵在学校的时候是少女模样，其他时候都是成年人的样子，所以林茶一点也没有感到惊讶。

林茶算是第一次来闵景峰家里，他家装修得挺好的，灰色的沙发，黑白墙纸，冷色调，莫名地少了些人气。她觉得闵景峰家里不应该是这个样子。

妒灵看到了林茶，整个人都戒备了起来。

林茶倒是很放松，反正都被妒灵看到了，除了放轻松还能怎样？

闵景峰看着妒灵，又看了看被搞得一团糟的家，皱眉："有事？"

妒灵继续看着林茶，眯了一下眼睛。

林茶特别放松，从袋子里拿出了资料书，对闵景峰说道："我去备课。"然后去了她觉得是书房的房间……

闵景峰看着林茶特淡定地走进了他的卧室，他也没阻止，现在的重点是先解决妒灵。

林茶走进房间才发现这是卧室，但是现在出去只会更尴尬。于是，林茶为了方便外面两人聊天，很贴心地把门给关上了。

客厅里，妒灵恭敬地低下头："妒灵是不是坏了主子的计划……"

在她看来，主子很厉害，自己无法融合光环，就利用本体帮他融合光环。光环融合了以后，本体没用了，她先前提出杀掉本体，主子没同意，那肯定是主子有其他的考虑。

她不知道自己出现在这里，算不算坏了主子的计划。

妒灵想起了近日人类对主子的赞美，更加觉得主子是个运筹帷幄的人。

谁能想到被所有人赞美的少年英雄，居然是野心勃勃的黑暗之主呢？

闵景峰看到她表情变了又变，也不知道在想些什么，他心里也在想法子打发她。

闵景峰沉着脸，心里已经做好了最坏的打算。

没想到的是，妒灵早就自己把这些七七八八的问题串联起来。

于是，闵景峰只是沉着脸说道："以后不许随便进我家，有事情先打电话给我，没有我的通知不能来见我，还有，把这里恢复成原本的样子。"

屋子里多了不少家具，闵景峰不确定这些家具有没有问题，他也不喜欢用别人的东西。

妒灵有点尴尬地说道："可是，我没有主子的电话号码。"

好吧，忘了这件事了。

闵景峰让妒灵记下了电话号码，打发她走以后，敲了敲卧室的门。

可能是他敲的声音比较轻，林茶并没有来开门。闵景峰有点担心，拧开了门把手，看到了趴在床上的林茶。

因为以前留下的阴影，导致他看到林茶这样，第一反应就觉得林茶是出了什么事情。

闵景峰呼吸一滞，两步走到了床边，听到了林茶的呼吸声，这才后知后觉地意识到她没事，只是睡着了。

林茶最近确实又忙又累，她一边努力抓紧时间学习，一边还要兼顾着和闵景峰一起拯救别人。

林茶睡得香甜。微风吹起了她额前的几根碎发，时间仿佛在这一刻静止了。

闵景峰忍不住伸出手，把那调皮的几根头发捋到了头顶，然后拿过了林茶买回来的资料书，这是林茶想要他看的资料书。

闵景峰随手拿了一支笔，就在林茶旁边坐了下来，开始看书做笔记。

这个时候，手机传来了嗡嗡声。

闵景峰赶紧拿了起来，生怕它打扰林茶睡觉。好在林茶一点都没有要醒的意思，睡得依旧很安稳。

闵景峰看到手机屏幕上的短信："主子，妒灵想要汇报关于学校的事情。"

"说。"

"学校里一共有3086个学生，290个老师，现在不在我的掌握中的有三个人。"

三个人？他能够猜到其中两个是他自己和林茶，但是，还有一个是谁？

妒灵的信息紧接着发了过来："主子，林茶，还有一个叫梁柏的老师。"

闵景峰对这个老师还是有印象的，这是他们的物理老师。

妒灵说过她能够放大一个人心中的嫉妒，只要对方有嫉妒这种情绪，她就能够无限放大。

闵景峰看了看旁边的林茶，她不会被影响，是因为她从不嫉妒别人吗？

林茶睡醒已经是一个小时以后的事情了。

她醒过来第一反应就是看时间，六点半了，还好她没有直接睡到第二天早上。

外面天色已经有点暗了，林茶顺手打开了灯。

"你怎么不叫醒我？"她有点不好意思，本来是准备过来给闵景峰补习的，结果自己睡着了。

"这两天你太辛苦了，多休息一会儿。"闵景峰开口说道。

这时，林茶发现闵景峰已经在做第三章的课后习题了。

以前没有人期待他好，而且他觉得自己过一段时间好日子肯定会倒霉，所以就干脆一直颓废着。

现在不一样了。他有了想要保护的人，有了一个期待他越来越好的人，他自然也就有了学习的动力。

林茶看着闵景峰写作业时，她的手机响了起来。

林茶打开手机，就看到了越梅梅发来的信息："林茶，你去哪儿了？闵景峰有没有跟你在一起？"

陆陆续续的，又有几个人给她发同样的信息。

林茶愣了一下，回复道："你们找他有事吗？"

越梅梅很快就回信息了，说道："有记者来采访他，一直都找不到人，现在应该是去他家里了。"

为什么还来家里？这不一下就暴露了家庭住址吗？

旁边正在看书的闵景峰格外认真，林茶都舍不得打断他，但还是得说："闵景峰，那些人可能要来这里了。"

闵景峰"嗯"了一声，说道："我把灯关了，装不在家。"

他不想接受采访，也不想回忆当初救林茶的事情。那件事在他心里死死地埋着，他只要想一下都会痛得鲜血淋漓。

林茶知道闵景峰不想接受采访，自然顺着他，立马就把灯关了。

林茶其实不太懂，那些人都不需要休息的吗，这个时间点还采访人。

屋里太暗，闵景峰也不看书了，两个人坐着有点无聊。

他们还从来没有过这么空闲的时间，以前他们在一起的时候，总有什么事情需要去做。

"刚才妒灵说除了我们俩以外，我们的物理老师也不受她的影响。"

"她的影响？"

"她能够放大人心中的嫉妒情绪，当然不能凭空让人产生嫉妒情绪，只能放大。"闵景峰给林茶解释了这件事。

"那物理老师挺厉害的，他心中都没有嫉妒的情绪。"林茶忍不住感叹道。

闵景峰正准备说点什么，就听到了外面传来了敲门声。

敲门的声音有点大，听上去挺吓人的。

林茶看了看旁边的闵景峰。

闵景峰摇了摇头，示意不用管。

于是，两个人默默地听着外面的人敲门，不作声。

坐了一会儿，林茶偏头看了看房门，小心翼翼地把鞋子脱了，穿着袜子，蹑手蹑脚地走了出来。

一进客厅，林茶就吓了一跳，双眼不由得睁大，完全不敢相信。

原本客厅家具齐全，壁纸、地毯一应俱全，可是现在只剩下两把木头椅子，一个桌子，地板都没贴砖，更不要说地毯了。

林茶抓住了闵景峰的胳膊，有点激动，但还是克制住自己的声音，小声说道："有贼来过！"

闵景峰看到这一幕，只觉得妒灵真是一个猪队友。以前自己的性格一定还可以，至少算不上残暴，毕竟如果自己以前残暴的话，这种手下根本不可能活到现在。

闵景峰小声说了妒灵莫名其妙给他装修了一下家里，他拒绝了，只是没想到对方能够这么快就撤掉所有装修。

林茶"哦"了一声，然后继续往前走。外面的人还在敲门，林茶准备去门边听听动静。

她没有穿鞋子，是因为她穿鞋子走路的时候声音太大。

闵景峰家的门隔音效果不是很好，林茶耳朵贴在门上，听到门外

225

传来的声音。

"怎么没有人开门？难道不在家里？"

"不知道。"

这些人又敲了两下，见实在是没有人来开门，外面的人终于离开了。

这些人一走，林茶松了一口气，忍不住说道："感觉他们怪怪的。"

闵景峰点了点头，却没有多说什么。

既然那些人离开了，闵景峰自然也要送林茶回学校寝室。

林茶一回到学校，就看到单纯和善良在等她，她们坐在寝室外面的花坛旁边，看上去有点沮丧。

林茶有点奇怪："发生什么事了？"

见到林茶，单纯和善良立马就围了过来："茶茶，出事了。"

林茶："怎么了？慢慢说。"

"今天主子……不对，茶茶让我们做报告总结，我们做了简单的整理以后，准备像人类那样做一个往年的报告总结出来。"她们想要得到表扬，证明茶茶不在的这段时间里，她们在很认真地工作。

"然而没想到的是，我们找往年的千纸鹤的时候，发现被封存的红色千纸鹤都不见了。"

林茶还记得，红色千纸鹤是危险的意思。

林茶不由得皱了皱眉头："说清楚一点。"

"每一只红色千纸鹤里，都藏着一个孩子最痛苦的感受。"

记忆还存在丁孩子们的脑海中，那些记忆里夹杂的痛苦感情，被封印在红色千纸鹤里。

林茶思考了一瞬，大概摸到了一点方向："你们的意思是那些红色千纸鹤不见了，很有可能回到了那些孩子的记忆里？丢失的红色千纸鹤主要集中在哪一年？"

"十七年前消失的，但是不知道消失的那些红色千纸鹤到底是哪一年的。"善良小心翼翼地说道。她们每年都会把这种类型的千纸鹤封存起来，而且都是封存在同一个地方的。

"能够查到丢的是哪些孩子的吗？"

"查不到。一方面是那些红色千纸鹤已经丢了，另一方面是十七年前的孩子现在已经长大了，他们的意识世界跟我们的意识世界无法相连。"

林茶看向单纯和善良，这两位的实际年龄可能要大她很多轮，但是心理年纪还真不一定有她大。

虽然她们犯了错，但是林茶也说不出责备的话来，只能说："你们能查到一共丢了多少只红色千纸鹤吗？"

"应该有五只。"

"那一年的五只红色千纸鹤全部丢了。"

林茶点了点头，说道："你们回去好好管理现在的意识世界，我去找那五只红色千纸鹤。"

打发了单纯和善良，林茶回到了寝室，又开始思考。

她说是说自己去找红色千纸鹤，可是说起来容易，做起来难。

她什么能力都没有啊……

林茶按了按太阳穴，想着单纯和善良也帮不上什么忙的样子发愁。

她们三个以前如果是一个团队，双方实力悬殊这么大，居然没有被闵景峰他们灭了，不知道是有秘密武器，还是说闵景峰他们放水了。

林茶整理了一下思绪，准备明天把这件事告诉闵景峰，毕竟他现在顶着自己的光环，说不定能帮忙。

这个点，室友们都在聊天，林茶平日里就经常听她们聊天，今天也不例外。

聊着聊着，这些人就聊到了闵景峰。

大家平常聊天，当着林茶的面都不怎么聊闵景峰，但是今天似乎有点不一样。

"今天来的记者还挺帅的。"

"要是闵景峰接受采访的话，是不是就要上电视了？"

"应该是的。"

"其实……闵景峰还挺帅的。"

林茶心想，你们终于发现了，他不是挺帅是超帅。

越梅梅顿了顿，突然开口问林茶："对了，茶茶，你心目中闵景峰跟你哥哥比，哪个更帅？"这算是室友们抛出的和解橄榄枝。

林茶毫不犹豫地说道："闵景峰。"

闵景峰有人格魅力加成，而她哥实在是太像小孩子了，跟帅不沾边。

寝室里其他女孩子都忍不住笑了，眼眉弯弯，纷纷说道："你哥哥要是知道了肯定会不要你这个妹妹了。"

大家都挺开心的，开起玩笑来。

林茶坐在人群中，听着大家的声音，她的思绪开始涣散，无法集中精力陪大家说话。

林茶仰起头，看着天花板，五只红色千纸鹤都消失了，而且是在她出生的前一年，这有什么联系吗？

等等，她出生的前一年，是闵景峰出生的那一年。

林茶能想到这点是直觉，主要是这个时间太巧了，怎么就刚刚好是闵景峰出生的那一年?

林茶晚上一直在想这件事也没睡好,结果第二天早上睁开眼睛的时候,就发现已经七点了,寝室里的人都没起。林茶赶紧叫醒她们:"七点了,快迟到了。"

她一边说一边下床,刷牙洗脸梳头,换衣服换鞋,收拾好以后发现已经七点二十,他们七点半就要上课。

林茶赶紧背着书包往楼下跑,刚跑出寝室楼就被拉住了。

林茶吓了一跳,看到提着早餐的闵景峰:"你要是再不下来,我就得上去找你了。"

闵景峰早上起得很早,到了教室就发现林茶还没到,左等右等都没有等来。闵景峰向来都有林茶被迫害妄想症,自然不放心。

到了寝室楼下的时候,他突然有所感应,觉得林茶只是还没睡醒,于是就去给林茶买了早饭。

茶叶蛋的壳已经剥掉了,林茶边走边吃,说道:"还好你帮我买了早饭,要不然今天早饭就吃不到了。"

闵景峰看了看她,说道:"你这段时间好好休息一下。"

林茶听到这话时,想起了昨天晚上的事情,说道:"暂时休息不了了。单纯和善良说十七年前有五只红色的千纸鹤消失了,我得把它们找回来。"

虽然现在已经出现了敌我阵营,但是林茶和闵景峰却没有管这些,他们向来是有困难了两个人一起解决。

闵景峰皱了皱眉头,十七年前,这么久了,怎么找回来?

林茶也明白,所以才觉得发愁,要不然昨天晚上也不会纠结那么久。

虽然说她现在连自己到底是谁都没有搞清楚,但是她莫名地有种责任感，尤其是看到单纯和善良这对实打实的傻白甜后，林茶的这种责任感就更重了。

林茶想了想，说道："虽然不知道在哪儿，但是也得找。"

两个人走着走着，就看到了不远处一袭红衣的妒灵。妒灵也不知道怎么做到上户口、读书、转学一气呵成的。

她在学校的名字叫作杜灵。妒灵的谐音。

她拉仇恨值拉得特别狠，除了林茶以外，其余女生基本上都讨厌她。

林茶觉得妒灵长得也是真漂亮，只是……林茶看着妒灵，突然意识到了一件事——她家两个傻白甜完全不知道红色千纸鹤的下落，那妒灵呢？

妒灵作为敌方，有没有可能知道？

林茶看着妒灵，眼睛都在放光。

妒灵正好对上了林茶的目光，然后再一看旁边的闵景峰，收回了目光。

她心里在笑，现在的林茶就跟当初一样蠢，还不是被主子玩弄于股掌之中。

妒灵当初最讨厌的就是这个所谓的人类守护者了，讨厌她的一切，她曾经屡屡破坏他们的计划。然而那个时候，他们打不过她。

除了主子以外，没有人是她的对手，主子又是一个擅长博弈的主，所以他们甚少进行正面交锋。

而现在，看到主子把这个她最讨厌的人要得团团转，她心里就觉得痛快。

林茶对上了对方看过来的复杂目光，那里面有鄙夷，有不屑。

林茶愣了一下，她已经做好了跟妒灵面上过得去，背地里相互攻击的准备，怎么妒灵一上来就表现出看不起她？不是千年的老狐狸吗？怎么跟学校里的女生差不多？

从单纯、善良到妒灵，他们到底是怎么做到活了这么多年，而不让岁月在他们的智商和情商上留下丝毫的痕迹？

这也是一个奇迹。

这个时候上课铃响了，林茶只能匆匆回了教室。

课还是要上的，不管什么时候、什么情况下都要好好上课。

这也算是林茶的一个原则了。

第二节课下课的时候，林茶原本正在做课后作业，听到旁边玩手机的越梅梅说道："茶茶，原来闵景峰家里这么有钱啊。"

林茶抬起头，有点迷茫："啊？"

越梅梅把手机给她看，屏幕上赫然是闵景峰的帅照，不仅如此，报道上还大肆介绍这位就是热心市民闵某，也是知名企业家闵老板的儿子。

闵老板可以说是非常有名，常年活动在慈善事业的第一线。

林茶看了看下面提到的那位企业家的公司，股票涨停了……

她昨天就在想，为什么那群记者那么着急，原来是有人想要利用闵景峰的名声。

林茶皱了皱眉头，她对闵景峰的父母印象都不好，尤其是他的父亲，林茶对他的印象非常差。

现在这个人的这种行为，就更加让人不齿了。

林茶想看看后面的闵景峰，结果一回头就发现最后一排没有人。

闵景峰去哪儿了？上厕所去了？还是看到了报道不高兴，躲起来了？

躲起来应该不至于，闵景峰不是那种性格。

林茶走出教室，在外面也没有找到闵景峰。

她有点奇怪，于是给闵景峰发短信："你去哪儿了？"

这个时候，闵景峰拿出手机，回了林茶的信息，然后看了看对面笑得特别慈祥的中年男人，说道："我不会帮忙。"

"话不要说这么早。"闵父大概是高高在上惯了，言语间透出浓浓的优越感，他开口说道，"我知道你现在搭上了林家的女儿，可是他们是什么家庭，如果你是一穷二白的穷小子，拿什么跟人家千金小姐在一起？"

闵景峰看了他一眼，淡淡地说："我入赘。"

第十一章

闵景峰不见了

闵景峰倒不是真的想要入赘，他跟林茶也不是其他人想象的那种关系。

闵景峰觉得如果以后林茶要跟谁在一起，当然是那人入赘比较好，这样就避免了林茶去一个陌生的家庭。

闵父难以相信闵景峰居然说出了入赘这种话，一时之间又气又怒。

在他看来，闵景峰说出这话就是想要丢他的脸，如果被人知道他的儿子入赘，别人会怎么说他？

闵景峰看着这人脸上愤怒的表情，他终于能够跳出过往的那些阴影，站在局外看待整件事情了。

时间才过去一个多月，一个月前他身上的标签是混混，是不良青年，绝大多数标签的出现都跟原生家庭有关。

现在，他身上的标签实在是太多了，光一个"黑暗之主"就够他头疼了，实在是没有多少精力分给这种已经过去了的事情。

闵景峰看着闵父，说道："你也不必愤怒，我们也没什么父子之情，至于我以后是什么样子，以前你没有关心过，以后也不需要关心了。"

闵父心里怒气更盛，当年那个只会怯怯地躲在角落里的小孩长大了，现在竟然当面反驳他，这种感觉让他非常不舒服。

"你说这话什么意思？你是我儿子，你这条命都是我给的，如果没有我的话，能有你吗？"闵父压低了声音说道。

其实从今天看到他第一眼，闵景峰就知道这个人是想要利用自己。

"闵景峰。"

这个时候，一个清脆甜美的声音传来。

闵景峰转过头就看到林茶跑了过来，一脸焦急。

看到他以后，林茶不由分说地握住了他的手："闵景峰，一会儿要上课了，你在外面干吗？"

闵父再一次露出了慈祥的笑容："你是茶茶吧？我是闵景峰的父亲，咱们以前见过面，一转眼你都长这么大了。"

林茶转过头，她刚才真的被吓到了，因为她在教学楼这边找不到闵景峰，就朝着外面走了几步，然后就看到闵景峰站在一个全身都被黑气包裹的人面前。

这人全身都冒着黑气，压根看不清是谁。

所以林茶刚刚才会慌慌张张地跑过来，现在听到对方自我介绍，她才知道这个人就是闵景峰的父亲……

全身都冒着黑气，严重到看不出人原本的样子，这也太恐怖了。

林茶见这团黑气跟自己说话，她本能地觉得头皮发麻，对于对方套近乎的话，开口说道："哦。"然后转过头，跟闵景峰说道，"闵景峰，要上课了，我们快回教室。"

林茶嘴上这么说，私底下手也在闵景峰后背上写字：回去……

闵景峰知道她担心自己，心里涌起一阵暖意，又想到了闵父身上牵扯的乱七八糟的事情，于是扔下一句"回去上课了"，带着林茶头也不回地离开了。

等走出一段距离，林茶忍不住小声说道："他是怎么回事？"身上怎么会有那么多黑气？

"他跟以前那些身上有黑气，所以来找我的人差不多。"闵景峰说道。

他刚才数了数闵父身上的求助信息，然而并没有数清楚，因为那些求助信息密密麻麻的，看得他眼花缭乱，他只记下了几条比较主要的求助信息。

"那我们现在怎么办？"

"先上课。"

闵景峰把她按在座位上坐了下来，然后回到了自己的位置上，把刚才看到的那些求助信息记了下来。

看着看着，闵景峰皱了皱眉头。

"李枫：35 岁，家住龚里 269 号；求助信息：想要杀了闵狗为妻女报仇！"

"李雅：19 岁…………闵狗不是人！"

他们的求助信息里没有写到具体的事件，闵景峰只能拿着手机，跟班上其他在私下玩游戏的人一样，偷偷地上网搜索。

原本没有抱多大的希望，结果没想到一搜"李枫"两个字，后面主动关联了关键词，"李枫不是人""李枫人渣""李枫不配""李枫天使基金会"。

天使基金会是闵景峰父亲公司旗下的一个慈善基金会，专门为重病新生儿提供帮助。

天使基金会成立的契机是一个叫元元的女婴，李枫正是元元的父亲。

闵景峰查了查网上的信息，小元元有一张天使般的可爱面孔，是个很爱笑的小婴儿，然而她肺部畸形，没法正常呼吸，从生下来便生活在痛苦中。

网上的说法是：李枫一家为了能够生二胎，放弃了小元元，好在被闵夫人知道了。闵夫人把元元抱回家以后，李枫一家不让别人救自己女儿，一直去闵家闹事，导致小元元死去。

闵景峰看完以后，皱了皱眉头，觉得有些不对劲。

他又查了查其他几个人，都是差不多的信息。

闵景峰稍微想了一下，便明白了这是怎么回事。

他以前只知道他爸对他来说不是好父亲，对他妈妈来说也不是好丈夫，但是他爸也算是一直在做慈善，经常还有人来感谢他爸，他以为至少他爸其他方面应该没有太大的问题。

现在他才明白，事实根本不是这样的，一个人在某一个方面的品性，基本上能够看出整个人的本性。

闵父的慈善基金问题很大，这些求助信息基本上都在说同一件事：他父亲吞了那些本来应该给被救助人的慈善款。

按照网上的说法，当时去世的是李枫的女儿小元元，李枫想做的却是为妻女报仇。

他妻子也出事了吗？

闵景峰在网上查了一下，没有查到消息。

突然，有什么东西朝闵景峰飞来，没砸到他人，"嘭"的一声落到了课桌上。

闵景峰吓了一跳，抬起头就看到班主任的黑板擦……

"上课玩手机，这些内容你是都学会了？"班主任的声音充满了愤怒。

闵景峰头疼，差点忘了自己还只是一个高中生。

"拿出来！"

如果是以前，闵景峰压根不会理会对方，但是此刻毕竟林茶也在看着，闵景峰只好乖乖把手机交给了班主任。

班主任见他毫无悔意，说道："去门口站着听课。"

林茶看着特心疼，她想，肯定是闵景峰那个渣爸做了什么刺激了闵景峰，所以闵景峰才会在上课时间玩手机的。

闵景峰没有犹豫，手机都交了，只是去门口听课而已，没什么大不了的。

他起身，迈着大长腿，走到一半，又折了回去。

班主任是个中年男人，比闵景峰矮了半个头，看他气势汹汹地走了回来，本能地担心闵景峰要做什么出格的事。

然后，他就看到闵景峰折回来拿了一支笔和课本……

见老师意外，闵景峰说道："你不让我去门口听课吗？"

听课当然要带笔和书了。

班主任：认错态度还是很好。

闵景峰就真的在门口听了半节语文课，引得林茶和班上其他女生频频看向门口。

林茶是因为心疼，而其他女生纯粹就是看人。

闵景峰穿着简单的黑色外套，身材修长，五官硬朗，站在门口，逆着光，自成一道风景。

楼下的妒灵感觉到了什么，举手请假去厕所。

她并没有朝一楼的厕所走去，而是去了二楼，然后就看到自家老谋深算的主子被罚站，手里还捧着一本语文书。

妒灵想了想，觉得自家主子肯定是在用什么计谋迷惑人心，反正肯定不是单纯地被罚站，一时间更佩服主子了。

她本来是发现主子被针对了，所以专门出来看热闹的，现在真的看到了好像又没什么意思了，于是又回了自己班上。

一下课，林茶立马走到门口，仿佛闵景峰受了天大的委屈一样。

"我得把手机拿回来。"闵景峰把课本给林茶，自己去了办公室。

到了办公室，班主任看到闵景峰也没有意外，说道："今天怎么上课玩手机了？前几天你的表现还不错，我听其他几个任课老师说了，你上课很认真。"

闵景峰实话实说："本来是用手机查点事情。"

"以后上课就认真听讲，有什么事情下课再说。"班主任也知道他是来拿手机的，也没多说，从抽屉里面把手机拿出来，还给了他，"下一次再被我抓到你上课玩手机，那么你这手机就只能期末考完试再拿了。"

闵景峰拿了手机回到教室，顺带跟林茶分析了一下自己查到的资料。

林茶更加心疼了。

"那后面的查到了吗？"

闵景峰摇了摇头："只查到了网上的那些内容，但是能够确定，网上的内容大多数是假的。"

林茶突然想到，小元元是小孩子，那么善良和单纯那里肯定有她的信息。

林茶午饭都不准备吃了，说道："我去找善良和单纯，应该能找到一些有用的信息。"

闵景峰还没说什么，就看到这人已经一溜烟地跑远了。

善良和单纯还真有小元元的千纸鹤。

林茶看着善良和单纯找出来的千纸鹤有点意外，居然有这么多。

前面几乎全部都是纯白色的千纸鹤，定睛一看，才发现后面跟着大量的灰色千纸鹤。

林茶出现的时候，千纸鹤扇动着小翅膀，纷纷飞到她身边。

林茶伸出手，触摸了离得最近的那只白色千纸鹤。

刚摸到，林茶就感觉到了痛苦，整个身体像是被放进了搅拌机里一样，抽痛得难受，每一次呼吸都变成巨大的痛苦。

然后，她被一双手抱在怀里，对方轻唱着不知名的曲调，痛依旧痛，可是却有种安心感。

林茶什么都看不到，应该是元元太难受了，没有睁开眼睛，所以她只能感知到这些情绪。

紧接着，她从这种情感中抽离了出来，那只千纸鹤又飞回了原本的地方。

林茶摸了摸下一只千纸鹤。

这一次出现了画面，应该是小元元已经能睁开眼，观察这个世界了。

林茶感觉自己被人抱在怀里，有一个男声远远地传来："无论是国内还是国外都没有这样的技术，真的很抱歉。”

林茶听得出来这个声音，是小时候给她治病的医生的。

他这样说，肯定就是真的了。

林茶再一次从千纸鹤的幻象中抽离出来的时候，至少确定了一件事，小元元的父母绝对不是像网上说的那样不管小元元的生死。那个时候这个医生刚刚回到国内，找他看病预约的人实在是太多了，小元元的父母能够给她预约到这个医生，肯定想了很多办法。

林茶又触碰了几只白色千纸鹤，大多数是孩子妈妈抱着孩子的一些内容，还有元元被病痛折磨的痛苦。

旁边还有一些灰色千纸鹤。

林茶摸了一下，紧接着就感觉到了揪心的痛苦。

她被放在病床上，有人在给她拍照，还要她笑笑……

旁边不停地有人说她爸爸妈妈真狠心，居然不要她了。

她很难受，想见妈妈，想要妈妈抱抱。

林茶从千纸鹤带来的情绪里抽离出来，很难受很难受。

单纯和善良赶紧扶着她：“茶茶？”

林茶已经明白了整件事情的经过，看着她们问道：“你们当时收到这些千纸鹤，没有进行处理吗？”

单纯和善良理所当然地说道：“我们当时处理了的，我们给小元元的护工植入了很多她小时候的美好记忆，帮助她回忆起小时候生病被大人保护的记忆，所以那个护工对小元元特别好。”

这不是重点啊。

林茶想到躺在病床上痛苦不堪还要被不停拍照，甚至照片都被放到社交平台上吸引眼球的小元元，忍不住说道：“他们在利用她的痛苦来给自己谋福利,你们没有对这件事进行处理!"

单纯和善良低头,小声解释道:"这种事情我们也没有办法处理,那些用小元元的痛苦谋求利益的人的童年的美好记忆,他们压根不会去吸收。"

林茶看着她们的样子,也不知道该怎么说,只能叹了一口气,说道:"我想想。"

她果然不能期待单纯和善良能够灵活应变,做出什么大事情来。

林茶回学校找闵景峰,发现闵景峰没有在学校。

林茶皱了皱眉头,打电话发现对方关机,问班上同学,都说不知道闵景峰去了哪里。

不对,一般情况下闵景峰都会在校门口等她回来。

林茶干脆去一班找了妒灵,装出一副不知道闵景峰什么身份,也不知道自己什么身份的样子。

"杜灵同学,你知不知道闵景峰去哪儿了?我刚才跟他说好了一起吃晚饭,但是我就是去了一下厕所,出来的时候,他就不见了。"

妒灵看到林茶脸上的焦急关切,突然觉得主子真的是太厉害了。

不过她还是说道:"不知道。你男朋友的事情,来问我做什么?"

林茶:不是男朋友。

算了,这件事她没有给人解释清楚过,大概在所有人心目中,男生和女生之间关系好,就是男女朋友。

现在也不是纠结这个问题的时候。

连妒灵都不知道,那闵景峰到底去哪儿了?

林茶再一次拨打了闵景峰的电话。

没想到这一次电话通了,在手机嘟嘟响了两声以后,那边有人接了起来，一个陌生的男声传来："你是谁？"

林茶也想知道这个问题："我是林茶。你又是谁，闵景峰的手机为什么会在你那里？"

"你是闵景峰的女朋友？"

林茶："不是。"

然后就听到那边有人小声说了一句："应该是同学，你把电话挂了。"

那边要挂电话，林茶吓了一跳。

林茶立马喊道："是是是，我是他女朋友，虽然我们还没有成年，但是成年以后就订婚，一到结婚年纪就结婚，所以你们是谁？闵景峰在哪儿？"

虽然说闵景峰这个人出点事情那是家常便饭，但林茶是完全没办法做到坦然面对对方可能深陷危险的。

好在电话那头的人听她这么说了以后，并没有真的挂断电话，而是有点古怪地说道："现在这些年轻人……"

林茶：刚才好像说得太过了。

这时，那头的人说道："既然你们关系这么亲密，那你把他爸的手机号给我们。"

林茶皱了皱眉头："你们能让我跟他讲讲话吗？如果没有跟他说话，我怎么知道你们不是捡了他的手机糊弄我？"

那边一下子就没声音了。

林茶推测有可能是有人遮住了话筒，在跟其他人商量。

因为刚才她就听到了，电话那端不止一个人。

她的心脏跳得很快，心里已经在纠结这件事要不要转给警察那边处理。

好在那边的人很快就给了回复："可以，但是你们最好不要要什么花招。"

估计对方是看闵景峰和林茶都是高中生，两个人的年龄加起来都没有他们大，所以对他们没有特别防备。

然后林茶就听到那边传来了闵景峰的声音，他的声音听上去还挺冷静的，暂时应该没事。

"不用担心，我没事，你不要报警，先帮我到班主任那里请个假。"闵景峰的声音传了过来，"这两天你要是不舒服就去我家住，我家门外的电箱里有一把钥匙。"

闵景峰觉得自己可能今天没办法回去，明天林茶很有可能就会恢复极度倒霉的状态，去他家住的话，应该能缓解这个状态。

林茶哪里还顾得上担心自己，她怎么可能不担心闵景峰？她焦急地说道："到底是什么情况？是要钱吗？我这里还有钱……"

闵景峰说道："有点复杂。"紧接着，林茶就听到闵景峰对他身边的人说道，"我都没有我父亲的电话号码，她自然也没有。"

然后挂断了电话。

闵景峰挂断了电话以后，看向身边的几个人："我也没必要骗你们，你们刚才在我手机里面也翻了那么久，并没有翻出跟我父亲有关的信息，我这里都没有，她那里就更不可能有。"

为首的中年男人脸色阴沉了下来："报道上都说了你是他的儿子，他不可能不管你。"

闵景峰有点尴尬地说道："那说明你不了解他。"

刚才接电话的时候，闵景峰手上的绳子已经被解开了，他看了看带头的男人，他还记得网上的那些新闻怎么批判这个男人抛弃亲子，并没有人知道他才是最爱孩子的人，闵景峰开口说道："我知道在你们心目中孩子有多重要，但是你们应该也知道，报道有多不靠谱。"

他的话直接戳痛了一行人的痛处，个个面露狰狞。

带头的男人，也就是李枫，看着闵景峰说道："谁知道这个说法是不是你故意用来蒙骗我们的？你有那种父母，肯定也不是什么好东西。"

平白无故又背了一口锅的闵景峰："你要这样想，我也没办法。"

闵景峰一副不合作的样子，不再开口说话，从书包里拿了一本物理公式手册开始看了起来。

林茶还是很希望他成绩能够提高，他也觉得现在应该要养成学习这个习惯。

他以前太放纵自己了，现在的确需要多约束自己。

几个中年男人看了看看书的闵景峰，到底还是没有将他的手绑回去，只是死死地盯着他。

带头的李枫也没有想到居然会这样。这些年他想了很多办法都没有成功报仇，所以这次决定铤而走险。

他们几个人绑架了闵景峰，以为这样就能顺利地把"闵人渣"骗出来，可是没有想到的是，这个儿子压根没有他父亲的联系方式，发到微博私信里的内容也压根没有人看。

好好的绑架，愣是无人知晓。

闵景峰静静地看着书，围着他的这群人先忍不住了。

其中一个穿着灰色衣服、驼着背、皱纹很多的中年男人开口说道："既然你没有你父亲的联系方式，那我们也没有必要留着你了。"

闵景峰不慌不忙地把书合上，看向了这群人，说道："所以，你们准备杀了我？"

他心里其实也没底，人心这个东西本来就很复杂，如果这群人真的要杀他，他也很头疼。

带头的李枫拿了一把刀出来："不然呢？我们策划了这么久，不能白来一次。再怎么说你也是他的儿子，杀了你，我们也算是报仇了。"

闵景峰对这个观点非常不认同，开口说道："你确定？"

李枫从来没有遇到过这样的人，都这种情况了，他还是一脸无所谓的样子。

"你别以为你是无辜的，你知道他那些钱是怎么来的吗？你花的每一分钱，都沾着其他人的血！"

闵景峰："我花的每一分钱都是我自己挣的，跟其他人没有关系。"

"你以为你这样说我们就会信了？"李枫咬牙切齿地说道。

他在新闻里看到这个人渣的儿子居然成了人人称赞的英雄，再联想到自己现在这过街老鼠人人喊打的情况，怎么可能不愤恨。

闵景峰叹了一口气："我看到新闻了，新闻里说我是娇生惯养的贵公子，你觉得我像是？"

闵景峰突然顿了一下，原本的确是有证据的。他以前过得很辛苦，手心有很多茧。可是一年前他遭到光环反噬，两只手的皮肤又重新长出，所以现在的他十指修长干净，像极了五谷不分的大少爷。

一群人打量着他，得出了同样的结论。

像。

闵景峰也无可奈何。

第十二章
他不是什么好人
-¥-

　　这里的人，基本上都是被李枫聚集起来的，这些人都是曾经被闵家的慈善基金会坑得家破人亡的人。

　　他们见识过舆论的厉害，见识过闵家能把黑的说成白的、活的说成死的的能力，自然也就不相信新闻上报道的闵景峰冒险救人的事情。

　　尤其是之前还有一个司机先出来说人是他救的，没多久，闵家就有人出来编造了一条完美的逻辑链，抢走了功劳。

　　在他们看来，这和他们当年经历过的事情很相似，所以自然对闵景峰也是愤恨的。

　　现在闵景峰说的话，这群人半个字都不信。

　　闵景峰看他们凶神恶煞的样子，叹了一口气，说道："我其实也没有要为难你们。"毕竟解决他们的问题，从某种意义上来说，也是他的责任。

如果不是为了这个，他也不会出现在这里。

闵景峰从闵家费尽心思报道他的身世之后，就觉得有点不对劲了。他很快就要满十八岁了，闵家怎么可能愿意在这个时候让他曝光？

后来他父亲来找他，看到他父亲那满身的求助信息，以及那些求助信息里面满满的恶意，闵景峰就明白了。

当李枫他们出现，他才顺水推舟地跟着一起过来了。

只是没有想到他这么没有亲和力，在他已经表示了自己跟闵家同样有仇以后，这群人依旧不信任他。

这就很尴尬了。

听到闵景峰说不为难他们，一群人都忍不住笑了。

李枫眼神凶狠，打心底认定他们以前就是太善良了，所以才会被人欺负，他粗着嗓子说道："你觉得现在是谁不为难谁？"

闵景峰拿过了自己的书包："你们现在杀了我，最高兴的并不是你们，而是闵家的人。"

"你们就不能好好想想，这次绑架实在是太顺利了吗？我的信息，我的学校，我的必经之路，都是有人送到你们面前的。"闵景峰看着这几个人，继续说道，"信不信你们一杀了我，立马就会有警察抓你们。"

这可真是一石二鸟，既能解决很快就要满十八岁的他，也解决了闵父的隐患。

看他们这个样子，肯定平时也会时不时地去骚扰闵家，所以那一次他遇到他后妈，稍微提了一下他知道她儿子的学校，他后妈当时脸色就变了，之后也没再来招惹过他。

想必当时闵家怕的并不是他会做什么，他们真正怕的是这群人。

几个人你看看我，我看看你，显然并没有完全相信闵景峰的话。

闵景峰心累，有些时候遇到一些人，真的会让人觉得带不动。

这个时候闵景峰还有心情想，如果他真的是那个黑暗之主，那一定是因为人类实在是太难带动了，他才选择了回归黑暗，走到人类的对立面。

闵景峰叹了一口气，说道："我十八岁就能继承我妈留给我的股份，你们杀了我，最先放鞭炮的人一定是你们的敌人。"

"谁知道你说的是不是真的。"

"你们这样的人说的话，标点符号都不能信。"

"我不是已经给你们看了我的手机了吗？"

"谁知道是不是有两个系统？"

"或者两个手机。"

"还不如杀了这小子，父债子偿！"

不带了不带了，不带这几个人了，回家带林茶玩。

闵景峰抬起头，看了看他们，说道："那我不带你们玩了。你们随意。"

闵景峰说完以后，直接崩开了他脚腕上的绳子，在众人警惕的目光中站了起来，背起了自己的书包。

这下子一群人都蒙了，他怎么就把绳子给崩开了，这么容易的吗？

闵景峰站在这群人面前，表情严肃起来，声音非常冷："我很同情你们的遭遇，但是这并不是连累一个无辜的人的理由，父债子偿更是无稽之谈！"

他真生气时，气场也完全不一样了。

一米八的大高个，光是站那儿都是一种威慑。

李枫忍不住开口说道："你倒是说得好听，被人毁掉家庭的不是你，你当然这样说，你什么都不知道！"

就在这时，一个清脆的声音从门外传来："你才是什么都不知道！"

所有人都吓了一跳，然后就看到门被推开，林茶走了进来。

林茶先确定了闵景峰没事，这才开始怼其他人："闵景峰九岁就不在闵家了，你们跟闵家有仇，也不能伤害闵景峰！"

林茶说完，她身后就出现了好几个保镖。

原本还担心林茶的闵景峰：差点忘了林茶是什么人了。

林茶原本是想报警的，但是闵景峰又说别报警。她怎么可能坐视不理，就只能找自己认识的保镖叔叔们帮忙了。

林茶走到了闵景峰身边，仔细检查他有没有受伤，看到他手腕上被绑出来的瘀痕后，瞬间就不高兴了。

但是看到这群人落魄的样子，又想起了他们身上发生的悲剧，林茶硬生生地把火气忍了下去，冷声说道："你们要报仇我能够理解，但如果是用这种方式，很抱歉，我不能接受。"

林茶平时做什么都是软萌高中生风格，但是这一刻，气场强大。

闵景峰被护在身后，看着强硬起来的林茶，心里多了几分柔软。

闵景峰之前的糟心感觉一扫而光了，闵景峰看着比自己还矮一个头的林茶，心里只想抱抱她，告诉她自己并不在意这些事情，不气不气。

闵景峰拉了拉她的胳膊。

林茶还在教育这些人——

"还父债子偿？那个人好意思说是闵景峰的爸爸吗？闵景峰从小到大全靠自己好不好？

"我就不懂了，你们不能多查一下吗？"

闵景峰扯了扯她的胳膊，卖惨实在不是他的风格，总不能他有什么事情做不到了，就开始卖惨吧？

那实在是太掉价了。

林茶这下子注意到闵景峰，反手握住他的手，不让他乱动。

林茶的手软绵绵的，跟她本人刚硬的性格倒是不太一样，与其说是林茶握住了闵景峰的手，不如说闵景峰包住了林茶的手。

这下子，堂堂男子汉大丈夫也顾不上卖不卖惨的事情了。

林茶一下子把这群人怼得没话说了，这才拉着闵景峰说道："走，我们回家。"

闵景峰：这跟他以前想象的场景不太一样！

他原本计划的是帮帮这几个人。他是真的同情这几个人的遭遇，为此还自信满满地放任了他那个渣爹的计划。

万万没想到的是，事态发展就像是脱缰的野马，他明明设计的是一出霸气复仇戏码，最后硬生生地因为这群带不动的人，变成了小学生放学后约架……

闵景峰内心是拒绝接受这样的结果的，可是林茶说："走，我们回家。"

闵景峰硬是半个不字没有说出，乖乖地跟着已经不生气了的小奶龙走了。

出来以后，林茶开始安慰闵景峰："总有一天，大家都会明白你是你，你爸是你爸，你们是完全不一样的人。"

闵景峰"嗯"了一声。

林茶见他似乎有点心不在焉，疼惜地说道："你现在饿不饿？要不要去吃点东西？咱们也得吃饱了肚子再继续行动。"

闵景峰回过神，就看到林茶一脸期待地看着他。他想了想，是这个道理，没必要让林茶陪着自己饿着肚子。

"茶茶，你是怎么知道我在那里的？"闵景峰走着走着，突然想起了这个重要的问题。

林茶毫不在意地说道："大概是心电感应。"她转移话题，"对了对了，闵景峰，我跟你说一件事，你别笑哈。"

"嗯？你说，我忍住不笑。"

"我不是打电话给你了嘛，当时是他们接的电话，他们问我是谁，我说我是你同学，我们上大学后就订婚，二十二岁结婚！要是有同学听到了，肯定都会相信。"

闵景峰乐了："前两天我爸说我这种人配不上你这样的千金大小姐，我笑眯眯地跟他说，没事，我入赘。"

林茶笑得前俯后仰："到时候你入赘了，就叫林景峰了！"

闵景峰看小傻子一样地看着林茶："入赘的意思是，我们的孩子姓林，我当然还是姓闵。"

被嘲笑的林茶一愣。

原来是这样。

林茶想了想，说道："那叫林小明怎么样？"

闵景峰有点无奈："你确定要叫这么敷衍的名字吗？"

于是，越梅梅他们经过的时候，就听到这两个人已经在争论以后孩子叫什么名字了。

他们居然在争论孩子叫什么名字，会不会太快了一点？

实际上这两个人是就事论事，就"如果真的入赘的话应该叫什么名字"展开讨论，并没有想其他任何的东西。

妒灵也听到了这一切，她只觉得主子以前虽然算计人，但好歹还有底线，现在已经连底线都不要了。

等到林茶知道了她自己的真实身份，知道自己都为黑暗之主做过什么，到时候她很有可能信仰崩塌，绝望得想死。

妒灵看着林茶那单纯的笑脸，突然有点不忍心了。其实想来，这人跟她并没有仇。

妒灵回忆了一下，林茶其实也没有真正为难过他们，只是破坏了他们几次行动。

妒灵想到林茶知道真相以后的生活，总觉得她有点惨兮兮的。

虽然同情林茶，但是妒灵也没有做什么，只是继续观察，然后她就看到林茶还细心地给她主子吹了吹滚烫的米线。

妒灵：真的是很傻很天真。

闵景峰早就感觉到了妒灵在附近，但是他并没有在意。因为闵景峰发现他这个手下有一个很厉害的能力，那就是脑补能力，无论是怎样的状况，这个手下都能够以神奇的脑回路把事情圆得天衣无缝，就算是找借口想要圆回来的闵景峰都做不到这一点。

所以闵景峰一点都不担心。

他看了看隐隐作痛的皮肤，那是财神光环在催着他赶紧解决他父亲身上的求助信息。

这种简单粗暴的方式如果被大范围应用，大概拖延症会变成历史名词。

第十三章
有人替你负重前行
- ¥ -

　　林茶的心大半都在眼前这个志同道合的小伙伴身上，闵景峰身体出现问题，林茶一下子就看出来了。

　　她着急地撩开了闵景峰的袖子，看到上面淡淡的黑色图纹，小脸一下子苦了下来："又是这个东西，又在逼着你去帮忙驱散黑气吗？"

　　那边的妒灵原本正在看着这一幕，然后就听到了这话。

　　困扰着妒灵的问题一下子得到了解答！

　　她当初就一直在思索一个问题——

　　她主子为什么要在林茶面前装得那么纯良？

　　原来她主子比她想象得更为狡猾，留着林茶不杀，真的是有大用处！

　　妒灵一方面觉得主子太厉害了，简直是典型地把人卖了，还能让对方替自己数钱；另一方面又觉得林茶真的挺可怜的，毕竟以前也是一个人物，最后却落得这样的下场。

以前是大佬的闵景峰和林茶，此刻就是一对普通的少男少女，正在发愁一件事。

怎么解除这个光环带来的副作用？

闵景峰已经把他爸身上的求助信息都告诉了林茶，当然顺带也说了自己原本的打算。

第一次认真做任务失败了，闵景峰并没有觉得有什么大不了的。

林茶则是早就开始考虑这个问题了，总不能每次都这样吧？

财神光环每次都用这样的方式逼迫闵景峰，实在是太糟心了。

闵景峰见"小奶龙"又要生气了，赶紧安抚地说道："没事，我们一起慢慢研究。"

他们现在还小，知道的事情不多，在这方面的阅历也很浅，但是这都没有关系，因为他有林茶。

别人误会他？

没事，他有林茶。

世界对他不公？

没事，他有林茶。

闵景峰以往觉得难熬的事情，大概就是未来充满了不确定性。他不喜欢未来。

现在因为有林茶，他心里觉得欢喜，欢喜还有未来还有以后。

闵景峰眼睛太亮了，再加上他身上散发的柔光，简直神圣得不容侵犯！

林茶能够理解闵景峰这话，重重地点了点头，说道："对的，我们一起慢慢研究，肯定能够研究出来！"

林茶拿出了手机，打开便笺："我们来总结一下，看看是不是有什么东西我们忽略了。"

闵景峰想起林茶是一个很爱总结思考的学霸，没办法，他只能开口："你想从哪里研究？"

"这个光环除了逼着你做事，还有没有做过其他对你不好的事情？"林茶问道。

这说起来就是一部卖惨史了。

他简明扼要地说了一下以前的一些事情，但是也没有细说。

然而林茶是多聪明的人，只听到部分内容便皱紧了眉头，开口说道："如果没有这个光环的话……你……"也不会遇到那么多不好的事情，说不定还阖家欢乐。

话到嘴边还是咽了下去，林茶小声说道："要是这个东西在我身上就好了，你就不用这么疼了。"

她心里一团糟，刚才说出口的话让她的心一下子揪了起来，怎么都觉得不舒服。

她曾经在网上看到过一句话："哪有什么岁月静好，只不过有人在替你负重前行。"

当时看到这句话，林茶心里就很难受。

闵景峰听到这话，心里一动，突然觉得这个东西在自己身上也挺好的，要不然就得林茶这么难受了。

闵景峰见林茶心疼地看着自己，他自己心里也莫名痒痒的，总觉得心里好像缺了点什么，需要补起来。

闵景峰把林茶送到了寝室楼下，直到她上了楼，这种感觉依旧没有从心里消散，反而转变成了一种不舍的情绪。

闵景峰自己都很意外，他在舍不得跟林茶分开。

闵景峰经历过好几次毕业，幼儿园毕业，小学毕业，初中毕业，都是跟人分开，但是他从来没有舍不得跟一个人分开。

林茶一直在想闵景峰身上的问题，到了寝室，听到大家在议论自己。

"咦，这是林茶的计划表吧？好久都没有看到她按照计划表执行了。"

"很快就要月考了，她上一次考试名次下降了这么多，这次考试如果名次再下降，不知道她家里会说什么……"

"肯定不会，她又不像咱们需要高考改变命运，林茶高考可能考零分都比咱们好。"

"闵景峰确实挺帅的，听说家里也有钱，就是老喜欢逃课。以前觉得他们俩不配，现在觉得挺配的。"

"林茶好有勇气，她现在才十几岁，假设她能活到八十几岁，那么还剩七十几年，她准备这七十几年都跟同一个人过吗？"

"无所谓啦，我还是比较关心咱们校庆的时候，林茶的哥哥回学校致辞。不知道到时候能不能拿到合照……好想近距离看男神！"

林茶已经习惯了被同学们在背后议论了，听到这些话表情都没有变。

她推门进去时，几个人都安静下来。

林茶因为闵景峰的事情，今天算是忙上忙下，洗漱了一下就躺在了床上，一点力气都没有了。

她心里在想一件事——今天她说，如果光环在她身上，那么现在感到痛苦的就应该是她了。

她当时说的时候还没有那么在意，但是后来越想越觉得是这样。

总感觉闵景峰替她承受了很大的痛苦。

林茶皱着眉头，叹了一口气……

林茶这声叹气让寝室里其他人面面相觑。

不得不承认以前大家关系是真的很好，后面林茶莫名其妙就搭上了闵景峰，她们的关系就再没有以前那样亲密了。

闵景峰其实一直都是学校的风云人物，学校女生对他非常关注，但是这个年纪的女生谁也不愿意承认这一点，还总是抨击他，显得自己与众不同。

林茶这种"倒追"的情况，无疑破坏了某种"隐形的规定"。

偏偏林茶对大家的孤立不感冒，跟闵景峰走得更近了，于是大家就更加不跟她说话了。

今天她们在背后议论她的事情，林茶肯定也听到了。

她看上去很疲惫，只是安静地躺在床上。

越梅梅她们几个人在半个小时前还看到了林茶，当时她和闵景峰在一起还很开心，现在的疲倦和叹气，应该是因为她们的孤立吧？

一下子，几个人都想起了林茶平时软软说话的样子，想起了林茶的温柔，想起了大家一起开开心心嗑瓜子的日子，心里都不舒服。

几个人你看看我，我看看你。

最后，越梅梅爬到了林茶的床位上："茶茶……你要不要吃点东西？"

林茶还在想闵景峰的事情，越想越觉得如果她是光环的本体，那么闵景峰就是替她受过。

想着想着，林茶就哭了起来。

越梅梅问她的时候，她带着浓浓的哭腔说道："我不吃……"

这声音一出，几个女生心里的内疚全冒出来了。

前段时间林茶表现得太正常了，仿佛被大家孤立也没有关系，以至于她们都忘了林茶也会难过……

看着难过的林茶，几个人自然也难过了起来。

越梅梅开口说道："茶茶，你别哭……"

林茶原本还在憋着，现在有人一说，一下子就绷不住了。

小时候闵景峰做好事被嫌弃，她做好事被表扬；长大一点，她有爸爸妈妈爷爷奶奶哥哥，闵景峰只有他自己，不仅如此，他还要承受其他人异样的目光……

就像闵景峰说的那样，财神光环是罪魁祸首……那她作为光环的本体，实际上也就是她间接地导致了这一切。

如果她猜的都是对的，那她真的欠了闵景峰好大一个人情，怎么都还不起的那种。

财神光环导致闵景峰的家支离破碎；财神光环导致闵景峰只旺别人坑他自己；财神光环导致闵景峰被严重皮肤病反复折磨……

罪魁祸首都是这个原本应该属于她的光环。

如果闵景峰所有的不幸真的是自己造成的，如果他背负的一切都应该是自己背负的……

林茶越想越觉得想哭。

哪怕没有完全确定，林茶心里隐隐有种感觉，是这样，就是这样。

室友细声细语的安慰简直就是给林茶心里的恐慌开了一个口子，一下子，那些负面情绪全部涌了出来，瞬间就将林茶淹没。

"茶茶，你别哭了……"

"茶茶，我们开玩笑的，你考试的时候认真一点，肯定能够考高分。"

听到这话，林茶又想起自己也没有好好学习，计划一团糟，什么事情都没有做好——

红色千纸鹤没有找到；

闵景峰的财神光环怎么回事没有弄清楚，也没有处理好学习的事情。

这对于林茶简直是巨大的打击，她从小到大都按照自己的节奏做事情，所有的事情都做得妥妥当当，很有条理。

现在全部没有办到就算了，她还很有可能是闵景峰的敌人……

林茶被这些事压得有点喘不过气来，听她们这一说，林茶哭得更厉害。

越梅梅她们看着林茶抱着被子哭得惨兮兮的，心里回想起这段时间她们的所作所为，更加内疚了。

"茶茶，别哭了，真的没事的，我们现在才高一，慢慢学习还来得及。"

"茶茶，要不然我给闵景峰打电话？你跟他说说话？"另外一个女生说道。

林茶听到闵景峰的名字，擦了擦眼泪："没……没事，我没事。"

她受到的打击太大了，之前还有点蒙，现在回过神来，情绪就崩了。

林茶并没有打算告诉闵景峰这件事，可是不说心里憋得难受，说吧，又不知道该怎么开口。

林茶每次都能够把闵景峰的秘密埋在心里，无论是谁都挖不出来，可是在闵景峰面前，她却藏不住自己的秘密。

第二天，闵景峰就发现林茶不对劲了。

林茶以前特别喜欢盯着他，最喜欢跟他对视。

哪怕是吃饭的时候，她的目光都会忍不住落在他身上，好像少看了两眼闵景峰就会被别人偷走一样。

然而此刻，林茶眼神闪烁，看天看地看旁边的梧桐树，就是不看他。

闵景峰忍不住开口说道："还在因为昨天的事情发愁吗？"

林茶"嗯"了一声。

闵景峰说道："这个光环每次让我做的事情也基本上都是我想做的，所以一直这样也无所谓。"

虽然偶尔会疼一些，但是遇到了林茶以后闵景峰才慢慢发现，他以前从来不是因为疼痛痛苦，而是对人生无望而痛苦。

虽然现在同样感觉到痛，可是他对未来充满了期待。

林茶听到这话，更加心疼了，抬起头，对上了闵景峰温和的目光，她忍不住伸出手拉了拉对方的胳膊："我昨天晚上想了很久……"

"嗯？"闵景峰鼓励地看着她。

林茶眼睛涩涩的，可能是昨天哭过的缘故。她低下头，不敢看闵景峰的脸，接着说道："你有没有发现……其实这个光环带给你的一切不幸，原本都应该是带给我的，只是你替我承受了。"

闵景峰原本以为她要说什么大事，因为她今天的状态实在是不好，结果没有想到林茶说的是这件事。

看着她小心翼翼、一副对不起他的样子，闵景峰开口说道："你有没有想过，这个光环可能是我自己抢过来的？"

他心里同样也在害怕，害怕自己本质上真的是一个坏人，害怕如果哪一天哪个坏人的意识抢占了他的身体，那么到时候林茶就真的陷入了危险中了。

林茶听他这么说，立马反驳道："不会的，你不是那样的人。"

"可是还是有这种可能。"闵景峰看着她。

他是真的想保护这个人，保护这个傻乎乎、全心全意依赖他，连这种事情都要告诉他的人。

如果换一个人，在这样的情况下，很可能就不会说出来，毕竟现在大多数人还是会选择利己，本能地都会回避对自己不利的信息。

然而林茶还是告诉他了。

闵景峰认真地说道："如果有一天我真的变成了坏人……"

闵景峰想要林茶知道一件事——

"你认识的闵景峰，从来没有想过伤害你。如果有个和我长得一样的人真的策划过伤害你的事情，那么我跟他不是一个人。"

至少这一刻，至少根据他现在所有的意识表明，他从来没有要伤害她，一刻都没有。

如果说林茶最怕的事情是自己连累了闵景峰，那么闵景峰心里最怕的就是自己会伤害林茶。

他不止一次做噩梦梦到自己莫名其妙就变成了冷心冷肺的黑暗之主，在林茶依赖崇拜的目光中，将一把砍刀插进她的身体里。

她不停地流泪，眼睛红红的。

闵景峰看着这个一直以来全心全意信赖自己的人，叹了一口气，说道："不只是你会有担心，我心里也有担心，我担心我会伤害你，我曾经做梦梦到过伤害你。"

听闵景峰这样说，林茶才明白原来闵景峰一直都在担心什么。

他们没有变过，虽然外界给他们强加了身份，但是他们一点都没有变，闵景峰不是炫酷的黑暗之主，林茶也从来没有觉得自己有多厉害。

林茶听到他说做梦，立马就笑了："只是做梦，算不得数的，梦都是相反的，也就是说现实生活中是我欺负了你。"

林茶每次笑起来都能够让人感到温暖。

闵景峰见她终于笑了，心里也舒坦了不少，摸了摸她的头："那我肯定不还手。"

"你要是欺负我，我也不还手。"林茶保证道。

妒灵感觉到了一股涌起来的誓言的力量，赶过来的时候，正好听到了林茶这句话，很明显这是一句发自内心的誓言，所以才会引起力量波动。

也就是说，她主子骗对方说下了誓言。

妒灵尽管每次都能被主子刷新认知，但是每次都还是会惊叹。

她主子真的是坏透了。

另一边的单纯和善良感觉到了这个力量，同样也赶了过来。她们来晚了一步，没有听到林茶说的话，却看到了妒灵。

每次妒灵在场的时候，她们俩都会条件反射地回避，但是这一次有茶茶在她们身边，一下子就硬气了。

单纯和善良站在了林茶身边："茶茶，茶茶……"

妒灵看着那俩小傻子像是找到靠山一样地靠了过去，心里疯狂吐槽：你们没有觉得你们家主子那柔弱的肩膀扛不起你们俩的小天地了吗？

她不上前欺负一下，都对不起这两个家伙躲起来的动作！

"你们怎么来这里了？"妒灵开口说道，顺势就站到了闵景峰旁边。

双方势力算是第一次"正式会晤"，然而画风却是小学生掐架。

单纯开口说道："我们喜欢来就来了！"

善良："不要你管！"

妒灵乐呵呵地看着她们俩，也不说话。

林茶知道自己这边和闵景峰他们是敌对势力，双方一直没有真的对上过，现在也不宜过多接触。

虽然确定闵景峰不会伤害她们，但不能保证他的手下也不会伤害她们。

林茶拉了拉单纯和善良，对闵景峰说道："我先带她们去吃饭。"

闵景峰警告地看了一眼旁边想要搞事情的妒灵，然后说道："你去吧。"

然而，妒灵很明显领会错了这个眼神。

林茶只觉得妒灵似乎有哪里不对劲，她的气势一下子就变了，紧接着，林茶感觉到了一股黑气向单纯和善良袭了过来。

林茶几乎是条件反射地用手去拦住那股黑气，一瞬间只觉得心脏剧痛，仿佛那一瞬间她的心脏骤缩成了一个小团。

闵景峰被吓到了，他压根没有想过妒灵在这种情况下居然敢出手！

闵景峰怒极，反手就推开了妒灵，把疼得弯下腰的林茶扶起来："哪里痛？摸我的头……"

然后，他又想起来他现在头上没有光环，光环在他的身体里，于是闵景峰一把将林茶抱进了怀里。

林茶的心脏已经没有那么疼了，就是刚开始跟黑气接触的那一瞬间，她觉得自己的灵魂都要被硬生生地抽出来了。

她原本想跟闵景峰说，你的手下好厉害，我们不要跟她闹翻了，我们有可能打不过人家。

但是林茶考虑到妒灵就在旁边，再考虑到他们俩的能力都不是很强，所以这话自然是不能说出来的。

林茶只能说道："我没事，你看看她有没有事。"

不管怎么说，闵景峰跟妒灵才是同一个阵营的人，闵景峰不能表现得太无情了。

单纯和善良刚开始是被吓傻了，后面又被闵景峰抱林茶在怀的画面给吓到了，现在才回过神来，赶紧护住了林茶。

于是现场变得混乱起来，不得已，林茶只能先带着单纯和善良离开。

林茶领着两个人离开了学校才开口说道："你们干吗跟妒灵过不去？我们双方以前到底是有什么恩怨？"

单纯立马开口说道："本来我们可以收集到更多的黄色千纸鹤，但是因为妒灵在，好几个黄色的千纸鹤被扭转成了其他颜色。"

林茶对于她们的业务已经了解很多了，知道黄色千纸鹤代表美好的记忆，可是听她这样说还是太笼统了，林茶没怎么明白，妒灵怎么让黄色的千纸鹤转成了其他颜色的。

她把心底的这个疑问说了出来，善良解释道："因为她给那些孩子带去了嫉妒的情绪。她引导那些孩子品尝到了嫉妒的滋味，所以千纸鹤就会变颜色。"

林茶：这是图什么？

单纯和善良不放心林茶，她刚才被袭击过了，光环又不在她的身上，所以单纯和善良不由分说地再一次把她带回了意识世界，想检查她的意识有没有受到妒灵的侵害。

林茶一进意识世界，单纯和善良就惊呆了，因为所有的千纸鹤齐齐朝着林茶飞了过来，仿佛林茶才是这个世界的主人。

林茶傻乎乎地看着这些千纸鹤，一时没有反应过来，这些千纸鹤还在不停地往她身上涌，吓得她连连后退。

单纯和善良站在旁边，安慰道："茶茶别怕，这些千纸鹤是不会伤害你的。"

林茶虽然觉得单纯和善良有时候有些孩子气，但是这种关乎本职工作上的事情，他们还是不会搞错的。于是，她站定，果然千纸鹤们乖乖地围着她飞。

单纯看到这一幕，有点疑惑地摸了摸头，道："难道茶茶的财神光环回来了？"

林茶刚刚还在疑惑这件事，一听到单纯的话，忍不住说道："什么？"

单纯开口说道："茶茶，我刚才查了一下，这些千纸鹤里装着的是十几年前你管理的一个孩子的记忆，这些年一直都被我们储存起来了，按理说应该不会突然出来的，除非它们感应到你的财神光环了，才认出是你回来了。"

林茶听到这话皱了皱眉："你的意思是说我的光环回归了？"

今天见到闵景峰的时候，他身上依旧泛着柔光，所以光环还在他的身上，不可能回到她身上的。

林茶想起刚才自己被妒灵攻击后，闵景峰给的那个拥抱。

难道是因为那个拥抱？

这是十几年前她管理的千纸鹤，现在突然全部飞向她，肯定是有什么原因的。林茶伸出手，触摸着其中一只千纸鹤。

只是一瞬间，这只千纸鹤里藏着的记忆就将她包围住了，随后她就感觉到一阵心悸。

原来她感受到的是一个悲伤的记忆，一个孩子对母亲的记忆。

林茶本能地难过起来，跟以往的难过不一样，上一次，她的难过，她的开心都是一种沉浸式体验。她把自己当成了千纸鹤的主人去感受着那些回忆。

这一次，她像一个局外人一样，旁观着这个孩子的一切，同时也在心疼这个孩子。她甚至有种曾经这个孩子是她看着长大的感觉。

这个孩子一直在怨恨自己的母亲。

孩子的母亲在世时一直对孩子冷言冷语，漠不关心，直到后来母亲去世她都没有感受过母爱，心里也一直埋怨着母亲。

林茶愣了一下，这只千纸鹤里装着的是这人孩童时期的记忆，所以她也不知道这个孩子长大后有没有从怨恨的情绪中走出来。

不过林茶很快就知道答案了。

去查千纸鹤突然跑出来的原委的善良回来了，她刚才也听到了单纯的话，此刻说道："不仅是因为茶茶光环的作用，还有一部分原因是因为当初的那个孩子长大了，现在即将放弃生命，随着主人生命的即将消逝，这些千纸鹤也冲破了我们的管制，即将消逝。"

放弃生命……

林茶一听就觉得头皮发麻，问道："你们能做点什么吗？"

单纯："她已经是大人了，我们已经没有办法对她做什么。"

林茶皱了皱眉头，说道："大人也是人。"

林茶又问道："这只千纸鹤的主人现在在什么地方，这个能查到吗？"

善良解释道："茶茶，他们现在长大了，就不归我们管了，如果我们去找他们的话，算是违背了条约。"

林茶问："违背条约后果很严重吗？"

"很严重，如果我们违背条约，会被剥夺身份三天。"

林茶了然："既然我现在也没有了以前的身份，那么这个惩罚对我来说就没那么严重了，我去救她吧，现在这只千纸鹤的主人在什么位置？"

单纯和善良嘟着脸，皱着眉头，说道："她们长大了，有什么选择都应该他们自己做，我们干吗要去干预？"

林茶无奈："我说不过你们，给地址就好了。"

善良叹了一口气："茶茶，你把这只千纸鹤拿出意识世界，它会带你去找千纸鹤原本的主人。"

林茶松了一口气，拿着千纸鹤离开了意识世界。

一出意识世界，千纸鹤就变成了一只小狗，一只白色的腿短短的小狗，身体还肉肉的，看上去应该不超过两个月大，一落地就跑了起来。

林茶赶紧追上小狗，她们奔跑在一条摆满了各色小吃摊的街上，四处都是叫卖声。

整条街都弥漫着食物的香味，小狗一点都没有被这些小吃的香味诱惑，撒腿跑得更快了。

林茶这个时候才后知后觉地意识到她出来的位置，并不是刚才她进意识世界时所站的位置。

林茶现在好像是在另外一座城市，想来也是，要是她出来时还在原地，那么还要她自己坐飞机去千纸鹤主人那里，时间肯定来不及。

真是长见识了。

林茶就这样跟在狗狗的后面跑，穿过了长长的小吃街，又穿过了好几条人多的街道，跑到了主道上。这时，林茶通过路边的路牌意识到这里是山茶市，跟他们城市大概相隔了几百公里。

林茶以前就想来这座城市体验一下什么叫 3D 魔幻城市，却一直都没有机会，没想到现在居然会以这样的方式来到这座城市。

林茶跟在狗狗后面，一路上坡下坡地跑着，跑得精疲力竭，还生怕跟丢。

好在狗狗终于停下来了，一点都不累地停在林茶前面，然后坐了下来，摇着尾巴等着气喘吁吁的林茶。

林茶像是刚从桑拿房里出来一样，喉咙管冒烟，汗水打湿了头发。

林茶一边喘气，一边在心里想，太不人道了，从意识世界出来的位置，为什么不直接放在这里，这样她就不用跑这么长的路了。

而此刻，大桥的另一边走过来一个穿着短袖、扎着马尾辫的年轻女人。

现在都十一月了，在林茶那边的城市天气已经有点冷了，大家都穿外套了，而这边还很热，所以年轻女人穿着短袖。

这个年轻女人就是千纸鹤的主人。

林茶这一路跑过来又累又喘，压根儿没时间让她考虑怎么跟人家搭讪，不过救人就不要有那么多仪式感了，林茶直接走了过去。

走近了，林茶才看清女人的模样，她面露愁容，眉头紧锁，脸上妆容精致，看得出来，在这之前，她应该是一个很认真生活的姑娘。

林茶想起了千纸鹤里面那个婴儿的模样，那个时候她还只是小小的一团，现在都长这么大了。林茶顿时有种穿越时光的恍惚感。

林茶第一次有这样的体验，这个人明明比她大很多，她却看到过对方婴儿时的模样。

年轻女人见旁边站了人，转过头，看到林茶干净温暖的笑容，心里莫名有种熟悉的感觉，开口问道："你这样看着我干吗？"

林茶："……"当然是在想要怎么让你重燃对生活的信心，不要放弃生命。

见林茶尴尬得说不出话了，年轻女人也意识到自己太直白了。看着林茶满头大汗，穿着一件外套，她缓了缓语气，开口说道："你穿这么多不觉得热吗？"

林茶刚才太着急了，都没想起脱外套，现在才意识到要脱下外套。这时，正好江边一股风吹过来，天气凉爽多了。

林茶拿着外套，说道："这江水看上去好深。"

年轻女人"嗯"了一声，继续看着江水。

林茶想起自己在千纸鹤里看到的内容，于是把蹲在旁边的小狗抱了起来。

年轻女人见她说了一句话之后又不说了，有点奇怪她到底要干什么。转头一看，只见林茶把狗抱在怀里，有点洁癖的她皱了皱眉头，这毕竟是别人家的孩子，她也不好说什么。

林茶摸了摸小狗的下巴，对年轻女人说道："你要不要摸摸它？"

年轻女人皱了皱眉头："还是算了，不干净。"

这时，一个年轻男人打着一把黑伞，缓缓地走到了年轻女人的身边。

林茶原本以为这个男人是年轻女人的朋友，跟人对视了一眼之后，林茶被吓住了，男人那双眼睛居然是红色的！

更让林茶没有想到的是，那个男人跟林茶对视之后，二话不说，伸手就掐住了林茶的脖子。

林茶哪里想到大庭广众之下这人居然敢有这样的举动，一时回避不及，被对方死死掐住了脖子。

然而下一秒，男人的手上就传来吱吱的声音，紧接着手就收了回去。

年轻女人仿佛没有看到这一切似的，依旧看着江面。

林茶看到男人此刻正咬牙切齿地看着她，眼里有着不可置信，似乎不相信林茶能够伤到自己。

林茶本想要开口质问那个男人，年轻女人突然开口说道："我看你身上穿着校服，你还是学生吧？"

林茶抱着小狗，点了点头，为什么这个年轻女人刚才什么也没看到？

年轻女人又看了看她怀里的小狗，说道："那你妈妈让你养狗吗？"

"让，我妈对我挺好的。她说我乐意养就行，反正我养不好的话，她还可以帮我养。"林茶虽然喜欢小狗小猫，但是她没有养过。

旁边的男人听到这话，嗤笑了一声，声音很是沙哑，充满了嘲讽："原来以正义善良著称的人类守护者撒起谎来，眼睛都不眨。"

林茶注意到男人说这话的时候，年轻女人压根儿没有看那个方向。

林茶不确定这人是谁，但是她猜这个男人肯定和妒灵一样是闵景峰他们阵营的人。闵景峰曾经提到过，妒灵想要把其他人都召集回来，被闵景峰拒绝了。

林茶十分防备这人，刚才这人是真的想杀了自己，再加上他看到她的时候，脸上有惊讶，说明不是来找她的，那他是来找年轻女人的。

林茶想到这一点，便走到年轻女人的另一边，直接站在年轻女人和这个奇怪又危险的男人中间。

反正男人也伤害不了自己，林茶怎么可能不回怼，她趁着年轻女人看不到自己时，用口型对着男人说道：有本事你去告我呀。

年轻女人虽然奇怪林茶的动作，但还是说道："你妈妈对你真好。"

她说这话时，语气很平静，林茶却感觉到了这平静下隐藏的绝望。

旁边的男人低声冲着年轻女人说道："对啊，像你这样的人，除非再投胎一次，要不然永远都遇不到这样的母爱了，这个世界上没有人爱过你，也没有人在乎你，跳下去吧，跳下去你就解脱了。"

年轻女人仿佛想到了什么，眉头紧锁，眼圈一下子就红了。

林茶惊到了，所以这个男人来这里的目的是这个。她赶紧踢了一脚男人，拉着年轻女人的胳膊急切地说道："没有，你妈妈也爱你。"

年轻女人回过头，用看神经病一样的眼神看着林茶。林茶这才意识到年轻女人并没有听到男人的声音，只是被男人唤醒了一部分不好的记忆。

自己突然说出这样的话来，女人肯定会觉得她是个神经病。

好在年轻女人大概是真的憋了很久，现在也需要跟一个人诉说自己心里的委屈。

"你们都是一样的，觉得自己妈妈特别好，所以天下的妈妈都跟你们妈妈一样特别好，小妹妹，不是所有的妈妈都像你妈妈那样。"

林茶说道："我知道，但是有些妈妈是真的很好，只是没有表达出自己对女儿的爱而已。"

年轻女人委屈又难过："我妈……呵呵……我六岁的时候，要我每天五点起床，给她做饭，还要我去喂猪、割猪草，我被背篓磨得肩膀上都是血痕，还是要去做……"

林茶听到这些话，脑海里立马就看到了这些画面。

她脑海里莫名地还出现了另外一些画面，一个女人会悄悄地把地上的一两毛钱移动到又瘦又沉默的姑娘脚下，看着她去买一根辣条，看着她开心一整天。

林茶只有一些很模糊的记忆，她知道那是自己做的。

很奇妙的感觉。

林茶在听年轻女人说话的同时，也在注意红眼男人，这个人太危险了。

一看到他开口，林茶都顾不得身高差，踮起脚来，用自己的外套蒙住了对方的脸。

不让他说话。

然而林茶扑空了，那个男人升到了一米高的地方，得意地看着林茶。他说道："全盛时候的你还有希望跟我拼一下，这个时候的你连自保都难，识相的话现在就滚，要不然等我处理完她，就轮到你了。"

林茶狠狠地看着这个人，依旧拉着年轻女人的手不愿意离开。

男人又对着年轻女人说道："别的小孩子在这个年纪都是挑食不想吃东西，而你是求着想要吃点东西。你因为有一次接受了邻居送的糖，被你妈打了一顿。"

年轻女人脑海里出现了更多小时候的事情，甚至是那些她以为已经被自己遗忘了的事情，顿时潸然泪下。

林茶踮起脚，想要捂住年轻女人的耳朵，然而并没有用。

林茶着急得不得了，只能开口说道："没有没有，你妈妈让你那么辛苦地做事，是因为她得了癌症，她本来找了很多亲人帮忙，但是却没有亲人想要养你。她希望她死了，你能够有独立生活的能力，不让你吃别人家的东西，是希望你能够养成自己动手的习惯。"

年轻女人一脸震惊地看着林茶："你胡说八道什么？"

林茶现在不像过去有特殊能力了，此刻如果她暴露自己的身份，那么年轻女人根本不会听她的话。

如果林茶不能解决这个女人心里最大的那一块心病，就算是现在她没有放弃生命，也不能保证她以后能够抵抗这个男人对她的攻击。

红眼睛的男人没想到林茶居然敢直接这样说，有时候人类守护者宁愿放弃人类，也不会放弃自己的身份庇护，因为他们保护人类的同时，也熟知人性的丑恶。

林茶开口说道："我说的都是真的，你妈妈是真的为你好，她很爱你。"

"不，她不爱我。并不是说一个母亲做所有的事情都是为了孩子好。有些人就不适合当父母。"

林茶点了点头："我知道，但是你母亲不是那样的人，她是真的爱你。"

红眼男人说道："又是一个觉得天下无不是的父母的人，她什么都不知道，不知道你吃了多少苦，不知道那个女人把你带到这个世界上来，却没有给你爱，没有养大你，把当时还只是小学生的你一个人扔在了这个世界上，她后来肯定再结婚了肯定有了自己的孩子。"

林茶听到这个煽动，开口说道："她没有再结婚，她患了癌症去世了，你养母的眼角膜是她捐的。"

年轻女人气愤地说道："胡说八道。"

然后，女人转身就要走。

红眼男人的沙哑声飘了下来："这就是个神经病！"

林茶拉住了女人的手腕，开口说道："我曾经是你的守护者。"

"你还记得你小时候经常捡到一毛钱，然后开心地说，只是一毛钱就不上交了。

"有一次你捡到了五块钱，犹豫了两节课，后来还是乖乖地上交给了语文老师，还被语文老师表扬了。"

林茶继续说道："你小时候出门读书，雨下得很大风也很大，你的伞被吹到了悬崖边，你怕被骂就伸出腿用脚去勾伞，结果差点掉下去……"

年轻女人泪流满面地看着林茶："你为什么会知道这些事情？"

林茶说的都是自己能够记起来的东西，这对她而言是一种很奇妙的感觉，明明这些事情在她十六年的生命中没有发生过，她却能够感觉到这些事情都真真切切地存在过。

年轻女人怎么可能不记得这些事，小的时候，她总是捡到钱，总是在危险的时候化险为夷。

哪怕是遇到了攻击人的毒蛇都能够全身而退。

这些事情她从来没有跟人说过，而且大多数事情都是发生在十几年前，她小时候一个人的时候。

绝对不可能有第二个人知道这些事情。

排除所有不可能，那么剩下的只有一个解释了，年轻女人看着这个比自己矮了一个头，还穿着高中校服的少女，艰难地问道："你是神吗？"原来这个世界上真的有神，而且眷顾过她……

这一刻，她原有的世界观被冲击，这个冲击给她带来的好奇心远远大过她心里的绝望感。

林茶见她眼里有了好奇，不像一开始那样心如死灰了，心里松了一口气。女人应该是相信她了，只要相信她，一切就好办。

旁边的红眼男人狠狠地看了一眼林茶，不甘示弱地道："你房租还没给，快三十岁了，还没有男朋友，同事排挤你……"

林茶听到这些，有点担心年轻女人会被影响，然而年轻女人只是看着她，有点忐忑地问道："你……你刚才说的我妈的那些事情，是真的吗？"

她刚才听到的时候，觉得无比荒谬，现在她心里却有点忐忑，她希望是真的，又不希望是真的。

林茶见男人的话对年轻女人一点影响都没有了，心里有点高兴，见她问这个事情，立马点了点头："是真的。"

林茶把小狗抱了起来，塞到了年轻女人的怀里："你抱抱它。"

年轻女人不懂是怎么回事，但还是抱了过来。小狗在她怀里，安静地趴着，然后呜咽一声，便消失了。

年轻女人只觉得自己的脑海里出现了一些以前从来没有过的回忆，那是很久很久以前，藏在心里最深处的回忆。

她被人抱在怀里，安逸地睡着，不怕这个世界，不怕天黑。

那种温柔让她哭出了声。

林茶摸了摸她的头："没事了，没事了。"

红眼男人见这个场景，知道自己现在做什么都没用了，冷笑着说道："原来守护者也有不择手段的时候。我记得你们不是说尊重人类自己的选择吗？"

林茶看向男人："我现在也是人类，我尊重我自己的选择。没毛病。"

林茶这话成功地让红眼男人闭了嘴，旁边的年轻女人擦了擦眼泪，看着林茶："您在跟谁说话呀？"

林茶想了想，她跟闵景峰不一样，她当初宁愿爸妈误会自己，也不愿意把闵景峰的身份说出来，现在她却能够轻易地说出自己以前的身份。主要是因为闵景峰的秘密一旦被暴露，承担后果的是闵景峰，而她的秘密泄露，承担后果的是她。

为了这些一直处于不幸之中却还在努力活下去的人，林茶愿意承担暴露身份的风险。

林茶看了看红眼男人，对年轻女人说道："刚才有坏人想要蛊惑你，想要让你放弃生命。"

年轻女人左看看右看看，什么都没有看到，但还是被吓了一跳，心有余悸地说道："我就觉得这两天特别沮丧，特别绝望。"

现在女人心里一下子豁然开朗，在那个荒芜孤单的童年里，她不仅有母亲爱她，还有一个像神一样的人长久温柔地注视着她，给她的生活带来一点一滴的快乐。

她的心里慢慢地被那些点点滴滴的快乐充盈着，也被自己记忆中的母爱充盈着。整个人都不一样了。

红眼男人听到这话就不高兴了，怒气冲冲地说道："这先后关系错了！"

明明就是她先沮丧绝望，所以他才会出现加以诱导。

林茶才不会把红眼男人的话转达给年轻女人，她看着女人擦干了眼泪，整个人精神了很多，还是没忘记嘱咐她："我现在已经没有以前的能力了，所以你不要跟别人说我的身份哦。"

年轻女人听到这话，有点心疼她，开口说道："我保证不会告诉任何人！"

林茶今年十六岁，她怎么也没有想过自己有一天会对一个比自己大很多岁的女孩子有类似于母爱的情感。

可是她就是有这种感觉，仿佛这个人还是一个孩子，还是那个在褴褛里不停哭着的孩子。

她心里有个模糊的记忆，那种记忆带来的感受充盈着她的内心，让她无法忽视。

所以她爱护她，没有办法不顾及她的生命安危，眼睁睁地看着她被那个红衣男人蛊惑，然后放弃生命，她还没有体会过这个世界的快乐，怎么能带着绝望和不甘离开这个世界呢？

林茶宁愿冒险也要帮她。

林茶自己也不确定对方能不能信守承诺，不把这个事情诉任何人，可是林茶知道她信守了对自己的承诺。

红眼男人被忽视得太彻底了，只能离开。

他一离开，林茶就自在多了。

年轻女人看着这个外表比自己小好多的林茶，心里很温暖，她开口说道："你吃饭了没？我请你吃饭吧。"

林茶这时想起了闵景峰，她出来太久了，还得回去看看闵景峰的情况，于是说道："过段时间我们再一起吃饭，我现在得回去了，有什么事情可以跟我打电话。"说完，她留了自己的电话号码。

年轻女人虽然有点遗憾，但也只能目送林茶离开。

林茶走啊走啊，然后就意识到她不知道该怎么回到意识世界。

现在她所在的地方距离他们学校有几百里。

林茶看着人来人往的街道，顿时感到一阵迷茫。

她拿出手机，打开支付宝，机票、火车票都没有了。

明天回去的话，林茶会面临着一个很大的问题，她明天早上就会开始倒霉，没有闵景峰的帮助，明天还真不一定能够回去。

林茶再一次尝试呼唤单纯和善良，依旧没有得到回应，此时林茶清楚地闻到旁边的路边摊传来了阵阵香味。

林茶虽然买不到机票火车票，但是用支付宝买点儿小吃还是没问题的。然后她就去小吃摊买了一份糍粑。

要不要给家里打电话？

她正在想这个事情的时候，手机突然响了。

来电显示"闵景峰"。

林茶接了起来："你吃饭了没？我正在吃饭。"

"我还没吃，本来想等你回来一起吃饭，你现在还疼吗？你在哪里，我过来找你？"闵景峰的声音从那边传过来。

"我不疼了，当时你抱我的时候我就不怎么疼了。"林茶想起了今天遇到的红眼男人，说道，"对了，你知不知道你手下一共有多少人？"

闵景峰当然知道："三个，除了妒灵，还有一个死灵，一个欲灵。"

林茶："那我今天遇到的可能就是死灵了，他好厉害。"

林茶听到那边传来了杯子破碎的声音，接着闵景峰的声音传过来："你有没有受伤？你现在在哪里？"

"我现在在山茶市，正在吃糖糍粑，我没有受伤，你别担心，我现在就是在愁我要怎么回来。火车票和机票都没有了。"林茶说道。

"你在那里等我，我很快就过来。你手机不要关机，不要跟奇怪的陌生人搭话。在人多的地方坐着。"闵景峰说道。

林茶听到电话那头絮絮叨叨的声音，"嗯"了两声："放心吧，我不会有事的。"

她刚挂断闵景峰的电话，立马又有电话打进来了，是爸爸打来的。

林茶有点心虚地接了起来，就听到爸爸的声音传了过来："茶茶，你现在在哪里？你的定位怎么会在山茶市？"

林爸爸的声音有点焦急，毕竟女儿的定位一下子就变了，他担心出了什么事情。

林茶有点惊讶，她爸妈在她身上放了定位的吗？

林茶倒是没生气，这是亲爸妈啊！

林茶解释道："我现在在山茶市，不过很快就回去了。我没事。"

"你没事去那里干吗？你怎么过去的？下午的时候你的定位还在学校，怎么突然就跑到那里去了？"

林茶无奈，这个事情就有点解释不通了，至少在电话里面是没有办法解释的。

林茶犹豫了一下："可能是定位器有延迟，或者出了什么问题吧，要不然总不能是我闪现过来的吧？"

林爸爸觉得这话有道理，于是说道："那你什么时候回来？一个人去外地不安全，我派人过来接你！"

"亲爸啊！"可算是解决了怎么回去这个问题了。

这个糖糍粑挺好吃的，林茶以前没有吃过，她要给她爸妈带一份，给闵景峰也买一份。

林茶买好了以后，准备找个地方坐下来，等她爸派人来接她。

既然她爸的人会来接她，林茶就给闵景峰打电话，让他不用过来了。

她正打电话呢，就听到旁边有一个手机铃声响了，回过头看到闵景峰拿着手机站在她背后。

他眼里还有焦急，在确认她是真的没事以后，这才松了一口气，开口说道："以后你做这种事情一定要先跟我说。"

林茶点了点头，两眼放光地看着他："你是瞬移过来的吗？怎么这么快！你也太厉害了吧！你怎么做到的？教教我！"

这个还真教不了，闵景峰自己都不确定自己到底是怎么做到的，反正就是买车票的时候发现最早的车票也是明天的，他心里一怒，紧接着就瞬移过来了。

林茶见他不知道，也不继续问了，把刚才买的一份冰糖糍粑递给闵景峰："对了，我刚才给你打电话的时候正在吃这个，你快吃一点，超好吃！一会儿我们去宾馆，等我爸的人过来接我，我顺便跟你说一个事情！"

闵景峰本来不想吃东西的，看到林茶这么开心，他还是吃了一点，直接问道："你怎么会到这里来？那个死灵有没有伤害你？"

林茶小声地把今天两个人分开以后自己经历的事情都告诉了闵景峰，重点说了那个所谓的死灵的行为。

死灵这个行为换成比较好理解的说法叫作教唆自杀，非常的不道德。

闵景峰脸色很阴沉，他以前一直都在查他的另外两个手下。

对林茶来说，这两个手下一定很危险，所以闵景峰迟迟不愿意让他们回来。现在看来，这两人比他想象的还要危险。

林茶是个心大的人，见闵景峰愁眉苦脸的，安慰他："没事，他们现在伤不了我，船到桥头自然直，我们肯定是有办法对付他们的。"

她拉着闵景峰站了起来："有点累了。我们先去找个地方休息吧。"

山茶市的夜市很漂亮，林茶还是第一次来这里，看什么都觉得很好玩。于是，她拉着闵景峰一起逛街，完全没有刚才所说的有点累了的样子。

两个人一路走走停停，最后找了个宾馆打算休息一下，然而尴尬的事情出现了，两个人都是未成年人，不能开房。

这种事情没有办法强求，两个人只能走了出来，林茶拉着闵景峰走到了旁边的公园，坐在长椅上，好在晚上一点都不热。

林茶现在倒是真的累了，靠在长椅的椅背上，又想起了闵景峰手上的黑色图案，于是拿过他的手细细地查看起来："闵景峰，你手上的黑色图纹好像消退一部分了。"

闵景峰："应该是因为我已经付出行动了。"

林茶想起了今天的年轻女人，小时候的经历对一个人的影响实在是太大了，年轻女人小时候太缺爱了。

林茶想到了童年经历比那个年轻的女人更加糟糕的闵景峰，如果她没有变成人，而是继续做她原本的工作，她应该能够保护好童年时候的闵景峰吧？退一万步讲，就算不能保护他，也能够给他一些快乐一点的回忆吧？

可是没有如果。

林茶抬起头，看向闵景峰，他侧脸刚毅，此刻正在认真思考事情。

林茶心想，他会不会也像那个女孩子一样，觉得全世界都没有人爱他？

林茶是知道那个年轻女孩子的心理的，女孩觉得连她母亲都不爱她，其他人就更加不可能爱她了。

闵景峰也会这样想吗？他那时不过也是小孩子，那些事情肯定也会带给他阴影。

林茶不知道他有没有这样想过，她心里有种迫切地需要对方知道自己想法的心情，林茶认真地说道："闵景峰，我永远都是你的好朋友，会一直在你身边，会一直都相信你，爱护你。"

这么好的你，值得被爱护。

闵景峰低下头看到林茶特别认真地说着自己的心意，他虽然早就习惯了林茶时不时地跟他说这种话，但是无论听了多少次，他的心里都平静不下来。

闵景峰眼底尽是温柔，他就这样看着林茶眼底的万里星辰，很克制地揉了揉林茶的脑袋，柔声说道："我知道。"

夜晚温柔的清风吹在两人身上，谁都没有再说话，接下来两人要面对什么，谁也不知道，闵景峰却知道自己的现在和以后都会是幸运的人，因为有林茶在他身边。

他因为一个人，开始想要保护所有人。